裏日本的

くらい・つらい・おもい・みたい

Syozu Ben

正津勉

作品社

目次

裏日本的

くらい・つらい・おもい・みたい

まえがき

【裏日本《うらにほん》】本州の、日本海に臨む一帯の地。冬季降雪が多い。明治以降、近代化の進んだ表日本に対して用いられ始めた語。↕表日本（『広辞苑』第六版）

裏日本。わたしらの少年時代にこの言葉はふつうに天気予報などで常用されていた。ところがなぜか一九六〇年ころあたりから、差別的・侮蔑的、であるとされて使用が激減することになる。そのうちに昨今国中あげてくまなく、テレビやラジオや新聞や出版ほかどこもかしこも、ひとしなみに準禁止語あつかいである。

どうしてそんなわけのわからぬ事態にあいなったものなのだろう。そのことについて当方などはただどうにも首を傾げるばかりでこれという言葉がみつかりそうにない。しかしあえていえることは舌足らずながらつぎのようなことだ。

言葉を禁止する、ということはすなわち、現実を隠蔽する、ことにほかならない。それはいかような種類の表現においても、むろん明らかな差別・侮蔑はこれを別にして、おかしてならない最後の一線であるだろう。

言葉は、個人の、世界の、意思だ。まずもってそのことをちゃんと押さえるのがたいせつである。国民的辞書（?）『広辞苑』。そういうことでこの項にのべるところを押さえなおしてみよう。

するとどうだろう。なるほど、いやそれはさすがに簡にして要を得てかつ正しくつづられている、なっとく。よくできたものだ。

「近代化の進んだ表日本……」、そのとおりなり。であればここからつぎのように「↕」に準じて重ねてゆくほかないのではないか。「近代化の遅れた裏日本……」、とそんなふうに。

これからみるとつまるところ、「近代化」とそれこそ裏腹も真逆な関係にあるのが「裏日本」、であるということになるしだい。ついてはそこらの事情の仔細をめぐっては、以下の二著にあたられたい。阿部恒久『「裏日本」はいかにつくられたか』（日本経済評論社　一九九七）、古厩忠夫『裏日本　近代日本を問いなおす』（岩波新書　一九九七）。

それはさてどんなものか。しかしなぜまたそんなにまで差がひらくことになったものやら。ことはつまるところ「表」にひとえに強いられたためなのである。鉄道敷設、築港整備から、いうならばまるで、B面国土、B面国民、であるかまがい、教育機関、産業育成まで。だがはたしてそれは「裏」にとって悪くはたらくばかりだったか。みようによってはそのことで多くえたものがあるのでは。いわずもがなであろう。

『裏日本的』。ここに小著はこの準禁止語をして表題とする。『広辞苑』は、ついてはその範囲におよんで東北から「本州の、日本海に臨む一帯の地」として山陰あたりまで広義にとっている。東北、山陰、むろんこの東西の端まで触手が動いてならぬ。しかしどういおう。残念なことにこの、どちらも少し知るだけであって、正直、なにより足で歩いていなければ、物言いはできない。またすべきでない。であれば本稿においては、第一章の若狭から、第七章の北越まで、にかぎって祖述をすすめる。

それはさてここにきて思い返すことしきりなのである。たとえこののちいかに近代化が進んだとしても、山野河海と協働共生、することなく列島人は生きることはできない。そしてそこからこのような稿が浮かぶようになったのである。

裏日本。ここにたまたま、生を享けた者、移り住んだ者、背を向けた者、通り過ぎた者、毫も縁なき者、ほかみなみなさん。それぞれの感性と確執が織り成しつづけてきた、ざっくりと分厚い物語の層が息づいているのでは。などなどとあたら言葉を浪費するまでもない。もっと単純に明確にする。ここにこんな一枚の地図をひろげよう。

「環日本海・東アジア諸国図」（富山県が国土地理院の許可を得て平成六年初版作製。同一四年改訂版、本書二五八頁掲載）。

通称「逆さ地図」。西を北に転じて描く。じつはこの一枚であるが、中国・ロシアなどの対岸の諸国に対し、われらが日本の重心が日本海にある事実を強調するため、視点をかえて大陸から日本を見る、という地図なのである。

地図を反転させる。こんな簡単なことだが、それだけで目から幾枚もの鱗のびっくり、とくと御覧なられたし。発想を転換されよ。

裏日本。というのがいけないなら、環日本海、といいかえてもいいが。ほんとのところまったく誰もが頷かされるにちがいない。ここがいかに大陸に近くあって、上代より交易を盛んにおこない、文物また人流を受けいれること、どんなに豊饒な地であったか。それなのにどうしてこの利を無きがごとくされたか（参照・網野善彦『「日本」とは何か　日本の歴史00』講談社　二〇〇〇）。

このことははっきりと検証されたくあるのである。ことはいうたら黒船以来このかたずっと、もとよりそれは「表」のためであるが、とかくこれまで明かにされなかった。というより「裏」軽視策をとること、それが日本帝国づくりであった。はっきりとそのような歴史があったからであると。

『裏日本的』。ついてははじめにこの表題にこめるところを述べることにする。ここで俎上にのせるのは、「裏」の心の所産たる詩と文、それを感受することだ。すればひめたその真底にいかほどかでも迫りうるのではないかと。

ではこれから「裏」の山と海をたどってゆく。ついては、わがガキ時分のことや、われらが爺婆なんぞを、まじえて。できるかぎり「裏」を深く広くいきいきと。

裏日本ふきぶりはげし素寒貧　勉

第一章　若狭

敦賀《つるが》　青

藤原定《ふじわらさだむ》　岡谷公二　ブルーノ・タウト　桑原武夫　水上勉

海から、始める。当方、奥越大野産、山賤《やまがつ》。山の子にとって、海は夢であった。いったいはじめて海を見たのはいつだろう。小学生のときの夏一番のイベントは海水浴。それは町内会で行く三国（参照・第二章「雄島」）だった。そうして中学に入って臨海学校で敦賀へ行くことに。宿泊地はたしか、敦賀半島の西方は三方《みかた》五湖、久々子《くぐし》浜だったか。

北陸トンネル（敦賀駅—今庄駅間、木ノ芽《きのめ》峠の直下に位置する。総延長一万三八七〇㍍。開通一九六二）。それ以前、福井と敦賀を結ぶ、海岸沿いの山の斜面の坂とトンネルの連続する険しい区間は、しばしば土砂崩れ、雪崩で脱線、不通になった。北陸本線の癌と呼ばれる難所にあった停車場の趣を偲ばせる杉津《すいづ》駅。

「北陸線屈指の車窓風景でございます」と、車内アナウンスがあり、とたんに目の前に開ける海は美しかった！　杉津海岸のパノラマ、これについて地元福井生まれの作家・多田裕計《ゆうけい》（参照・第四章「御前峰」）が書いておられる。

「「君のくには、意外に明るいね。杉津の風景など、ニースにそっくりだ」／とフランスから帰朝早々の横光利一氏が言ったことがある」（「福井風土記」）と。そんな、杉津が「ニース」の壮観、だって？

それはさておきあの柳田國男が絶賛激賞しているのもみた。柳田は、列車の窓から眺められる全国の絶景駅を列挙し、こんなふうに真っ先に杉津に指を折っているのだ。

「たとへば、越前の杉津の駅頭から、海に臨んだ緩傾斜の眺めなどは、汽車がほんのもう一分だけ、長く止まつて居てくれたらと思はぬ者は無い」（「旅人の為に」）

ということでまずもって一呼吸おいてみることにしたい。これらからもわかるように敦賀から東へ向かうほどに、北陸道はというと平野部はおいて、ぎりぎりに海と山が蛇行するようにつづくと。山がすぐうしろに迫ってきている。このことをまず銘記されたくある。それゆえにまた、『広辞苑』付して曰く、「冬季降雪が多い」、ということになる。

ついでにあらかじめ断っておけばそうである。じつにこの地貌と気候の様相が深くつよくこの地の人々の心性を特徴づけてきたと。まずここにそのように明らかにしてすすめよう。

敦賀。さて、そこへわたしら越前の者は恐い杉津を越えて入るのである。このとき急に目の当たりに広がる海は青く眩しかった。いつもほんと声を飲むようだった。ところでさきの三国と敦賀をくらべてみる。はたしてどのようにいったら両港の海景、眺望の微妙さをわかってもらえようか。

三国、そこはこちらにとって初めての海であったこと。たいせつな小学校の夏のイベントの海水浴は嬉しくあった。だがなんとなし歳につれ喜びもうすれぎみ。

だけども敦賀、ここには中学へ入ってから遊んだからだろう。たとえばときにその海をのぞんでハーバーであるとか、ではなくてポートの煌めきよろしくあるのでないか。というようなぐあいに山賤には輝いて感じられたこと。

どこがどうかしてこの港には都の匂いが漂ってくるようなぐあい。それはその位置、みるからに大陸に向かって開いた両掌さながらの、形状からわかる。それにくわえて関西の裏なること、ほんのお隣で至近とくるのである。琵琶湖の縁に沿って木之本峠を越えて入る。するともう敦賀というのだ。敦賀、海の利もよし、地の利もよし。

＊

「敦賀は天然の良港であり、海流の関係から、朝鮮半島からきわめて渡来しやすい土地であった。……背後の山を一つ越えれば、周囲に稲作に適した広い土地と鉄鉱石の産地を持ち、水上交通の発達した琵琶湖のあることであった」（岡谷公二「敦賀という場所」『神社の起源と古代朝鮮』平凡社新書　二〇一三）

岡谷公二（一九二九〜）。仏文学・民俗学研究者。『柳田國男の恋』（平凡社　二〇一二）、『伊勢と出雲』（平凡社新書　二〇一六）、ミシェル・レリス『幻のアフリカ』（河出書房新社　一九九五）他、著訳書多数。

岡谷は、前掲書において、日本固有のものとされてきた神社信仰をテーマとする。そこでその起源を探るために、新羅《しらぎ》・伽耶《かや》を出自とする渡来人の痕跡、それを国内にとどまらず韓国にまでおよび調査、神社の興りに関して従来の史観を覆す仮説を打ち出すのである。

第一章「近江の旅」。この地方には古い渡来系神社が多く存在する。岡谷は、「この古さは、神社信仰の成り立ちに朝鮮半島、とくに新羅・伽耶が或る役割を果たしていることを暗示する」と、揚言する。以下ゆかりがある神功皇后や継体天皇の伝承、渡来人の足跡と製鉄との関係、くわえて記紀に載る新羅の王子・天日槍《あめのひぼこ》（「天之日矛」とも）。はたしてこの王子であるが、地名「敦賀」の由来の人物ともされる都怒我阿羅斯等《ツヌガアラシト》と同一人なるか、などなどと疑問をただしてゆく。そこから「日本で最も数の多い神社のそれぞれ一つである八幡神社、稲荷神社が、元来は新羅系の秦氏が祀った神社であった」と指摘するのだ（参照・第四章「比咩神」）。

前掲の「敦賀という場所」。岡谷は、敦賀の気比《けひ》神宮を取り掛かりに、越前の新羅神社を採訪、三国の大湊《おおみなと》神社へ脚を伸ばす。その一つ、継体天皇について。その母振姫《ふるひめ》の父・乎波智《おはち》は朝鮮半島にあった加羅王国のハチ王ではないか。そうすると継体天皇は渡来系の血が濃厚とみられるのではと。するとどんなものか。神社の起源と、天皇の系承と、ともに根幹で古代朝鮮に由来しよう。といえるのではないか。

ところで私事ではあるが、こちらの顔貌からだろう、あんたの先祖様は半島系でしょう？　とよく聞かれる。当方、奥越大野産、山賤。ひょっとしたら先祖は日本海を渡り敦賀か三国に上陸、九頭竜川を遡り大野盆地に移り住んだのでは？

敦賀！　ほんとうにここは古来よりグローバルでインターナショナルな海港でありつづけた。

＊

敦賀！　そしてここはまた当方にも格別なる海港でありつづけた。わが郷里は奥越、大学は京都なり。であれば帰省と上洛の際にこれぞ、まことに変わらない裏日本人的ぽくある決めポーズ、よろしく車窓の光景を眺めてきた。

またしばしばそのときの気分と待ち時間を計り下車したりしているのである。じっさいまったく当時は金欠で学割利用なる鈍行列車の接続は不便きわまりなかった。唯一の時間つぶしは駅から近くある気比の松原。そのときどき敦賀の海はというと、四季折々そして精神状態により、どことなく表情を違えたようだ。

失恋したときの海……。おもうになんともオバカ学生さんが目にするそれは、とっても塩辛いようで、とんでもなく甘ずっぱく乙女チックなものであった。留年したときの海……。
というところで気比の松原といえばきまり。まずは例に漏れなく、芭蕉『奥の細道』は敦賀路の名吟、それを思い浮かべる。ときは元禄二（一六八九）年、八月一四日、中秋の名月の前夜、気比神宮に参拝し、「お前《まへ》の白砂、霜を敷けるがごとし」と詞書きして詠んでいる。

月清し遊行《ゆぎやう》のもてる砂の上　　芭蕉

気比の松浜は、その昔は低湿地だった。そこに遊んだ遊行上人一遍が海浜から砂を運びこんで造った砂浜と伝わる。白い砂の映え。月光が清らかに、上人様のお運びになった白砂浜を照らす、神々しき美しさよ。
しかし生憎にも「十五日、亭主の詞《ことば》にたがはず、雨降る」と詞書きして。

名月や北国日和定めなき

だが待てば日和あり「十六日、空霽《は》れたれば、ますほの小貝ひろはんと、種《いろ》の浜に舟を走《は》す。海上七里あり。……」と詞書きして詠む。

寂しさや須磨にかちたる浜の秋
波の間や小貝にまじる萩の塵

＊

さて、元禄の昔からくだること、二世紀余、明治の作となるとこれか。

河東碧梧桐（一八七三〜一九三七　参照・第六章「雄山神」）、『三千里　下』（講談社学術文庫）の旅の途、明治四一（一九〇八）年、一〇月一七日、色ヶ浜（種の浜）に遊び、蕉翁を偲び、「船を常宮《じょうぐう》に着けて、常宮神社（註・気比神社の奥宮）に参った」。神代の昔、神功皇后がここで皇子の応神天皇を安産したという言い伝えから、地元では「お産のじょうぐうさん」と呼ばれ拝まれる神社。

「大木の松が浪打際《なみうちぎわ》に立ち並んでおる間に、礎石《そせき》の浪に洗われておる拝殿《はいでん》がある。殿上に立って、浪静かな気比《けひ》の海に臨むと、左に聳《そびえた》っておる蠑螺嶽《さざえだけ》も遠き昔を語り顔だった。

即　吟

海に泛《うか》ぶかと拝殿に雁仰ぐ」

はたしていまも「大木の松が浪打際に……」という美しい風景はそのままである。たしかに拝殿に立てばそれは「海に泛ぶかと」も一瞬は思わされるが……。というところで、とき同じくしてこの名を、あげることができる。

民俗学の祖、柳田國男（一八七五〜一九六二）。柳田は、碧梧桐の旅の半年後、明治四二年、五月二五日から七月八日にかけて、農商務省職員として木曾、飛驒、北陸路の調査行をする。その折に三方五湖を小舟で遊覧した。

「舟をやとひて三湖を渡る。久々子湖辺の丘の上には、処々に果樹園あり。雉子しきりに啼く。小舟一つ引汐に乗りて行くこと迅し。枇杷を積み、又紺がすりの娘を乗せたり。娘手拭をかぶり、気どりて其端を口にくはへたり」（「北国紀行」）

「娘手拭をかぶり、……」ここらはそのさきの抒情詩人・松岡（柳田）國男（参照・「野辺のゆきゝ」三

○篇　『抒情詩』一八九七）を髣髴とさせないだろうか。いやはやなんとも長閑《のどか》なようすですがしくあること。まことにその昔のつぎのような景さながらでは。

若狭なる三方の海の浜清みい行き還らひ見れど飽かぬかも　　作者未詳（『万葉集』巻七・一一七七）

＊

それはさて、ふりかえれば往時の敦賀はそんな、まるで歌枕の名所のごときだった、ようである。ことはなにも、わたしらの先達さんらに、とどまらない。

昭和八（一九三三）年、五月三日、ウラジオストックからの定期船天草丸が敦賀港に着岸。タラップを降りてきた客にまじり、待っていた男がみえた。

ブルーノ・タウト（一八八〇〜一九三八）。建築家・都市計画家。ドイツは東プロイセン・ケーニヒスベルク生まれ。ナチスの迫害を逃れるために、日本インターナショナル建築会からの招聘を受け入れ来日したのである。

「時化《しけ》の海を航行したのち、風がやや静まり海面も穏やかになったとき、行手に突然陸地が浮かび上がった。――日本である」「船が接近するにつれて緑はいよいよ濃くますますめざましくなる。雲の下にある湾の奥は明るい空の光に照らされている。松の生えた島が船の進むにつれて湾のなかに入ってきた。まるで広重の木版画そっくりである」（『日本雑記』篠田英雄訳　中央公論新社〈中公クラシックス〉二〇〇八）

敦賀、初めて踏む憧れの地。タウトの心は躍るばかりだ。「今までに見たことがないような多彩な色――とりわけ爽やかな緑。湾内の水は虹のように変化する。まったく新しい世界だ。白と赤の閃光《せんこう》を放つ灯台」

その夜、松原公園を歩き、日本食を戴き、日本酒を飲む。珍味の数々、丁寧な接客。「なにもかも心ゆくばかりの悦《よろこ》びである。この上もなく親しい第一印象だ」。ところがこのとき一つだけ眉をひそめたことがある。それは「埠頭《ふとう》に立ついくつかの欧風建築物から受けた怪訝《けげん》と幻滅」である。その建物とはいまや当地観光スポットの旧敦賀港駅舎とか赤レンガ倉庫だろう。「このような建築物は清浄な国土を汚す穢《きたな》らしいもののように思われた。それはこの国が今後幾十年もの間取り組まねばならぬ重大な問題の最初の顕示である」

上陸、第一日目にしてつよく発せられたこの問題提起！　タウトは、桂離宮をはじめ、伊勢神宮、飛騨白川の農家および秋田の民家などに日本建築の典型を見いだした。それだけに欧米の猿まね風の建物には胸を悪くしたろう。たとえば銀座について、わたしらはこの街を「ハイカラ」の象徴としてきたが、それらのほとんど全部が「いかもの」と呼ぶべきものだと。

「およそ東京の銀座くらい無性格で醜悪なところは世界のどこにもあるまい」「日本は銀座という街でアメリカを相手に売淫行為をしている」となんとも手厳しいかぎり。タウトからすれば国会議事堂からして「いかもの」の代表的建築とさえなるのだ。

ブルーノ・タウト、ひょっとして、真実本物の裏日本人、であるのでは？　それはさて、きょうのいま九〇年近いときをへだて、タウトさんが敦賀においでになったら、どうだろう。

「広重の木版画」、そんなにまでなぞらえた敦賀湊の「いかもの」的発展ぶりをどうみたことか。おそらく絶句したろう絶対！

＊

それからくだって敦賀はいかに感受されただろう。つぎにこの海港に関わり深い人の作物をみよう。

桑原武夫（一九〇四〜八八）。仏文学者・評論家・探検家。敦賀町蓬莱（現、敦賀市）の出身。父は、京都帝国大学教授で東洋史学者・桑原隲蔵《じつぞう》。五歳まで敦賀で育つ。桑原は、深い学識と行動力で多方面に影響を与えた。またジャンルを横断する研究者を組織して、共同研究システムを推進するなど、幅広い活動を展開する。戦後、俳句を論じた「第二芸術」（一九四六）が論議を呼ぶ。

昭和四一（一九六六）年、桑原、五十年ぶりに里帰りした。そこでまず驚かされたのは、故郷のあんまりな様変わりようだ。

「私の父の生家があったあたり、ただ一つ懐旧の情をそそったのは御手洗川《みたらし》。父が、アルコールをたいて走る小型蒸気船の模型を買ってきて、浮かべたのがここだ」（桑原武夫「ふるさとを行く」「週刊朝日」一九六六・八・一二）。いまやその清流はというと見る影もなくドブ川になっている。海水浴を楽しんだ鷗ケ崎《かもめがさき》は消えている。「石油タンクその他の施設を誘致する目的で……のっぺらぼうに埋め立ててしまったのだ」。さきのブルーノ・タウトの渋面がみえるようではないか。なかでも驚嘆させられたのが、ほかでもない原発なのである。

「万国博に間に合わせようと、昭和四十四年末の完成をめざして工事は急ピッチに進められている」

「この原子力発電所には、福井県も敦賀市も、たいへんな肩の入れ方である。……。これはいわば国家的性格の事業であって、狭い地方の利害を問題にすべきではないかもしれない。しかしこのあたりの住民に、発電はどれだけの精神的ないし物質的幸福をもたらすのであろうか」

まずそう問いを発すること。ここからがプラグマチスト桑原武夫の面目躍如たるありようなること。つづいて論を進めてゆく。わかりやすく数字を並べて諄々と説くのである。

この土地の「買収価格がどれくらいか調べてもらった。一坪あたり水田が九百六十円、畠が五百円、山林原野は二百円である」とのこと、いっぽう大阪万国博のそれは「坪三万五千円」になるそう。「大都会に近い山林と、交通不便の僻地で、……、もちろん話はちがうが、それにしても、価格の開きがどうしてこんなに大きいのか」と。そしてこう正直な疑問をぶっける。

「村民は満足していると聞いたが、公のことに従順な正直者が損をしたのでなければよいが」

みなさんはいま、半世紀以上まえのこの言葉をどのように、きかれましょう。桑原、このとき色ヶ浜で芭蕉の「寂しさや」と「波の間」の二句を思い浮かべて海を眺めている。

敦賀よ、美しい海よ、永久《とわ》に！

＊

「たとえばときにその海をのぞんでハーバーであるとか、ではなくてポートの煌めきよろしくあるのでないか」。当方、さきにそのように敦賀港の初印象におよんでいる。

ついては敦賀の海の詩をめぐって、あえていうなら往年の波乗り少年みたくあるよう、とっても真っ直ぐな詩人をあげたい。山賤のこちらはその詩をいつだって、嫉妬をおぼえつつ読んだものである。だけどもおそらくその名は多くの人に知られてはいないのでは。

藤原定（一九〇五〜九〇）。詩人・評論家。敦賀町富貴（現、敦賀市）生まれ。父・鉄蔵は、日露貿易の開拓者だ。敦賀商業学校（現、敦賀高校）露語科（註・当時、全国の中等学校で唯一設置されていた）を経て、法政大学に学ぶ。昭和八（一九三三）年、評論「不安の文学」を発表、一九年、第一詩集『天地の間』を刊行。

「私は故郷敦賀で幼少年時代を過ごした。北陸の深い青を湛へた海、そして冬の降りつづく雪が私を詩人たらしめたのだと今も私は信じてゐる。感傷的な少年時代に、厭人的な気持に陥ると、私はよく海岸へ行つて仰むけに寝そべつて星の流れるのに見とれ、近く遠く、砂原を打つ波の音にいつまでも聴き入つたのである」（「自跋」同集）。

敦賀産、海っ子、藤原定。海へ寄せる想いは熱く深い。ここでは故郷の海を主題とする代表的な詩集『吸景』（八坂書房　一九七四）をあげる。まずはつぎの一篇をみられよ。

少年の頃《ころ》
すなおに聞き入るぼくにむかって
海は波打際まできてしたしげに
数かぎりない約束をした

それから長い果しない放浪のすえ
故郷に帰って海辺に立つと
波々はぼくを責めるように打ちよせてき
なにやらわからぬ冷たい言葉を吐き
急いで遠いふところへ帰っていった　「遠のいてゆく海」

遠い少年の日にあって、海は希望に輝いていた。しかしながら年経て向かう故郷の海は自分を拒むようにする。いったいおまえは何をしてきたのだと……。海と向き合いつづけ、海に問い返されること。それがそう、藤原にとって詩を作るという行為、なのであろう。「北陸の深い青を湛へた海」。ほかでもない、それが詩を育む胎《はら》である、だからである。ここにはこの海で送った青春の純真なる日が息づいている。

外はあかるい満月の夜だ
緊張がいつかほぐれて　呼吸がととのい
まもなく眠りに入ろうとするとき
ぼくの中の海と
故郷の海とが
ひそかに交信をはじめたらしい
背中の方につたわってくる
そのひめやかな信号　「海」

故郷の海との交信。それが詩人藤原の夜毎の入眠儀式なのだ。ひとしきり波との遣り取りがつづく。しばらくするうち得心がいって、ようやく睡眠がおとずれる。

部屋じゅうがあわい海につかり
ぼくは海の底にいる
波々の底に寝ている
胸と波々が愛しあっている　（同前）

海に赦《ゆる》され、瞼を閉じる。なんたる喜ばしい眠りなるか。母なる海。ことに敦賀の青い海はというと、つねに詩人に甘く厳しい母さんであった。
海は美しかった。このときにはまだ半島のどこにだって原発なんてものが建立されていなかった。

海は優しかった。

山には山の幸せがあるように、海には海の幸せがあるという。どうだろう、それがことわりであろうが羨ましいかぎりではないか、いやほんと。

見たまえ　ゆれつづけているあの青の神秘を
あの青という色の裏側には
なにかふしぎな働きがある　（同前）

なんという幸せなること。いっぽうでこの海を苦い思いで振り返る者もいたのである。これがまあ辛いのである。

＊

水上勉（参照・次項）。若狭を代表する作家。それは短篇「気比の松原」（『わが山河巡礼』中央公論社　一九七二）である。戦後の苦難時代に二度、水上には、胸底深くひそかに松原の景色をおさめる出来事があった。

「松にあたる風を、古来の詩人は松韻とよび、風流の極とした」。だがそれは「風流」とはほど遠い哀しすぎる道行きであった（参照・水上勉『停車場有情』朝日文芸文庫）。一度目はつぎのような私事情をひめて。

昭和二七（一九五二）年三月、妻に逃げられた身で、娘が学齢に達したための方策として郷里（大飯郡本郷村）の実家にあずける途次。そのとき小浜線へ乗り換えるのに長い待ち時間があった。そこで父娘は手をつなぎ松原を前にする。

「ぬれた砂の上を、ズックをぬいだ父娘は走った。子は、松原の中を、髪をうしろへなびかせ、松ぼっくりのように小さくなるまで走った。いまでも、この姿が焼きついてはなれない」

つづいて二度目はというと、それから四年後のことである。「私と二度目の妻が、この気比の松原にたたずんだのは、昭和三十一年の六月だった」。ときにこんな経緯《いきさつ》があってだ。

じつをいうとこのとき娘を引き取りにきたのである。そうしてやはり待ち時間に松原へ出かけているのだ。若い妻とふたりは、松の木の下にすわる。ついてはここでどうしても確認しておきたいことがある。水上は、子に妻のことを「お母さん」か「お姉ちゃん」かどちらで呼ばせるか、悩みを打ちあける。としばらくして妻はこたえる。

「お姉ちゃんでいいですよ。あたし、それでいいのよ」

そしてはたして村に帰るとどうだろう。「不思議と、子は妻になついた。「お姉ちゃん、お姉ちゃん」といって、母をなくした子は、むしゃぶりつくように、若い妻にあまえた」。いやぁちょっと、ウルウル、してきてならぬ。水上は、この作をつぎのように閉じる。

「故郷の山河は、いつ訪れてみても、心に沁みると人はいう。何げない松並木にも、山の端道にも、海岸の砂浜にも、その人の心の歴史が落ちこぼれているからにほかならない。……。とりわけ、敦賀の気比の松原は、私にとっては、永劫のものである」

「松並木にも」、「端道にも」、「砂浜にも」、「その人の心の歴史が落ちこぼれ」……。ジーンとくる。なるほど、水上勉節、なっとく。

さて、この項も終わり。敦賀半島西側尖端にある美浜原子力発電所。じつはその威容は、気比の松原から直接にはみえない。それはさて原発にもっともらしげに、建立された山口誓子の含意不明っぽい句碑、これをどうおみとめになられましょう。

舟蟲が潑剌原子力発電　　誓子

小浜《おばま》　炉　―水上勉《みずかみつとむ》

森崎和江　山川登美子　尾崎放哉　山本和夫　金子兜太

小浜は若狭の西方。敦賀発の小浜線で一時間余。京阪神に至近で便利。それだけに余禄も多くあった。大きくは経済的に、少しくは文化的に。いっぽうで問題も無くはない。

関西の繁栄を下支えしてきた、ゆえにそれこそほかならぬ、若狭は困窮の民草なるという。いうならばこの海浜特有の暗く狂おしいような人間模様が織り成されつづけてきた。このことはその、ずっと根方で奥広くある、ようにみられる。であればやはりこの作家の名前をあげるほかないだろう。

水上勉（一九一九〜二〇〇四）。大飯《おおい》郡本郷村字岡田（現、おおい町）生まれ。水上は、深く若狭を愛しつづけた。なにしろその若年の日に水上若狭男の筆名を使っておいでだ。そして年経ては昭和六〇（一九八五）年、六六歳、「若州一滴文庫」を開設するにいたるなど。故郷への関心を深め、若狭を舞台とする作品や随想を生涯、旺盛に数多く問うてきた。

在所・若狭。まさにここは魂の在り所であるあかし。水上は、ながらくこの地に生き死にする人の心の綾を描きつづけてきた。じつにその触手のおよぶところ、地誌、文化、仏教、歴史、などなど多岐にわたっている。

まずは、『霧と影』（河出書房　一九五九）、である。水上、四〇歳の社会派推理小説の出世作。舞台が、若狭は大飯郡高浜町、音海《おとみ》大断崖と、青葉山（六九三㍍）だ。音海は、関西電力高浜原発が立つ半島の尖端、日本海の荒波が打ち寄せる東尋坊をも凌《しの》ぐ奇勝。水上は、その絶壁を仰ぎみて、作品の着想をえた。青葉山は、半島の南西、京都府との境に位置する、別名・若狭富士。だがその優美な遠望とちがい、谷の襞に奇岩怪石が剝き出し、深く樹海が広がる。物語は、この山中の深く戸数四戸、住人一二人の小集落「猿谷郷《さるやごう》」を中心に展開される。

つぎに、直木賞受賞作『雁の寺』（文藝春秋　一九六二）、である。貧しい大工の次男に生まれ、一〇歳で人減らしのため京都の寺に出される「ひっこんだ眼、白眼むいたあの眼つき。誰にも好かれないようなあの風貌《ふうぼう》」の小僧、慈念《じねん》。困窮のその生い立ちに暗く影を落とす若狭。つづき『釈迦浜心中』（新潮社　一九七三）、『はなれ瞽女おりん』（新潮社　一九七五）をはじめ、若狭を舞台にした作品を数多く発表。

さらに昭和五〇年代に差し掛かって自伝的作品に取り組むのだ。少年期の記憶をもとにした「太市」、「千太郎」、また戦時中、青葉山山麓の国民学校分校助教としての生活を綴った長篇『椎の木の暦』（中央公論社　一九八〇）など。これらの諸作に登場する人物たちをして「最後には自然のなかに、永遠の慰めのようにおいている」とみること。はてはそこにわが国の民俗学の祖、柳田國男の唱える常民（柳田が英語の folk、ないし common に該当する層として広めた語彙）の生きる姿にかさねる評もうかがえる（「解説」饗庭孝男『寺泊・わが風車』新潮文庫）。

いとおしい若狭のありよう……。ここでこの在所で生き死にしてきた民草を物語りつづける水上の筆は止まらなかった。

＊

「まあ、大きな体温計みたいなもんや。そいつをポケットに入れとると、ぴいぴいなりよる。放射能をぎょうさんかぶったぞォというサイレンのかわりや。ほれで、わしらは、とんで出るわけや。首すじにも、衣類にも、いっぱい放射能をかぶっとるでのう」（「金槌の話」『昨日の雪』新潮社　一九八二）

水上は、昭和五五（一九八〇）年、ご母堂を亡くす。その葬儀以来、縁筋にあたる素封家の旧友良作との交流が復活。一周忌の折、良作から「ゲンパツ」で「日傭《ひやとい》」で働いていると聞かされる。出力各一一七万五〇〇〇ｋＷの一号炉と二号炉。その炉心に近い部分での清掃や運搬が主な仕事とか。でその際に胸ポケットに入れておく「大きな体温計みたいなもん」、そいつが二時間も作業していると「ぴいぴいなりよる」と。そこにいま一人、共通の友、大工の太郎助が働く。この御仁は耳が遠く「ぴいぴい」が聞こえず、しょっちゅう上役に叱られている。

農業も振るわず良い仕事もない。素封家にも大工にも有難い存在のゲンパツ。そのおかげで村の各戸に電話が通じ、有線《ケーブル》放送も繋がる。それは「半島の原子炉ドームに故障が起きて、どこかへ村民が逃げねばならなくなるような、万一の場合に備えてのことだ」とやら。それからしばしば良作から東京のわたしのもとに深夜の長電話がかかってくる。受話器から届く幼い日の思い出話の数々、いっぽう何ゆえだか、今日この頃身のまわりで起こる気味の悪い出来事。とある朝のこと、ゲンパツに通ずる道路に吐かれた七つのゲロ、それは何なのか……。

怖い。さすが社会派推理小説で大ブームを呼んだ国民的作家である。巧い。

くわえてもう一作みることにする。大飯原発の構内見学に材を取った掌篇。これがまた恐怖をおぼえさせる。

「ピーウ、ピーウ／ときこえる。ぼくは、急に、眼の前の、人口ドームの深い褐色の壁面と、螺旋の金属線がチカチカ光る穴底を蟻のようにうごく人影が、啼く鳥に思えて息をつめた」（「むげんの鳥」『秋夜』福武書店　一九八六）

ある秋の一日、水上は、知人で電力会社本社勤務のO氏を介して、点検中の大飯原発二号機を見学する。作業着にヘルメット姿の重装備に「携帯ラジオのような扁平な四角いものをわたされて」原子炉格納容器の中へ。すると「空っぽになっている炉心部の、百メートルぐらいはあるだろうふかい穴」があり、「その下方は遠い穴底で……蟻のようにうごいている人がいる」。すると「どこからともなく、鳥の啼《な》くような音がした」のだ。「これですよ」。O氏が四角い機器を指差す。

水上は、この鳥の声から「あれは、むげんの鳥の啼き声だ」と思いを飛ばす。それは越前の紙漉き村に和紙づくりの人間国宝の岩野市兵衛《いちべえ》を訪ねた折に聞いた奇怪な鳥の話である。「きまってその鳥は、谷底の漆黒の闇で啼いていた」そうで「とにかく、ピーウ、ピーウと地獄から火をとりにくるような声でのう。正体のわからん鳥なんで……気味がわるい」のだと。

むげんの鳥？「地獄から火をとりにくるような声」。いったいそれは何事をあらわす比喩であるのだろう。在所の浜に原発が四基も建つ。水上は、ほんとうのところ何をこの奇妙な後味の一作をして訴えたかったのか。というところにきて一拍をおくことにしよう。

「金槌の話」と、「むげんの鳥」と。ここまでもっぱら原発の関わりに引きつけ水上の作をふりかえってきた。むろんのことそれは作家水上には若狭の未来を左右する喫緊課題でこそあったからだ。いつか水上がこう嘆息したのを当方は記憶している。

「小浜市の神宮寺にある閼伽《あか》井で汲み上げた水を、奈良へ運ぶ千二百年の伝統のある儀式お水送り。それじゃないけど、いまは毎日お電気送りを、しておるのやのう」

ところで水上はというと、その晩年に在所は若狭で生き死にしてきた民草の伝承を物語る、そのことを使命としてきた。あまりかえりみられないがその仕事はたいへん貴重なものであるというべきだろう。

それがいかがな種類のものであるか。当方、そのさきにこのジャンルの諸篇を編纂抄録し一集にすることにたずさわった。読者の参考までに解説拙稿をつまみ巻末に転載したい。みてのとおり、そこにはいつの時代も苦しみ喘ぐ裏日本人が生きる姿が活写されていること、わかられたし（参考①）。

＊

それはさてとして、当今の若狭は物騒、なるところになった。しかしここは神話時代の民俗の一大宝庫なのである。なかでも八百比丘尼《やおびくに》伝説であろう。

昔、若狭の国の長者の娘が、人魚の肉を食べたところ、八百歳の長寿を得、人々を助けながら諸国を旅したと。むろんこの伝説は全国各地に分布している。だがこの比丘尼の生まれ故郷にして入定《にゅうじょう》の地が若狭だそうな。

森崎和江（一九二七〜二〇二二）。詩人・作家。朝鮮慶尚北道大邱《テーグ》府の生まれ。昭和三三（一九五八）年、筑豊の炭坑町に転居、谷川雁、上野英信《えいしん》らと文芸誌「サークル村」を創刊。以後、女性交流誌「無名通信」を刊行。著書『からゆきさん』（朝日新聞社　一九七六）他で、歴史の暗部を生きた細民の苦難の足跡を辿った。

『海路残照』（朝日新聞社　一九八一）。森崎が、日本海の南から北へと海岸沿いに採訪し歩く、記録だ。じつにここに収められる挿話のどれもが心にしみるのである。

若狭。八百比丘尼伝説発祥地。森崎にとって、当地を訪ねることが、宿年の夢でこそあった。まず空印寺に詣でる。「空印寺には八百比丘尼の木像があり、尼僧姿の頬のふくよかな女性が、左手に椿の小枝を、右に宝珠をささげて坐っている。この寺の相伝に、昔女僧があってここに住み、十五、六歳の美しさでその歳は八百歳、よって八百比丘尼と称した、と記してあるのだった。／長寿の女の伝承はこの小浜では口碑に終ることなく、入定の洞を持ち、寺院も木像もあって善男善女が詣でていたのだった」（「海さち山さち」）

伝説が語り継がれている、それにとどまらない、人々に篤く信じられている。森崎は、比丘尼の生誕地とされる勢村《せいむら》にも足を伸ばす。さらには旧街道を登ること、その名も比丘尼谷と呼ばれる、かなりな山間部まで入っている。小浜一帯だけでない、敦賀半島もめぐる。そうして産小屋《ウブヤ》（註・出産のための小屋、産婦は産の忌の期間、ここで別火生活を送った。若狭では昭和三〇年頃まで存在した）探訪までする。

八百比丘尼伝説と、産小屋と。長寿永世の祈念と、出産不浄の排除と。いっけんおよそ両立しないようである。しかしその根本のところでは、命を超えたものと、命を産みだすものと、あわせておなじ畏敬があったよし。さらにくわえてこの繫がりでここにつぎの名をあげておきたい。

谷川健一（一九二一〜二〇一三）。民俗学者。谷川は、揚言する。

「日本列島を鋏状に洗う黒潮と日本列島の関係は不変である。黒潮の存在を抜きにしては、日本文化も日本の民俗学も成立しない。黒潮は日本文化の永遠の主題を奏でる隠れた主役である」（『黒潮の民俗学　神々のいる風景』筑摩書房　一九七六）。このことに関わって同書の「若狭——暖流の運んだ文化」に面白いこんな挿話がみえる。若狭の国の長者の娘が食べた人魚こそ、じつは沖縄や奄美に生息するジュゴンなると。これをみるにつけ黒潮が結ぶ南方と若狭の交流の密さがしのばれよう。

＊

いやほんと、なんとも往古の湾岸の祖らが遠海原の果てに夢見た伝承の豊かだった、ことだろう。ついてはそれから、時代が下って万葉の世は、いかがだったろう。

かにかくに人は言ふとも若狭道の後瀬《のちせ》の山の後《のち》も逢はむ君　坂上大嬢《さかのうえのおおいらつめ》
後瀬山後も逢はむと思へこそ死ぬべきものを今日までも生《い》けれ　大伴家持《おおとものやかもち》
（『万葉集』巻四・七三七・七三九）

大伴家持（養老二・七一八?〜延暦四・七八五）。『万葉集』編纂の中心歌人で、同集に長歌四六首、和歌四三一首も載る。三六歌仙。青年期に多くの相聞歌を詠む。家持は若い日、坂上大嬢（生没年不詳）に出会って愛を深め将来を誓う。しかし公卿《くぎょう》としての仕事がある。

天平一八（七四六）年、越中守として赴任。しばらく離れ離れになる。ときに歌を交わすことで二人はしっかりと心を結びあう。遠い富山と、奈良の都と。いったいどれほどの数の歌が行き交ったものであろう。それこそ袖の涙が乾く間もなきに。いつの世も恋する者は熱くある。それにつけても万葉の愛別はことのほかだ。なんたるお二人の熱々ぶりなるか。

まずは相方の歌に詠われる山の名に注目されよ。小浜市郊外にある小高い後瀬《のちせ》山《やま》。ここは万葉の恋歌に詠まれる有名な歌枕の山である。それはその後瀬の名が「後の逢瀬」に通じるゆえだ。そこでこの二つの歌をこのように解くと熱いのである。大嬢さんの一首。

とやかく人が噂してじゃまだてしても、若狭小浜にあると聞いている後瀬の山ではありませんが、きっとこの後ほどなく逢えますよね、あなた！

こんな熱っぽいそれに家持さんがどう返したか。これがもっと火傷するほど高熱というぐあい。

任地に向かう途に後瀬山を仰いだ折、ぜったいにこの後にまた逢えると思った、だからこそ死なないで今日までも生きてきたんだよ、おまえ！

むろんもちろん、ともに歌の言外に「今度逢ったなら、夫婦《みょうと》盃をきっと」の意味を含むとは、いわずもがなだ。ついては、なんと大嬢さんは家持に逢いたさに越中まで赴いたという。めでたく御成婚なったと。

若狭道。わたしらは忘れてならない。いまこそ原発の銀座だろうけど、いにしえの八百比丘尼伝説発祥にはじまり、さらには万葉の恋路であったと。しっかりと伝えていかなければ。

＊

万葉の昔から、歴史をすっ飛ばして突然、近代に入ろう。当然いまだ、のどかにも、原発はない。しかし海は凪いではいても、ここの民は切ないようだった。

後世は猶今生《こんじやう》だにも願はざるわがふところにさくら来てちる　山川登美子（『山川登美子全集』光彩社　一九七二）

山川登美子（一八七九〜一九〇九）。遠敷《おにゆう》郡竹原村（現、小浜市）生まれ。短く儚く散った「薄幸の歌人」だ。よく知られる、歌の師・与謝野鉄幹をめぐる、鳳《ほう》晶子（後の与謝野晶子）との間の恋の確執、それが悲しい。

それとなく紅き花みな友にゆづりそむきて泣きて忘れ草つむ

恋の勝者は晶子。敗者の登美子は、この歌を恋敵に送り、生家に戻る。二一歳、父の勧める縁談を受け結婚をするも、三年後、夫を結核で亡くす。以後、長兄、長姉と死別、じしんも夫から感染した結核により臥すことに。そして、二九歳、最愛の父を、ついで養女にしようと思っていた姪までを、亡くす。さらに、歌人として唯一の拠り所であった「明星」も一〇〇号（明治四一・一一）をもって廃刊となる。

いかならむ遠きむくいかにくしみか生れて幸《さち》に折らむ指なき

「幸に折らむ指なき」とは悲しい。なんとも悲しすぎる。ついては前掲の一首をみたい。
「後世」死後の世はいうに及ぶまでもなく、「今生」この世の命さえ願うべくもない。はかないわが胸のうちに、いつの世にも変わらず美しく咲きさたり、はらはらと散ってゆく。桜よ、ひとひらそして、またひとひらの、花よ……。古来、桜を詠んだ歌は多い。なかでもこの作は歌史にひときわ輝く秀歌といえよう。
「彼女の歌は、あるいは晶子よりもふかくすさまじい執念の力にみちている」「晶子と同等か、もしくは一級上に据えてもしかるべき歌人である」（田辺聖子『千すじの黒髪　わが愛の与謝野晶子』文春文庫）
明治四二（一九〇九）年、百十余年前、裏日本的、薄幸女流歌人、登美子死去。享年三〇。桜散る四月一五日は命日。ときにその生と歌を偲んで掌を合わせたい。登美子、辞世とされる歌を胸にしつつ。

父君に召されていなむとこしへの春あたゝかき蓬莱のしま

＊

観光ポスターに謳う、海のある奈良、小浜。寺が多い。ちょっと町を歩けばどこでも寺に行きあたる。常高寺《じょうこうじ》は、江戸時代初期の小浜藩主 京極高次《きょうごくたかつぐ》の妻、常高院（お初の方、信長の妹お市の方の次女）の発願により建立された禅刹。先年、NHK連続テレビ小説「ちりとてちん」（二〇〇七〜〇八）で放映されて話題になった。じつはこの寺に縁のある変な人がおありだ。

尾崎放哉（一八八五〜一九二六）。俳人。鳥取県生まれ。

大正一四（一九二五）年五月、漂泊の放哉、神戸は須磨寺の内紛のために寺を離れて、縁あって常高寺の寺男になる。海が好きな放哉、ここにしばし落ち着く気持で門を潜ったのである。ところが当寺がひどい。なんと一年半前に本堂を焼失するなど災難つづき。破産状態で末寺から排斥された居候同然の和尚が一人。境内は荒れ放題。はたしてここでの放哉の寺男ぶりはどうだったか。

背を汽車通る草ひく顔をあげず
田舎の小さな新聞をすぐに読んでしまつた
海がまつ青な昼の床屋にはいる
そつたあたまが夜更けた枕で覚めて居る
一人分の米白々と洗ひあげたる
時計が動いて居る寺の荒れてゐる
豆を煮つめる自分の一日だつた
淋しいからだから爪がのび出す

（『尾崎放哉全句集』ちくま文庫）

一句目、山門前を走る小浜線の蒸気機関車が浮かぶ。それにしても貧しい寺での、この淋しい暮らしはどうだ。こんな手紙がある。「アンマリ毎日、筍（カタクナツテ居マス、時ハズレダカラ）ヲ喰フノデ、腹ノ中ニ、「藪」ガ出来ヤシナイカト、心配シマス、呵々《かか》」。毎日の食膳には筍ばかし、和尚の人使いも荒っぽい。ついで三句目をみる。

辛い朝夕の務め。わずかに慰むのは、「まつ青な」海を目にしつつ門を下って「昼の床屋」に行く、ちょっとの暇くらい。あの赤青白の標識が渦に巻く。硝子の戸もガタピシする簡素な店。この時季の、梅雨晴れにのぞまれる小浜湾のキラキラきらめく青海原、その爽快さ！

ひどい日がつづいた。しかしときに小浜の海ばかりは放哉に救いだったろう。だけど堪えられない。なんと常高寺に来て二ヶ月もない。七月、放哉は寺を去り、小豆島土庄町《とのしょうちょう》は西光寺の南郷庵に入る。そうしてそこに約八ヶ月、独居孤坐しつづけたはて。大正一五・昭和元（一九二六）年四月七日、死去。享年四二。

＊

春の山のうしろから烟が出だした

ぐるりと、のぞまれる海浜のどこにも一つたりとも原発などあるべくも、なかった。そんなほのかな時代に生きた、いま一人の幸せなかたをあげる。

山本和夫（一九〇七〜九六）。詩人・児童文学者。いまやその名を知る人は多くはないか。遠敷郡松永村（現、小浜市）生まれ。東洋大学卒業後、日支事変に従軍、詩集『戦争』を上梓。終戦後、戦争の一番の犠牲者である子供達のために児童文学『燃える湖』（理論社　一九六四）を刊行する。以降、その長い作家生活の間に数多くの詩と童話を発表、また近代文学研究家、評論家として幅広く活動する。この人の、生まれ育った村に寄せる思いは熱い。

この村は、
私に星に乗って青い天空を旅することを教えてくれました。
ひとりで喋ることを教えてくれました。　　「青の村」（『山本和夫全詩集』スタジオＶＩＣ　一九七九）

戦後、帰郷し山本和夫文庫を開いて文化運動を展開、文芸誌「北陸生活」（水上勉も同人で影響多し）を発刊。さらに晩年は若狭歴史民俗資料館館長を務めている。いやこの山本の若狭賛歌が手放しなのだ。

「若狭は美しい。それは箱庭のような美しさだといえるかも知れない。東に、五つの湖を持つ三方湖。西には、その箱庭を更に箱にしたような、海水浴場の高浜漁港。美しい」「若狭は美しい。……。美しい。桃源郷といっても、誇張ではないと思うくらいである」（『北陸路』日本交通公社　一九四八）

凄いったら。なんだか、まあちょっと鼻白むようだが、実際、このとおり素晴らしかった、のだろう。良いことだ。

と、ここらで小浜篇はおしまい。水上勉と同年生まれで先年（二〇一八）、九八歳で物故された金子兜太。さいごにその若狭詠でしめたい。

若狭乙女美《は》し美《は》しと鳴く冬の鳥　　兜太

「冬、若狭湾に臨む小浜に泊ったときの作。湾は波立ち、鷗が、じつにと言いたいほどたくさんいて、漁港の冬をつよく感じさせられた。そしてその景のなかで働く若い女性たちが美しかったのだが、とくに鷗の鳴き声が「美し美し」ときこえたのは、旅情のせいもある」（『金子兜太自選自解99句』角川学

芸出版)

鷗は、あえてあらわせば、キャアー、キャアー、というようにも、鳴く。それがその声が「美し美し」と聴こえようとは……。かくして当夜の泊の一句にみえる。

晩秋の日本海暗夜は碧《へき》　兜太

第二章　越前

雄島《おしま》　荒　一森山啓《もりやまけい》

高見順　三好達治　山崎朋子　前田普羅　中野重治

海は大きかった、えっけぇ（大きい）のう……。小一の夏に初めて町内会の海水浴で行って見た三国。波は荒れていた、ひでぇもんや（恐ろしい）のう……。

明治四四（一九一一）年夏、農商務省職員・柳田國男は、前述の木曾、飛驒、北陸路の調査行の途上（参照・第一章「敦賀」）、飛驒を越えわたしらの郷里、大野郡の僻村を訪ねている。そしてこんな涙物の記録を残しているのだ。

「下穴馬村《しもあなま》朝日の小学校に憩ふ。読本の中の「海」といふものを説明するに、こゝの何とか淵を一万も二万も合せたほどの大きさと言ふのを聴いて、面白くおもふ。さう言つたところで山村の児童には、なほ海を胸に描く能はざるべし。よき画を与へたし」（「美濃越前往復」）

柳田が、このときそんな「なほ海を胸に描く能はざるべし」とおっしゃった。当方らも、それとかわらぬ往時の「山村の児童」も同然のガキでしかなかった。

そのころからはるか、半世紀余、もっとたっていた。あれはいつだったろう、帰省の途次は晩秋の一日、なんでそうしていたか。
三国東尋坊（現、坂井市三国町安島《あんとう》）。福井発の京福電車（京福電気鉄道・現、えちぜん鉄道三国芦原《あわら》線）で一時間弱。ちょっといってみるかのうと海の方へただ遊山気分ふっと足を伸ばしていたようなあんばい。なんだろう、どこやら投身自殺願望老人みたよう、あやしげさ。ひとりぼんやりと歩を東尋坊へ運んでいるのだ。そうして観光客に交じり荒磯《ありそ》遊歩道沿いに立つ高見順詩碑に佇んでいた。

おれは荒磯《ありそ》の生れなのだ
おれが生れた冬の朝
黒い日本海ははげしく荒れていたのだ
怒濤に雪が横なぐりに吹きつけていたのだ

おれが死ぬときもきっと
どどんどどんととどろく波音が
おれの誕生のときと同じように
おれの枕もとを訪れてくれるのだ　　高見順「荒磯」

高見順（一九〇七〜六五）。本名・高間芳雄。その出生をめぐり、あえてそれこそ、裏日本的、ともいうべき、ある事情がひそむ。
このようなわけありである。父・福井県知事・阪本彭之助《さんのすけ》（永井荷風の叔父）の非嫡出子として三国町平木に生まれた。そういうことなのである。母・高間古代《コヨ》は、当地の日和山山麓にあった料亭開明楼で働き、阪本が視察で訪れた際に夜伽を務めた女性という（註・諸説あり）。

一歳、母と上京。父の顔を一度も見なく、麻布飯倉の父宅付近の陋屋に育つ。阪本家からは毎月一〇円の手当てを受けるも足りず、母が針仕事で生計を立てた。高見は、父について「私を彼女に生ませた、彼女の夫ではない私の父親」などと書いている（「私生児」「中央公論」一九三五・一二）。

昭和三八年八月、食道ガン宣告。掲出の「荒磯」を含む詩集『死の淵より』（講談社）を翌年刊。一集は、手術後およそ一年間に病床で綴った五十余篇からなる。「荒磯」を綴る高見、そのとき死の足音を耳にしつつ、おそらく瞼に克明に写していただろう。三国の海と、誕生の朝を。

四〇年八月一七日、死去。享年、五八。ところで「荒磯」は六聯二四行の作品であり、これに先行する詩行にある。


喜ばれない／迎えられない／私生子の／ひっそりとした誕生

死ぬときも／ひとしくひっそりと／この世を去ろう／妻ひとりに静かにみとられて

「どどんどどんと」。どんなものだろう。いやなんとも、胸を「どどん」とばかり騒がされてならない、ようでないか。それこそほんとうに。「どどんどどんと」

＊

などとそうして、それからぼうっと。しばらく高見のそれを背に、もっともらしげだが、なぜ投身自殺願望老人には、そこにあるのかはて、わからぬ詩碑のまえに立つ。いったいなんだって、けげんなのったら。

春の岬旅のをはりの鷗どり
浮きつゝ遠くなりにけるかも　　三好達治「春の岬」

三好達治（一九〇〇〜六四）。大阪人。だけど三国と縁深くある。昭和一八（一九四三）年、妻子と離別。翌年三月、三好は、三国は雄島村に疎開。ときに客舎の窓から日本海を遠望し詠んだ。

心機ただ一瞬を尚ぶべし／たまたま我は家郷をすて／北海の浜に流寓す　「窗《ママ》下の海」

この年五月、三好は、長年憧れていた師・萩原朔太郎の妹アイと再婚、新妻を雄島に迎える。達治四四歳、アイ四〇歳。ようやく思いは遂げられた。しかしながらその新婚生活はいかがだったか。アイは、お嬢様として気ままし放題に育てられた。美貌を誇り気位も高い。いっぽう三好であるが、愛薄く育ち辛酸を舐めた苦労人である。一途で無骨。それだけに人に求めるものが強くありすぎ、あまりにも心を伝えることに拙《つたな》すぎるのだ。気難しくときに手を上げもする暴君。アイにはとても耐えられる暮らしではなかった。

翌年二月、一年も満たず二人は離別。そこらの消息について、朔太郎の長女・萩原葉子の小説『天上の花—三好達治抄』（新潮社　一九六六）に詳しいが、こんな場面がある。ある日、訪ねた知人が思わぬ光景に息を呑む。そこには三好が万年床に臥していて見ると寄り添うように、アイの残していった長襦袢や着物が人の形に並べてあった。

三好は、しかしながらこの地に深く入れこんだしだい。二三年六月の福井大震災まで、五年の歳月を当地に逗留する（なんとわれらが大野高校の校歌作詞者でもあられます！）。であればここに詩碑があることについては納得できなくはない。だがこいつがいただけないのである。

けげん、なのである、ほんと。これがなんとも三国の春の海ならず、昭和二年四月、南伊豆を訪れた際に乗船した下田から半島巡り駿河湾は清水を結ぶ航路のどこか、だかの船上の景を詠んだものという。ちょっとどういったらよろしいやら。いやはやまるで観光あてこみ、三好の感性を考慮しないよな、人口に膾炙した詩句というだけ、まったく興醒めものよろしい。それにしてもなんでどんな意見があってこれを詩碑にしてよしとしたものか。

あえて選ぶとしたら、高見と三好の親交を物語る、こんな詩はいかがか。

一羽とぶ鳥は／友おふ鳥ぞ／荒磯《ありそ》

一羽とぶ鳥は／頸ながし鳥／臀《しり》おもし鳥

一羽とぶ鳥は／日ぐれてとぶぞ／荒磯

三好達治「荒磯」（『砂の砦』臼井書房　一九四六）

なんていやそんな東尋坊はもういい。ほんとどうでもよろしい。もう俗悪な土産物屋や飲食店舗が林立する。どうしようもない観光地でしかない。ひどいところなのだから。

＊

それではこれから先へ行くことにしたい。一〇年ほど前、あれは二月の雪の降る日、中野重治の話をする機会があり、その折、三国を訪ねた。中野は、三国の隣町、丸岡町（現、坂井市）の出だ（参照・第七章「親不知」）。このときむしょうに雪の日本海を見たくなってたまらぬ。会果てて友人の車で、東尋坊荒磯遊歩道の北にある周囲約二キロの小島、雄島辺りを回った。波！　その日は凄く凍えきるわ、すぐ目の前で荒れていた。嵐！

嵐は翼をひろげた
港の警報は空《そら》に狂ひ
汽笛の音は吹き消された
濤は高まる
…………
立騒ぐ鳥は逃げ
一つの漁火もなく
日本海よ、いま真裸《まぱだか》の全身を以て
嵐との格闘に起たうとする　　森山啓「日本海」（『潮流』ナウカ社　一九三五）

森山啓（一九〇四～九一）。詩人・小説家。やはりほとんど、その名を知る人は、おいでにならぬか。しかしながらこの雄島を語ろうに前述の三好ほかの人士が浮かぶべくもない。

森山、越後は新潟県岩船郡村上本町（現、村上市）の生まれ。旧制中学校教師の父の転任に伴い、小学三年生から福井市に住む。「福中《ふくちゅう》」福井中学（現、藤島高校）から「四高《しこう》」第四高等学校（現、金沢大学）をへて、大正一四（一九二五）年、東京帝国大学に入学。二級上の中野と親交を持ち、ナップ

（全日本無産者芸術連盟）に参加、熱く多くプロレタリア詩を書く。中野、森山、おふたりともに典型的もよろしいまで、裏日本的、エリートらしい使命感をおもちとみえる。

詩「日本海」。じつはこれが文壇登場作となったそう。ついては本作をみるとある傾向というか主義というか。それらしき匂いのようなものを感じられないか。ここに引用しなかった一聯にかくなる直言がある。

おゝ自由なきものゝ生活の海／底知れぬ苦悩の無限の力／夜の日本の／この格闘よ

それはさて、なんという海への想いのつよさ、ではないか。啓は、少年時、毎夏、避暑と海水浴をかねて、雄島は安島で過ごしたと。これからも波枕が詩の揺籠となること。海はこの人の創作を産みだす胎だった。

森山は、やがて小説家の道を歩みだす。これまた中野とおなじ。昭和一三（一九三八）年、師走も歳晩、題材を求めて親不知から三国へと下ってゆく。その道すがら丹念にメモを付ける。それがのちに機会あって「旅日記」（『日本海辺』砂子屋書房　一九三九）として発表されることに。まずその初め「魚売女」の項にみえる。

「十二月二十四日。北陸本線から三国行のガソリン・カアー（註・ガソリンエンジンで走行する鉄道車両）に乗り換へる頃、暗い空から霙が来た」という三国駅。そこで雄島の魚売女に出会っている。なんともその姿が逞しいのである。

「ゴム長靴、前掛け、きりゝとしめた帯の腰のあたりには手袋、乳の下には脇差しのやうに斜に突つこんだ大財布、といふいでたちである」

森山は、駅頭で働き者の雄島の婆《ばばあ》や婦《おんな》たちと言葉を交わしあう。腹痛を訴える婆に携帯の富山の売薬「ピルス」を与える。ストーブで甘藷を暖める百姓女から薯《いも》を恵まれる。いやこれがまあ微笑ましいのったら。いきがけ「でも、んだは、腹が病めるんでのう。」「そんなら、あんた食べならんけ？」だなんて。

そんなどことなし匂い立ってくるようだ。じつはこちらも幼い鼻垂れ小僧の時分に魚売の荷担ぎを目にしているのだ。いつもしんしんと雪が降りしきっていた。

想いだされる。なんともわざわざ彼女らは魚籠《びく》を担ぎわが奥越大野の山の中まで朝一番の京福電車で蟹を売りにきたものである。忘れられない。いまとなってはとても考えられなく信じてもらえっこない。ときにせいこ蟹一杯が五円（現今では二〇〇〇円でも無理？）そこらだか。ぜいたくにもそれが山ガキどもの冬のおやつだったのである。

＊

海の三国と、山の大野と。距離は近くもないが、交易は濃いのである。ついてはおかしくも忘れるに忘れられないのである。こんなにまでも、切なく、哀しい、想いが、あったことを。

「お盆が近づいてくると、わたしはまっ先に〈はげっしょ鯖《さば》〉を思い出す。……、福井県下の農家で暮していたわたしにとっては大の御馳走で、〈はげっしょ鯖〉のあることをもって、盆は正月よりも何よりも待ち遠しい季節であった」山崎朋子（「わたしのお盆」『随想ひとあしずつ』光文社文庫）

山崎朋子（一九三二～二〇一八）。女性史研究家・ノンフィクション作家。戦前、一〇歳に満たない日本の少女たちが身を売られ南方の娼館で働かされていた、「からゆきさん」を描く、代表作『サンダカン八番娼館　底辺女性史序章』（筑摩書房　一九七二）は著名。

山崎、父親は足羽《あすわ》郡六条村（現、福井市）の者で、母親は大野郡下庄村（現、大野市）の出だ。一九四五年、母方に疎開、終戦を迎える。大野高等女学校（現、大野高校。小生の先輩だ！）を終え、福井大学に学ぶ。終戦後、農家の仕事は昼夜なく、三度の食事にも事欠いた。

「お菜といっては来る日も来る日も塩の利いた漬物に味噌汁ばかり。田植や稲刈りなどの〈しまい日〉にだけ、〈ザン〉と呼ぶ魚の残肉を買って来て野菜と煮て食べる。正月でさえ満足に魚の顔が拝めなかった」のであればなお「尾頭つきで一本丸のままふるまわれる〈はげっしょ鯖〉は、涙が出る程ありがたい御馳走だった」のである。

「はげっしょ鯖」とは、江戸時代に大野藩藩主がこの時期に貧しい領民に焼き鯖を振舞ったという逸話から、現在でも当地では半夏生《はんげしょう》（毎年七月二日頃）に焼き鯖を食べる風習がある。

半月生の日の暁闇。三国からまだ暗いなかを電車で荷箱いっぱい運ばれてくる鯖。そいつを町の魚屋さんが焼いて家々まで自転車で届けてくれる。これが一人に一匹ずつだ。でその特別な食べ方が涙物なのだ。まず自分の竹串に他の者と区別する目印を付ける。そしてそれをどうするか。

「その夜だけの御馳走ではなく、翌日もそのまた翌日も、大抵の者は十日過ぎまで保たせるため、……何回も焼き直すことによって、……そして最後には、頭から骨からしっぽまで、それこそ一物も残さず食べてしまうのである」

このように物をいただく。そうしてこそ御馳走なのであろう。ガキのわたしもこの日の鯖を待ちのぞんできた。喰いてえわのう、鯖いっぽんのう。しかしそんな一本の鯖を十日も保たせようとは！いやほんと涙が出てきそうだ。

「炎天下、熱い湯のような田んぼに入って、足の血を蛭に吸われながら腰をかがめてする草取りの仕事では、貧血や腰痛で倒れる者すら出てきたが、一本の〈はげっしょ鯖〉はそうした労働を支える糧であったのだ。わたしは、幾たび〈はげっしょ鯖〉のことを思い出して励まされ慰められたか知らないのである」

どんなものだろう。いまどきの飽食の太ガキンチョどもに、ぜひともこの一文を拝ませたくはないか。なんてもうだめか。

＊

ところで雄島の魚売女はというと、雪の来る前、みなさん海女として海に潜っている。ＮＨＫの連続テレビ小説「あまちゃん」（二〇一三）で注目を集めた海女。

それはそうである、小六の夏の嬉しい臨海学校の際に立ち寄った雄島、でのことだった。ときにこちらは初めて海女さんを目にしたのである。その驚きはいまも新しい。海に潜って海の幸を採る。なんと厳しくも理に叶った漁だろう。海女といえばこんな、御仁がおいでになる。

前田普羅（一八八四～一九五四）。俳人。東京生まれ。関東大震災後、富山に居着き、北陸を舞台に多く自然と人情を詠む。以後、幾度か登場（参照・拙著『山水の瓢客　前田普羅』アーツアンドクラフツ　二〇一六）。普羅、そのさき当地を訪ねて「海女の口笛《をそ》　越前雄島村にて　六句」（『能登蒼し』辛夷社　一九五〇）と題して詠んでいる。

はるかなる秋の海より海女の口笛
白々と海女が潜れる秋の海
秋風に海女の襦袢は飛ばんとす
編みかへす海女の毛糸に秋白し
秋晴や繻子の襟かけ雄島海女
天高し海女の着物に石を置く

青くひかる海中へしろじろと潜ってゆく白衣。海女が潜っていた海から浮かんで吐く息継ぎ音。それがその深い呼吸の長泣きぐあい、はっきりと強烈に耳奥に残っている。三国節にもつぎのように唄われている。

〽岩が屏風か　屏風が岩か　海女の口笛　東尋坊

「海女の口笛、否深呼吸が三四丁の沖から聞こえて来る」として普羅はいう。「沖にはポツ〳〵と小桶が浮いて居る。桶から細縄が海底に垂れ、其の先に海女は働いて居るのである。小桶は採れたアワビやサヾエを容れるが、海女が浮かび出てつかまつて休息する所でもある。口笛否深呼吸の笛の様な音は此の時陸に響くのである」(『渓谷を出づる人の言葉』能登印刷出版部　一九九四)

一句目、「海女の口笛」。ガキのこちらもその嗚咽するような響きにしばし耳欹《そばだ》てていたものだった。二句目、青い海中へ「白々と」潜る海女。三句目、折からの風に捲《まく》れる海女の白衣の「襦袢」。以下、その昔の海女の光景が浮かぶ。いやほんとうに懐かしいかぎりだ。

当方、これから二十余年前にも雄島に遊んでいる。そしてその折に腰を曲げた海女婆さんと酒を酌み交わしている。

きくところ海女漁があるのは、世界じゅうで日本とそして韓国だけという。三国では弥生時代から行われたとか。海女は、サザエ、アワビ、ワカメなどを採る。くわえてその仕事にもまして大事なのは、それは海を育てることだそう。たとえば岩をひっくり返し、張り付いた藻を取ると、そこに新しい海藻が付いて、魚が卵を産みに来る。また稚貝を放流し、天敵のヒトデを駆除する。婆さん、その仕草をして、仰る。「瀬を騒がしてやのう」「海を育てるのやのう」それもまた海女の大切な役目なのである。海女は、貴重だ。だがなり手は減っている。婆さん、嘆くわ。

「雄島には現在、五〇から七〇代の三五人ほどの海女がいるかのう……。だが年寄りの引退により昨年から一割ほど減ったのう……」

海女の姿のみえない、三国は考えられない。声を大にして呼び掛けたい。若い、「あまちゃん」よ、出よ！

それはさて普羅のその海女賛仰たるや尋常でないのだ。ほとんどビョーキというのか。ついてはこんなにもこてこての、デコラティブな超美文調のオマージュ、もどきをものしておいでという。まったくショーキといえない。

「梅雨頃から輪島崎の一端……（猫の地獄《ママ》）……の岩畳から、つれ立つて海女が海に潜る、身をさかしまにして沈むとき、長めにまいた腰の白布で、キチンと揃えた両脚をつゝみ、月夜の「ホワイト・シップ」（白船）のやうに、蒼い海に沈む、其の黒髪は、土地の人の謂ふのには、海水に刺撃《ママ》されてかくも美しいのであると、又島から岩畳に上り来て、頭を包んだ手拭を取つて海水に含んだ黒髪をハラリとほごす、片掌ではつかめず両掌でつかむ一束の毛は、腰のあたりまであつた」（「序」『能登蒼し』）

いやほんと、まあこの描写はファンタジー映画かアニメの人魚さながら、ではないか。いまふうにいったらこの御仁はさしずめ海女フェチというところか。そうであれば、それこそ普羅にとって海女さんこそ北陸女そのもの、だったやら。

森山はいうたら、だいたい普羅のごとき、瓢客とはちがう。裏日本的エリートで、文学前衛であった。このとき海女の雲丹《うに》採りをめぐり。ひたすらペンを走らせメモを取りつづける。ともあれ海女の生活実態を記録すべきと。ここで「旅日記」に戻ると「ノート」の項にある。

「雲丹はこの部落ではガンジヨウといふ」「雲丹採りは、七月二十一日から二日土用の入りにあいたり、土用の二番にあいたりする。「あく（開く）」とは、「口あけ」のこと。「ガンジヨウの口があいたア」といって海女はピチピチと海へ入るのである」

そのさきこちらも雲丹採りをみたかった。だが時期外れ。それどころか二月、であれば海女の一人もいなく、時化がひどいのだ。横なぐりにびゅうびゅう吹きつけてやまぬ風のはげしさったら。周りのありとあるものが冷たくしばれ凍りつくのだった。まったくもう曇天、どうっと大荒れもひどく、攪拌はやまなかった。それこそときに森山が安島で眼前にしたようにも。

「○夕方は、岸から三百米といふものは白波の泡雪であつた。沖には水平線がなく、動く波の起伏で限られてゐた。海の底に、津波を起さぬ程度の地震がつゞいてゐるやうな感じだ。

○海のたえまないどよめきは、滝にも、雷にも、地鳴にもたとへやうがない。もつと抑揚やリズム——但し悠久な——があるからだ。しかし今夜のしけは特別で、抑揚どころではない。若し「万雷のとゞろき」と云ふのがあるなら、その万雷が今すべて岩の多い海岸に落つこちて、岸と云はず島のめぐりと云はず、電気で大白波を湧き崩して鳴りとゞろいてゐる、……

○かうしてこの室に眠らうとして眼をつむると、「濤雷」のひゞきが、真白な雪崩の姿に飜訳されて眼ぶたの裏に浮かんでしやうがない。そしてそれが、たまらなく神経に心地よい」

＊

森山、さらにまた海女の家に招じ入れられ「あゝさうケ。小説書きなさるんけ。よういらしたの、あゝさうケ」と囲炉裏端で歓待されること。メモを開いて「一つ唄を教へて呉れんか、といふと、みんなで教へてくれた」として留めている。

「さても見事な安島の島は、根から生えたか、浮き島か」

そのように海女の婆らに唄われる雄島の姿はいまはさて？　ぜったいに東尋坊化はさけよ。ほんとうに観光地化させるな。

森山啓、学齢期は、新潟、富山、福井と転々すること。戦中・戦後は、石川県小松市と、松任《まっとう》市（現、白山市）で文筆活動をしている。おもうにどうにもこの地を離れえないように運命づけられた星の定めであったものやら。ほんとうまったく、全身裏日本人、であったといおう。

それはさて忘れていない。さきの当日の中野重治の会場のこと。ぼそっと三国の人が一言つぶやいた。「重治詩の底のそこにはのう、日本海が渦まいているのう」と。

「とにもかくにも、北陸のへんの日本海は眺めてさびしい。それは荒涼としている」「この海はあかるくなくてむしろ暗い。あったかくなくてむしろ寒い。しかし、その底に、何ともいえぬ暖かいものをかかえている。どうかすると、熱いもの、やけどをさせるようなものさえかかえている。ただ平生は、それを隠してるのだ」「何にしても、あのさびしい、荒涼とした日本海の色をおぼれるように私は愛する」中野重治（「日本海の美しさ」「旅」一九六〇・六）

「ただ平生は、それを隠してるのだ」。いやこの、裏日本人の心をよく語る暖かくも熱い洞察力を、みられよ。

お前の底は限りなく静かだ
お前の怒りは果てしなく大きい
起つて巨大な嵐を捕獲し
その底に呑まんとする者よ　　「日本海」

――日本海、荒涼……。――裏日本、荒涼……。

三国湊《みくにみなと》　紘一　哥川《かせん》

森田愛子　高浜虚子　吉屋チルー　伊藤柏翠

東尋坊。観光客溢れる荒磯遊歩道。そこにつぎの順に三人の句碑が同じ礎石に並列で建てられている。森田愛子、高浜虚子、伊藤柏翠《はくすい》。たしか向かって左からこの順に句が刻まれた碑が立っていた。いかにもなるこれら秋の句のおそろいぶりを、みなさんどのようにお読になられましょうか？

雪国の深き庇や寝待月　愛子
野菊むら東尋坊に咲き乱れ　虚子
日本海秋潮となる頃淋し　柏翠

しかしなんでこの三つの碑が並んで建つことになったか。それはここ三国の湊と三人の深い関係からである。愛子、虚子、柏翠。そもそもこの三人の間柄はどうあったか。このことに関わって、つぎのように虚子の写生文「旅」にみえる、これを頭におこう。

「三国の町は九頭龍川に沿ふて其河口迄帯のやうに長く延びてゐる。昔の日本海を通る船は大概此所に船繋りしたのださうで、三国港といへば随分殷賑を極めたものであつたといはれる。最近まで絃歌の湧き立つ妓楼が沢山あつたさうである」（『定本高浜虚子全集7』毎日新聞社）
森田愛子（一九一七〜一九四七）。俳人。これまた、裏日本的、なること、三国の豪商・森田三郎右衛門、芸者置屋の娘・芸妓田中よし、その間の子として生まれる。よしは名妓と謳われ、一八歳で三郎右衛門の愛妾となった。森田家は、北前船の中継港として「殷賑を極めた」なかでも、三国湊を代表する廻船問屋であるよし。三郎右衛門は、銀行業（森田銀行）や森田農園など幅広い事業で財を成した。なおさきに前項でみた三好達治の仮寓が森田所有なる別荘であった。
愛子、昭和一三（一九三八）年、二〇歳の春、肺結核と診断される。療養のため母とともに神奈川県藤沢町鵠沼《くげぬま》（現、藤沢市）に転居。翌年、鎌倉七里ヶ浜の療養所に入所。そこで虚子門の俳人・伊藤柏翠（一九一一〜九九）を知り句作に手を染める。こののち二人は三国で同居するにいたる。句集『森田愛子全句集』（引用・以下、伊藤柏翠編・則武三雄構成　北荘文庫　一九六九改訂版）。

九頭龍の今宵の月を見ずに病む

一八年一一月、虚子は、柏翠の薦めで、初めて三国の「愛居」（虚子命名なる愛子邸）を訪れる。以来、虚子は、あわせて三度も病人を篤く見舞っている。三度目、二二年一一月、虚子は、このときにそれと感じるところがあった。おそらくこれが今生の別れになるのではと。「虹」（小説集『虹』所収　苦楽社　一九四七）はこのように閉じている。
「其後私は小諸に居て、浅間の山かけて素晴らしい虹が立ったのを見たことがあった。私は愛子に葉書を書いた。其には俳句を三つ認めた。

浅間かけて虹のたちたる君知るや
虹たちて忽ち君の在る如し
虹消えて忽ち君の無き如し」

いやなんとも思わせぶりな句であることか？　さて、二二年、年改まって新春、重篤なる愛子が健気にも、虚子に返した手紙に添えた一句。

美しき布団に病みて死ぬ気なく

三国の湊にそよと春風が吹きわたる。しかしながらそっとその刻はもうやってこようという。それはじつにその四日前のことだという。三月二八日、虚子の許に電報が届く。そこにその電文にしたためられた一句をみられよ。

ニジキエテスデニナケレドアルゴトシ　アイコ

四月一日、愛子、死去。享年二九。そのゆえんについて「虹」に描く該当部分を少し引いておくことにする（参考②）。

美人薄命の俳人愛子。その消息は高浜虚子の「虹」、「音楽は尚ほ続きをり」（同前）ほか五部作に描く面影に大きく負う。

愛子。しかしなんという、裏日本的なる夭折女人、ではあることか。合掌。

九頭龍の空ゆく日あり吹雪中

＊

九頭竜川河口に船を泊める三国湊。そこに沿って帯のように長く「絃歌の湧き立つ妓楼が沢山あった」。愛子、いつかこの楼の遊女を詠んでいる。

九頭龍の月待つ舟に遊女達

船を浮かべて遊女らに酌をさせ月見とまいる。なんとも浮世絵的光景でないか。「愛居」もまたその妓楼の一角にあった。ついては愛子にこの項の主役である哥川を詠んだ一句がみえる。

豊田屋は我が家並びや哥川忌

哥川（生年未詳〜安永六・一七七七）。江戸中期の三国湊の遊女・俳人。「豊田屋」は、三国滝谷出村《たきだにでむら》の遊里の一軒。愛子は、妾の娘の身。なればひとりひっそりとこの伝説の遊女・俳人の面影を偲ぶことがあったのだろう。

哥川。豊田屋哥川。俳号、豊田屋吟女。遊女名、伯瀬川歌川《はつせがわかせん》（参照・久保悌二郎『遊女・豊田屋歌川』無明舎出版　二〇一一）。

さて、それではここから哥川についてふれよう。とはいえなにしろ資料がほとんどないこと。最初にその名が記された文書。それは『続近世畸人伝』である。

はじめに同書について。正編五巻は伴蒿蹊《ばんこうけい》著（寛政二・一七九〇）刊。続編五巻は三熊花顚《みくまかてん》著、伴蒿蹊補（寛政一〇・一七九八）刊。近世初頭以後の畸人群像を摘録する体裁。武士、商人、職人、農民、僧侶、神職、学者、さらに下僕、婢女《はしため》、遊女から乞食者まで約二〇〇人を収載。うちの哥川の記述は手短である。というか粗略なものだ。

「歌川《かせん》はもと越前ノ国三国の花街《くるわ》出村と云荒町屋某がもとの遊女泊瀬川《はせがわ》と云。容色ありて、心ばへうるはしく、香、茶、花、手跡ともに志すといへども、もとも性俳諧を好めり。後雉髪《かみおろ》して歌川といふ」云々。

そういうぐらいで伝聞の範疇で紹介しているにすぎなく、いわずもがなだが正確な年譜や史実にのっとってはいない。またほかに広く探り当たろうも、これが三国を訪れた俳人が書いた道中記や俳書などに、わずかに名や句が載るだけである。

ところでその昔、北前船で栄えた三国の花街は大いに、賑わったという。ときになんと一年間通して大小二二〇〇艘におよぶ出船入船があったとか。井原西鶴も「北国にまれな色里」と形容しているし、近松門左衛門も歌舞伎狂言『傾城仏の原』を上演している。

それからさらに時代は下ること、昭和、平成の俳人も、いざなわれるがまま三国を詠んでいる。金子兜太、「越前三国」と題する『旅次抄録』（一九七七）の一句にある。

弦歌募るかれらにも吾にも海のかなしみ　　兜太

「弦歌募る」三国湊。廻船の男衆を留め置く湊町の花街。三国では遊女は「小女郎」と呼ばれ、廓の「太夫《たゆう》」と同格の芸と教養を誇ったとか。傾城も数多い。そのなかでも哥川はとびっきり。こんなにもその名を「みくに節」に歌われるほどに。

〽江戸の吉原　三国の小女郎

……………

三国三国と　通う奴は粋よ　歌川小女郎の名が薫る　三国三国と　通う奴は馬鹿よ　帯の幅ほどある町を

哥川は、つたわるところ真宗大谷派の永正寺住職第一七世の杉原永言《えいごん》（俳号、巴浪《はろう》）に俳諧と手跡《しゅせき》（註・書）を学んだといわれる。哥川、巴浪の教えがよかったか、上達は早かったという。むろんのこと天賦の美質もあったろう。だがそれにとどまらない。廓の者ならではのその、艶っぽさ、哀しみが、句を生かしたのだろう。

ほどなく哥川の名が大きく世評に上がること。やがてお隣は加賀の千代女（一七〇三〜一七七五）と並び称される女俳との声が高くなっている。するうちにその俳業と声名が広く江戸の俳人らの間につたわることに。というぐらいにしてどうだろう。哥川といえば思い出される一句。それからみることにしよう（引用・以下『越前三国　哥川句集』三国町文学の里づくり委員会）。

＊

奥底の知れぬ寒さや海の音

どんなものであろう、ともするとどうかして哥川の哀しい境遇に想いをかたむけがち、だからであろうか。いやほんとうにこの句からはひえびえと、冬の日本海の荒波とともに「奥底の知れない寒さ」、ひとしおきびしく募ってくるようなのだ。いったいこの「奥底」の句の寒冷さといったら。ちょっとないのでは。いまこれに比べてみると千代女はいささか緩すぎないか。

朝顔につるべ取られてもらひ水　　千代女

いつかあるテレビ番組でさきの金子兜太がこの有名な句を取り上げて自説を披歴していたそうな。「ああいう一種のお涙頂戴みたいなものは全然この人（註・哥川）は作らないですもんね」と。同感だ、まったく、兜太に。

いやそういうだけでとどまってはならない。「奥底」の句の寒冷さ。そのことにもっとおよばなければならない。ことはなにも、いずこからか三国湊に流れ着いた一遊女の想いというだけ、ではないだろう。

寒いのったら。ことさら口にしなくも、わたしら日本海側に住む裏日本人みんなが、ひとしく想うところだ。凍えっぱなし。

ねむれとか又さませとか初しぐれ

「初しぐれ」、それがくると、もうたちまち、雪ふぶき。さきに前項でもみたが、これからこのあと辿る日本海の冬ときたらもう、ひどく寒冷なのである。

哥川、それはさて三国湊で第一の「小女郎」と評判がとどろく。そうはいえ身を苦界《くがい》に沈めてこのかた、苦しくないはずないこと、ひっそりと閉じた心中の深くはというと、狂おしいかぎりだったろう。ずっともう涙は枯れっきり。であろうがほかにどんな句を残しておいてくれようか。ここから少し覗いてみたい。

　寄る波の一夜どまりや薄氷
　くたびれた人に添寝や女郎花
　きぬぎぬや見かはす路地の雪明かり

一句目、一夜きりの情けをともに交わしただけで去っていく男心。いわずもがな「薄氷」は世の薄情に重ねられよう。

二句目、ほんと、まことに悲しくも心優しさが伝わる佳句でないか、これは。

三句目、衣を重ねて共寝した明くる朝。ここにはちょっぴり人肌のぬくもりと、うっすらと光明がのぞまれているか。

いまここに三句をあげた。どことなく物寂しげなのを。だがこんな三句もみえる。これがまあ可笑しいのったら。

　一すじは柳に重し蝸牛
　ぬす人のあしあとやさしかきつばた
　もどかしの草飛びこえて蛙かな

＊

哥川、それにつけいかなる事情なりがあって遊女になったものか。というところで一拍をおくことにして。ここでどうしても紹介しておきたい女人がいるのである。

おぞで取て投げる　とがもないぬ枕　里が面影や　夢にしちゆて

吉屋《よしや》チルー（一六五〇〜六八）。琉球王国の遊女・歌人（琉歌）。吉屋は、置屋の名。チルは、鶴の意。通称、吉屋チル、よしや、など。また敬称の「思」を冠して思鶴《うみちる》とも表記される。琉歌（琉球で詠われる短歌の一種。八・八・八・六の音数律で成り立つ）の代表的存在（引用・以下『琉歌大成』沖縄タイムス社）。読谷山《よみたんさん》の貧しい農民の娘として生まれ、わずか八歳にして那覇の仲島遊郭へ遊女として売られた。売られて行く途中、比謝川《ひじゃがわ》に架かる橋を渡る身を詠む一首。

恨む比謝橋や　わぬ渡さともて　情ないぬ人の　かけておきやら

恨めしい比謝橋よ、私を渡そうと、心ない人が架けておいたのか。

生い立ちの不幸、遊女の身の哀れ。鶴は、憂さ哀しさのかぎりを歌に託すのであった。やがて「歌よみ遊女」として評判となる。縛られた身である。いっさい客の選《え》り好みは許されない。

花の身やあはれ　糸柳心　風の押すままに　馴れる心気

遊女の身は哀れよ、風になびく柳のほそ枝とおなじ、苦界の水にも馴れようとは。

ところがどういう。じつはこの鶴に愛しい人がいたという。相手は首里士族の仲里按司（註・地方豪族)。按司も鶴を愛しく思っていたが、添い遂げられる身ではない。

及ばらぬとめば　思い増す鏡　影やちやうもうつち　拝みぼしやぬ

叶わぬとなれば、ますます思いが募るもの、せめて影でも鏡に写して拝みたいものよ。相手は身分の高い按司さまである。自由に足繁く行き来はできない。一日千秋の思いで、枕を並べて待っていても、幾日幾晩もお出でにならない。鶴は、いきおい枕に癇癪を起こすのだ。そこで前掲の一首である。

おぞで(目覚めて)取て投げる　とが(咎)もないぬ枕　里(主)が面影や　夢にしちゆて

愛しい人は夢の中に現れるばかりとて、覚めて取り乱し、罪もない枕にまで八つ当たりしようとは。吉屋チルー、悲嘆にくれて断食、一八歳で絶命したと。苦界で短い一生を終えた。その歌は深く哀しい。

＊

叩いてもこころの知れぬ西瓜かな

哥川、それにしても出自を不明にすること。いやその「こころの知れぬ」ところ、享保七(一七二二)年、京都東山から、わずか六歳で三国に売られてきたとか。はたまた大和国泊瀬川(現、初瀬川)流域で生まれ、名は「ぎん」。荒町屋という妓楼の主人の養女となり、一六歳で泊瀬川の名で座敷にでたとも。うわさは、さまざま。いずれにせよ高級遊女として哥川の美貌は広くきこえ、はるばる江戸浪速《なにわ》から通ってくる馴染み客もいたとか。いずれが、ほんとか。

さそふ水あらばあらばと螢かな

哥川。たとえれば「水あらばあらばと」闇をかすめる「螢」さながらに、ひたすらに生きてきたのだろう。

ところでこれはどういうことであるのか。哥川にこんな逸話がみえる。それは遊女を退く三年前、楼主の許しを得て江戸に上り、当代一流の俳人達と交流したという一事である。いまだ年季（奉公期間）の明けない身でこの挙は異例のことだ。これには楼主と養女かそれに準ずる信頼関係で結ばれていたか、はたまたお金を積んで身内を楼内に預けた上との説があるとか。ここらもわからないことのままというしだい。

まあいろいろとあって年季明けとなってどうしたか。さきにみた虚子の「虹」に「九頭龍川に臨んだ寺に俳妓哥川の隠栖しておつた寺があるが」とみえるが。それこそこの地の浄土真宗の導きなのであろう。哥川、「雉髪」し出家して、小庵を結び隠棲、句作に専念する。

梅が香やその一筋の道ゆかし

ここにいう「梅が香」のごとくして。ほのかながらも凛としてあること。ひとりただ「一筋の道」をつらぬいた。

哥川。安永六（一七七七）年、病没。享年六一とされる。俳諧の師僧、巴浪の縁で永正寺に眠る。法名釈妙春。

山吹やにごる流れにきらきらし

哥川。泥中の蓮ならぬ、「にごる流れにきらきらし」「山吹」の人なるか。

＊

伊藤柏翠。ここまでこの御仁の作にも生涯にもおよばないできた。だけど、どこかなんとなし影みたいなそのありようが気にはなっていた、ずっと。ものの本にあった。柏翠、「東京浅草生まれ。父櫻孝太郎の外腹の子。父の友人伊藤専蔵の養子となるが、義母・義父の死別により若くして天涯孤独の身となる」と。

柏翠、さいごにこの人について当方の好みの一句をあげて少しみてみたい。

九頭竜の月に鯔《ぼら》飛ぶ泊りかな　　柏翠（句集『虹』森田愛子との共著　七洋社）

ふつう魚は水の中に棲んでいるもの。それがどうして、なにがあってか。ときに水の面から飛び上がったりする。

この鯔であるが、汽水域に多く棲み三国の河口周辺で、よく釣れるとか。いやじつは鯔が飛ぶのである。それはちょうど秋のいつかの夜のことだろう。いましばらく湊の賑わいが止み静まりかえった。あるいは思いにふけり突堤を歩いていたときか、それとも寝つかれなく二階の窓からであるか。あたりは月の光に青いばかり。柏翠、そのとき突然、目撃したのだ。
月の照る川の面に高く、勢いよく、驚くほど、高く飛び上がる鯔の姿を。
そうしてしばしその音を耳にしていたのである。全長一メートル近くにもなる大型魚。というそれはどんなに仰天魚影ではあることだろう。ときに飛んだのは一匹であり、こちらのまったく勝手な思い入れ想像をひろげるところ、それも一回きりだと解したい……。

裏日本的にぞっこん魅入られた伊藤柏翠。愛子の没後、三国で料亭「虹屋」開業。そうしてまた永平寺で得度しているとか。ついでながらかの「愛居」はただいま「らっきょう屋」をおやりだとか。柏翠、ときにいったいこの飛ぶ鯔に何をみていたものやら。

——愛子？　——哥川？

それはさて、おくとして。おしまいに哥川の句を抄録しておこう。これがなかなか泣けること、ぜひとも読まれたくある（参考③）。

永平寺《えいへいじ》坐　—道元《どうげん》
吉井勇　種田山頭火　蓮如

【道元《どうげん》】鎌倉初期の禅僧。日本曹洞《そうとう》宗の開祖。京都の人。内大臣源（土御門）通親の子か。号は希玄。比叡山で学び、のち栄西の法嗣に師事。一二二三年（貞応二）入宋、如浄より法を受け、二七年（安貞二）帰国後、京都深草の興聖寺を開いて法を弘めた。四四年（寛元二）越前に曹洞禅の専修道場永平寺を開く。著「正法眼蔵」「永平広録」など。諡号《しごう》は承陽大師。（一二〇〇～一二五三）（『広辞苑』第六版）

これから永平寺をめぐる。そのようにいって禅師についてどれほどの知識をもつものでもない。もとよりそんな器でもなければ、またここでの任でもあるまい。

永平寺、こちらの郷里の奥越大野と程遠くはない。そういうしだいで禅師のことを、幼いときより道元さんと、まるであの頓智の一休さんみたい、ごくごく身近におぼえてきた。ついてはそこらの想いから始めることにしたい。

小学校の高学年の春と、中学校の一年生の秋か。遠足で参詣した。くわえてあれは中二の夏休みだったろうか。年の離れた長兄の連れに同道してお泊り参禅したことがある。そのときどき幼いなりにつよく心にしたものだ。

「五十丁山に入て、永平寺を礼す。道元禅師の御寺也。邦機（畿）千里を避て、かゝる山陰に跡をのこし給ふも、貴きゆへ有とかや」（芭蕉『奥の細道』）

いったいなんで道元さんはこんな山深いところにお籠もりになったのか。それにつけどうして雲水さんたちはあんなにきびしい修行をつづけられるものかのうと。ここであらかじめ断っておくとしよう。おそらくそのような少時の記憶からくることだろうか。

こちらにとってまずは道元さんというとそうである。きまっていつも深く高い山を背に坐られている、やんごとなく尊い姿が瞼に張り付いているのだ。だがそのことをどうすれば理解がゆくようにいえるか。どんなものであろう、ここでつぎの歌の示そうところ、それらしきお姿を浮かべられると、よろしくあるのだが。

いにしへの聖《ひじり》はこひし山中《やまなか》のここに明暮れしことぞこひしき
大《おほ》き聖《ひじり》この山なかの岩にゐて腹へりしときに下《お》りゆきけむか　斎藤茂吉「永平寺　玲瓏巖」
（『ともしび』）

寛元元（一二四三）年、禅師、四四歳。七月、比叡山の圧迫に堪えず、越前は志比庄《しひのじょう》へ赴き、吉峰寺《きっぽうじ》（永平寺町吉峰）に入る。大仏寺（永平寺）の建立は翌年。それまでは吉峰寺とそして、わたしらの郷里の禅師峰寺《ぜんじぶじ》（大野市西大月）を拠点にされた。であれはいつか高二の冬にこの山深くにある両寺へもお参りしているが。ときに道元さんがここにあり、この両寺の間を往来して修行に励まれたときいた。

我が庵《いお》はこしの白山《しらやま》冬こもり氷も雪も雲かかりけり
（『草庵雑詠』）

じつはここでの日に示衆（法を説き示すこと）に励むこと、『正法眼蔵』の撰述も全巻の三分一の多くなされたと。なんともこの冬に「深雪三尺大地漫漫」と記されておいでだ。白山を負う山腹に結ぶ草庵の冬籠り。おそらく食物にも事欠くだろう。水は凍りきって、雪は降り積み、雲は垂れこめる。一山の大衆《だいしゅ》（修行僧）にとって辛い試練の時期であった。だけどこの冬の厳寒に震え自身の求道と弟子の育成に務めたという。

＊

それをどういったらいいか。たまたま地縁に恵まれて道元さんを近く感受させられた。あかしというかありがたさ。

そののち長じては窮地に陥ったときや、こんなわたしとて若い日には人並みに悩み少なくなければ、どうにも尻すぼみ進退が窮まったとき。にわか坐禅を組むことでもって、あわよく救済の灯をあおごうとした。

「回光返照《えこうへんしょう》の退歩を学すべし。身心自然《しんじんじねん》に脱落して、本来の面目現前せん」（『普勧坐禅儀』）

「仏道をならふといふは、自己をならふなり。自己をならふといふは、自己をわするるなり。自己をわするるといふは、万法に証せらるるなり」（「現成公案」『正法眼蔵』）

いやいまもなお、そのように念じて坐ったりして、いることがある。むろんのことそんなのは方便であるとはわかってはいる。だけどこちらにとって少時から困ったときの道元さん頼みはやめられっこないと。

というところで、にわか坐禅はさて、なんといおうか。ここにきてわけのわからぬ頼みではないが、おそれおおくも道元さんをいただき、つぎのような学びにいそしんでいるのだ。

あれはどんなきっかけあってか。こちらは五〇の声をきこう手前ころから山遊びに狂っている。登山、ではない山遊びだから、遊山《ゆうざん》。でそれから三〇年近くかれこれ。われながらなぜだか遊山などに惑いいれこむこと、いまこちらのほうで道元さんに習っているのである。それはどういうようなことか。まずはここに掲げる偈頌《げじゅ》をご覧なられたし。

我愛山時山愛主（私が山を大切にすると、山も私を大切にしてくれる）
石頭大小道何休（大小の岩や石も休むことなく語りかけてくれる）

白雲黄葉待時節（白い雲や山の木々の移り行きの中で）
既抛捨来俗九流（すでに俗世間の煩わしさは忘れ去ってしまった）　「山居《さんご》」現代語訳・角田泰隆

（註・【九流《きゅうりゅう》】中国で戦国時代にあったとされる九つの学派。すなわち儒家・道家・陰陽家・法家・名家・墨家・縦横家・雑家・農家の総称。九家。『広辞苑』）

これについてあえて説明などいらないだろう。山をめぐる。ときにそれとなし、ひとりおぼえずこの偈をなんや似非雲水よろしく胸にしたりしている、というようなしだい。

「我愛山時山愛主」。これこそまさに遊山をするものとしてわが信条《クレド》としていること。くわえていま一つ山歩きのとき教えとして肝に銘じるお言葉をあげよう。

「山の諸功徳高広《こうこう》なるをもて、乗雲の道徳、かならず山より通達す。順風の妙功《みょうくう》、さだめて山より透脱するなり」（「山水経」『正法眼蔵』）

大意「山々が持つもろもろの功徳は高峻かつ広大であるから、雲に乗るような真の自発の心も山々と交わることで培われ得られる。順風さながらの自在さもまた、山々があるからこそ生まれてき、山々があるところに磨かれてゆく」

＊

道元さんについて。ここまでわが遊山の繫がりにそってみてきた。ここからその詩歌の関わりからおよんでいこう。

詩僧・道元。わたしはその面をつよく思うものである。道元さん、少時からたいへん聡明であったこと、四歳で中国初唐期の詩人李嶠《りきょう》の詩を集めた『李嶠百詠（雑詠）』を、七歳で『毛詩』（『詩経』の別名）や『春秋左氏伝』（『春秋』の解説書）に通じたとされる。道元さんは、漢文から仮名文にいたるまで自在にした大文章家、詩家なのだ。
むろん偈頌もいい。だがこちらにはよく読み下せないきらいあり。やはり和歌がいい。なかでもここ当地の景物にこと寄せて綴られる自然な詠草にしんとする。

長月《ながつき》の紅葉のうへにゆき降《ふり》て見ん人たれか歌をよまさる　（「初雪を詠ず　寛元二年九月二十五日」）

寛元二（一二四四）年七月、大仏寺建立。ときにその秋の深まりにつれ、紅葉の樹々に降った真っ白な雪を目にした。ほんといったいこの美しい景を眺めて誰が歌を詠まないでいられよう。これからのち山中に籠り、こと新たに身を律して、正法を行じてゆかんと。きりりとばかりに、眉間を険しくする道元さんが、みえるようでないか。

山ふかみ峯にも谷も声立《たて》てけふも暮《くれ》ぬと日ぐらしぞ鳴《なく》　（『草庵雑詠』）
都には紅葉しぬらん奥山は昨夜《ゆふべ》も今朝もあられ降りけり　（『草庵雑詠』）

一首目、夕べの坐禅の終わり、カナカナと甲高い蜩の鳴き声が山々峰々に響き渡る。やがて深く静かな夜が訪れよう。二首目、京の都は紅葉の見頃となっているか、だがここ永平の山は昨夜も今朝も霰が降ることよ。ほどなく雪が舞うことに。さらにいま一つ引いてみよう。

夏冬のさかひもわかぬ越の山ふる白雪もなるいかづちも　（『草庵雑詠』）

白雪を装った稜線に急に雲が湧き、ガリリと雷が鳴りとよむ。まことにここ永平寺はというと夏か冬か分からぬほどに高く険峻な山奥なることか。「こしの白山《しらやま》」「越の山」、むろん白山《はくさん》である。白山、わが母なる山。

頂上、御前峰《ごぜんがみね》（二七〇二㍍）。これより西にこの頂を超える山はない。高く聳える神々しい白い峰（参照・第四章「比咩神」）。それはさてさきに道元さんをめぐって、わたしは「きまっていつも深く高い山を背に坐られている、やんごとなく尊い姿が瞼に張り付いているのだ」といったが、その山はいわずもがな白山のほかにない。

おそらく道元さんは、しばしば杖を突き大仏寺山（八〇七㍍）の頂に立った。そうして聖なる御前峰を仰いで合掌、瞑目、頭下げたろう。ときにその頂からは、足下には、福井の商人、近隣の農民、そのさきはるかに、三国雄島の漁師や海女らや、湊の船乗りや娼妓らが、のぞまれたのでは。かくして心に留めたろう。

「坐禅の中において、衆生を忘れず、衆生を捨てず、ないし、蜫虫《こんちゅう》にまでも、常に慈念を給して」（『宝慶記《ほうきょうき》』）と。

いやなんと深い教えであるだろう。さらにくわえるに「蜫虫にまでも」とおっしゃるとは。これをよく胸の底にしたくある。

＊

ただまさに、
やはらかなる容顔をもて
一切にむかふべし。　「菩提薩埵四摂法《ぼだいさったししょうほう》」（『正法眼蔵』）

当方、ひそかに大事にしてきたお言葉である。道元さんは、いかなるときもそのように何事にも柔和に応接してこられたとおぼしい。「やはらかなる容顔」。それこそがわたしらのような、不出来なガキまでも惹きつけやまぬ道元力、となっているといおうか。みてきたようにその歌はまるっきり巧むことなどなく、すっきりとよどみなく流れるがまま詠われているよう。そのあたりを最もよろしく流露されている歌がこれだろう。

永平寺本山正門前に建つ「道元禅師歌碑」。そこにこの歌が刻まれること、わたしらにその心を説いているかのようだ。

　春は花夏ほととぎす秋は月冬雪さえてすずしかりけり

道元さん、しかしいやはやなんとその「ただまさに、やはらかなる……」ありようではあるのったら。なんともこれはあきらかにいただきなのである！　天台宗の高僧・慈円（一一五五〜一二二五）作の有名な今様。それをそのままそっくりなぞったおもらいなのだ！

　春のやよひの　あけぼのに　四方《よも》の山べを　見わたせば　花盛りかも　しら雲の　かからぬ峰こ
　そ　なかりけれ
　花たちばなも　匂ふなり　軒のあやめも　薫るなり夕暮さまの　さみだれに　山ほととぎす　名
　乗るなり（以下、秋、冬、省略）

いただき、おもらい。とはさていま一度「春は花」の歌に戻ってみられよ。いやなんとも飾らない真っ直ぐな詠いようだろう。すっきりと、四時《しじ》の美と禅の境地を伝え、あまさない。ところでこれはよく知られたことであろうが……。

のちにあの良寛さんがそう！　これを本歌取りして？　なんともなんと辞世の一首としておいでだ（参照・第七章「出雲崎」）。

形見とて何か残さむ春は花山ほととぎす秋はもみぢ葉　　良寛

ときに良寛さんが形見ともされた、それは道元さんの御心でこそあろう。良寛、まことその根本のおおもと、ひとえに道元の教えを生きた生涯であった。さいごについでにこんなコラボを引いてしまいとしよう。道元さん、御同様、良寛さん、いやはやなんとその「ただまさに、やはらかなる」ありようったら……。

草の庵《いほ》にねてもさめても申すこと南無釈迦牟尼仏《なむしやかむにふつ》憐み給へ　　道元
草の庵に寝ても覚めても申すこと南無阿弥陀仏南無阿弥陀仏　　良寛

＊

永平寺建立。それからかれこれ千年近く諸方から道元さんを尊崇する数多くが参拝しておいでになる。武家や、名士や、貴人や、高僧や、皇族や……。

しかしそれらおそれおおき賓客はおかせていただき。ここではこの一〇〇年にしぼること。まあこれがいかにもなる両人をあげることにしたい。

吉井勇（一八八六〜一九六〇）。歌人。東京芝高輪に伯爵家の次男に生まれる。一九歳、肋膜炎を病み、療養中に歌書、文学書を耽読し、歌作を始める。与謝野鉄幹、晶子の新詩社に参加、「明星」に相次いで作品を発表。明治四一（一九〇八）年、北原白秋、木下杢太郎らと新詩社を脱退し、「パンの会」創立に参画。翌年、石川啄木らと「スバル」創刊。戯曲にも手を染める。

四三年、処女歌集『酒ほがひ』を上梓。青春放蕩の歌で一躍名声を得る。表題の「ほがひ」は、寿《ことほ》ぐ、祝う意で、さしずめ「酒礼讃」ぐらいか。だが「ほがひびと」といえば乞食のこと、だから「酒乞食」ともなる。

わが胸の鼓のひびきたうたらりたうたうたらり酔へば楽しき
桜よりうまれしひとに抱かれぬかの歌麿の浮世絵のごと

艶冶なるこの歌境。与謝野晶子は評す。「私は人麿——和泉式部——西行——さうして勇——といふ順序をもつて、日本の歌は大きな飛躍をしたと信じています」（「序」『吉井勇選集』）

大正四（一九一五）年『祇園歌集』、五年『東京紅燈集』を刊行。勇は、あかずに艶なる歌をものす。一〇年、伯爵柳原義光の次女徳子と結婚。さりながら市井彷徨はやまない。だがしかし「歌麿の浮世絵のごと」という絶頂の青春譜はそこらまで。たちまち宴は果てている。昭和五（一九三〇）年、徳子と別居（のちに離婚）。八年二月、越後より北陸へ遊ぶ。そしてその朝に永平寺山門を前にしていた。

昭和八年四月、われふたたび北陸にあそぶ。多く芦原の湯の里にありて、うつうつたる日を送るうちにひと日機縁ありて曹洞第一の道場吉祥山永平寺に詣でぬ。

いまもなほ吉祥山の奥ふかく道元禅師生きておはせる
唐土の天童山をさながらの山ありがたくおろがみまつる
永平寺歌をおもへばいつとなく禅のこころとなりにけるかも
永平寺貫主猊下よわれの持つ虚無の思ひをいかにせましな　（『人間経』政経書院　一九三四）

一、二首目、森閑とした杉の大木の茂み、爽やかな水の流れる音、七堂の伽藍。勇は、ただありがたく「おろがみ（拝み）」まつってやまない。

三首目、面壁しつつわが歌のありようを思いいたすと、しぜんと「禅のこころ」に近づくようだ、と。勇は、ときに若い日に鉄幹から貰った葉書の「歌は禅の如きものに御座候」なる一行を浮かべ宜《うべな》っていたやら。

四首目、「永平寺貫主猊下」さま。ぜひともお教えください、胸中の深く「われの持つ虚無の思ひ」は、いかにしたら消えますものか。勇は、ひたすら問うのだが……。

煩悶やまず苦しく狂おしい月日。不遇孤独のどん底にある老世之介。はたしてこのいっときの永平寺参籠はなにかであったろうが……。

翌年三月、土佐高知は韮生《にらお》の山峡、猪野々《いのの》に流れ着き、草庵渓鬼荘《けいきそう》を結ぶ。この庵の名をめぐって勇は書く。庵の下が深い渓谷になっていたのと「唯その頃はしきりに「死」ということばかり考へてゐた」（「渓鬼荘」）こと、それが結びついての命名なると。そこはひどく寂しいところだ。

われとわが野晒し姿まざまざと目にこそうかべ夜半のまぼろし

＊

吉井勇、生涯放蕩、耽美歌人。くわえていま一人あげるとすれば、どうしたってこの御仁のほかないか。

種田山頭火（一八八二～一九四〇）。俳人。山口県佐波郡（現、防府市）に大地主の長男に生まれる。九歳の年、父の放蕩のため母フサが屋敷内の深井戸に身を投げて自殺。この事件が生涯を決定する。明治三五（一九〇二）年、早稲田大学大学部文学科入学するも、翌春に神経衰弱で退学、病気療養のため帰郷。大正二（一九一三）年、自由律俳句の荻原井泉水《せいせんすい》に師事し、「層雲」に投句。

一四年、熊本の禅寺にて出家得度。その際、和尚よりいずれ永平寺で修行をつむように勧められるも本山に向かわなかった。翌年春、堂を去り、行乞《ぎょうこつ》放浪の旅へ出る。それからは旅暮らしがつづく。

昭和一〇（一九三五）年末から七ヶ月余り、山頭火、良寛を慕い国上山《くがみやま》の五合庵へ、さらに芭蕉を偲び『奥の細道』の平泉へ。七月初め、引っ返すこと、さきの和尚の言葉を思い返してか、永平寺を目指す。七月四日より八日までの前後五日間、永平寺に参籠。

「七月二日　曇。天地暗く私も暗い。……。夜一時福井着。駅で夜の明けるのを待つ。明けてから歩いて永平寺へ、途中引返して市中彷徨」（引用・以下「種田山頭火　旅日記」『山頭火全集　第七巻』春陽堂書店　一九八七）

「七月三日　曇。ぼつり〳〵と歩いてまた永平寺へ。労《つか》れて歩けなくなつて、途中で野宿する。何ともいへぬ孤独の哀感だつた」

「七月四日　晴。……。やうやくにして永平寺の門前に着いた。事情を話して参籠――といつてもあたりまへの宿泊――させていたゞく。……。山がよろしい、水がよろしい、伽藍がよろしい、僧侶の起居がよろしい。しづかで、おごそかで、ありがたい。久しぶりに安眠」

「七月五日　……。早朝、勤行随喜。終日独坐、無言、反省、自責。酒も煙草もない。アルコールがなければ、ニコチンがなければ、などゝいふも我儘だ。山ほとゝぎす、水音はたえない」

「七月六日　曇。おつとめがすんで、障子をあけはなつと、夜明けの山のみどりがながれこむこゝろよさは、何ともいへない。道即事、事即道。行住坐臥の事々物々を外にして、どこに人生があるか」

「七月七日　曇。莫妄想《まくもうぞう》。……。独り遊ぶ——三日間。私はアルコールなしに、ニコチンなしに、無言行をつゞけた。これで私の一生は、よかれあしかれ、とにかく終つた、と思ふ。満心の恥、通身の汗。流れるまゝに流れよう、あせらずに、いういうとして」

ここまでで一拍おくこと、ここで「永平寺　三句」と詞書きする、このときの詠草をみたい。

水音のたえずして御仏とあり
てふてふひらひらいらかをこえた
法堂《ハットウ》あけはなつ明けはなれてゐる

一句目、「水音の……」の、「御仏とあり」という至福。二句目、「てふてふ……」の、この舞い、天上感、この歓び。三句目、「法堂……」の、風の通しのよさと、いっぱいの眩しい光。いやなんという法悦であることか。しかしこのときに何事があったものか。ほんといったいこの急変ぶりといったら。ここからまた日記にもどることに。

「七月八日　雨　朝課諷経に随喜する。新山頭火になれ、身心を正しく持して生きよ。午後、裸足で歩いて福井まで出かけた。遺留郵便物を受取る。……。そして、久しぶりに飲んだ、そしてまた乱れた」

「七月九日　とぼとぼと永平寺に戻つて来た。少しばかりの志納をあげて、南無承陽大師、破戒無慚の私は下山した。夜行で大阪へ向ふ」

いやはやこの「志納」とはおかしい。というかなんとも「破戒無慚」山頭火らしいのったら。はたしてこのいっときの永平寺参籠はなにかであったろうか……。

それはさて。「水音の……」の一句、なんとこの句碑が永平寺川左手の龍門近くに建立されている！

いやほんとうに道元さんの破戒僧に対する「やはらかなる」お計らいなろうこと。

吉井勇、山頭火。ここまでみてきたご両人はいかがな心持ちでもって参籠したものであろう。そもそもこちらごときが推測するのもはばかられるが、おそらくそれぞれの半生にケリをつけたくてであろうが、ともになんとも道元さんがその容顔をほころばせるごとき、いうにいいようない詮無きありようったら。どんなものだろう。まるでこちらの、にわか坐禅、雲水まがい、それとどっこい。でもないだろうが……。

＊

いずれさてとして。わたしらやくたいもなきものも、道元さんの御心、そのうちにあるあかしとなろう。ありがたきことや。

というここらでさいご。おしまいであるが道元さんにくわえて、ここにいま一人、ちょっと唐突なきらい、宗派もちがうが、わたしらがいう上人さんをあげたい。それはこのおかただ。ほかでもない、おそらくその教えはおおもとのところで、道元さんの御心、とつながっているのではと感じられるから、だからである。

蓮如（応永二二・一四一五〜明応八・一四九九）。浄土真宗中興の祖。本願寺第八世。叡山の反感を買い、寛正六（一四六五）年、本願寺を排斥され、親鸞の尊像を奉じて、北陸・東国の諸国を巡錫《じゅんしゃく》。文明三（一四七一）年、越前国を治める朝倉敏景《としかげ》の庇護のもと、当地に入り吉崎御坊を建立。北陸布教の本拠とする。すると近隣に坊舎や多屋《たや》（門徒のための宿坊）が立ち並び、寺内町《じないちょう》が形成され、隆盛をきわめた。

蓮如上人さんの教えは、消息《しょうそく》形式で教義を平易に説いた『御文《おふみ》』（『御文章《ごぶんしょう》』）の伝道文ほか、『正信偈和讃《しょうしんげわさん》』の開板などで公布。たえまない上人の独創的教化活動によって北陸は浄土真宗の一大教化圏となってゆく。

「れんにょさん、えらいおぼんさん、しょうにんさん」

ガキの時分、肉付きの面（吉崎観音の霊験物語。邪悪な姑が鬼女の面をかぶり、好かぬ嫁を脅すと、面が顔に食いつき外れなくなる）の怖い話とともに、念仏のありがたきことを、しばしば祖母からきかされた。困ったときはのう、称《とな》えるのやのう。

「そうや……、ナムアミダブツ、ナムアミダブツ、とのう……」

蓮如忌。御忌《ぎょき》法要。毎年四月二三日、京都東本願寺から御影像《ごえい》が、門徒の手によって七日間をかけて運ばれ、吉崎別院に安置される。これから一〇日間の法要の期間、吉崎に参詣者が集い、蓮如上人一色に染まる。いったいなぜこの御影道中が江戸時代に始まり三四〇年以上もつづいたものか。ほかでもない、そこには代々の門徒の篤い信心があった、だからだろう。それこそうちの婆さんのような……。

それ、人間の浮生なる相をつらつら観ずるに、おおよそ儚きものは、この世の始中終、まぼろしのごとくなる一期なり。

……………

されば、朝には紅顔ありて夕には白骨となれる身なり。すでに無常の風きたりぬれば、即ち二つの眼たちまちに閉じ、一つの息ながく絶えぬれば、紅顔むなしく変じて、桃李の装いを失いぬるときは、六親眷属あつまりて嘆き悲しめども、さらにその甲斐あるべからず。「白骨〈御文〉」（大谷暢順『蓮如〈御文〉読本』講談社学術文庫）

第三章　奥越

石徹白《いとしろ》　帰　一鮎川信夫《あゆかわのぶお》

宮本常一　上村藤若　吉本隆明

先夏、『奥越奥話　十六の詩と断章』（アーツアンドクラフツ　二〇二一）を上梓した。いったいなんでそんな表題の拙著を上梓するにいたったものか。そこにはあるひそめてきた、想いというか、恨めしさだか、そのようなものがあった。われは、裏日本的、なるや？　というまずそのあたりから少しずつおよぶことにしていきたい。

「奥越《おくえつ》とは、裏日本は越前の狭隘な山間地。当方が産声を上げるも、やがてはやむなく見捨てることになった、いまや恩讐の彼方の地。奥話《おうわ》とは、彼の地の名に因む、わが造語」（同書「後書」）。ついでながらその一集においておよそまるで、表日本的ないし現代詩的、でないつぎのような詩文をものしているのだ。

一つ、「白峰かんこ踊り」。加賀は白山御前峰を背負う白峰村に伝わる芸能。かんこ踊りの歌の名手、白峰の深くは河内《こうち》谷《だに》の出の大酒飲み、白峰弁（にゃーにゃー弁）のジイのこと。

一つ、「マキバア《ママ》」。九頭竜川上流最奥の上穴馬《かみあなま》村（現、大野市和泉村）の出。祖先さんは焼畑や箕《み》作りや狩猟や蛇取りや、山窩《サンカ》まがいの生活をしていた、小学校も行ってない、山の民の裔のバアのこと。などという拙著のことなどはご笑覧までとして。奥越とは越前のうち、山間でも奥地のよし。わたしらが故里のことをいう。こちらが生まれ育った町部、大野も小さく貧しかった。そこらから始めてもいい。だがここでは、まずなかでも山の深く最奥の地を訪ねることに、するとしよう。

最深部は、九頭竜川支流の石徹白川上流、大野郡石徹白村（現、岐阜県郡上市。子細はおくが、地政学上から、廃藩置県以来、複雑至極なる、事情があって？　昭和三三年、わが少年時、その大部分が岐阜県郡上郡に越境合併した）。白山南麓、美濃禅定道《みのぜんじょうどう》（登拝道）の集落。

石徹白、そこは昭和四〇年代の九頭竜ダム突貫工事までは、めったに入村がかなわぬ僻地であった（註・現在、福井発の越美北線で九頭竜湖駅着。九頭竜湖よりバス不通。美濃太田発の長良川鉄道越美南線で北濃駅着。北濃よりバス運行）。いうならばもっとも、裏日本的、とみられるところだった。

＊

宮本常一（一九〇七〜八一）。この日本全国を旅する民俗学者が、はやくに石徹白へ入っている。昭和一二（一九三七）年三月と、一七年一〇月と。まずはその調査行記録「越前石徹白民俗誌」（『宮本常一著作集　36』未来社）からみたい。

宮本は、じつに「私が調査旅行らしいものをした最初が石徹白への旅ではなかったかと思う」（「石徹白で得たもの」）という。そしてこのように調査意義におよんでいる。

「ただ私がこの地に興味を覚えたのは、徳川時代にも無主無従といわれていわゆる大名領になったことがほとんどなく、村の組織なども中世的なものが多分に見られ、中世社会の研究には一つのよい手掛かりになる点である」と。しかしなぜまたこの僻村であったのだろう？　いうならばそこでは「村落の組織など中世以来のものがたいしてかわらないで残っていると思った」（「中世社会の残存」）だからなのであると。

それはどういうことであるのか。ここでは詳述する紙幅がないので、関心のある向きは、ぜひとも前記の論考にあたられたし。つきつめてこういっていいか。

石徹白、そこは後述する白山信仰（参照・第四章「比咩神」）を支えた御師《おし》（各地への信仰の広布また登拝者の宿泊や案内に従事する者）が住む白山中居《ちゅうきょ》神社の神領であった。ということを強調しておきたい。このことから推してこの地の人々にとって、白山そして立山という、これらが霊山の大いなる威《い》をわかられよ。たとえていうならばそれらの稜線ぜんたいが裏日本的、精神形成にあずかる背骨をつちかっているとみられるのだ。

そしてそれがいまもなお真実だろうあかし、昭和の御代ながら中世以来という風俗や習慣が、ついきのうのことのように確認されるにいたる。そのような宮本の残存説ではないが、わたしらは幼時より爺婆らからしょっちゅう、なんともどうにも、わからない異世界の集落についてきいてきた。それらのお噺のいずれもが面白くそして驚異いっぱいで恐ろしかった。

そこはいうなら、ガキにとっては『古事記』に登場する「生尾人《いくおびと》（尾の有る人）」が棲息する人外境そのものであった。それでこちらもその種類の原《ウル》石徹白人を幾人かみてきたものだ。石徹白、そこから出てくる「生尾人」ごとき爺について。当方、そのさきに宮本を引いて拙詩をものした。そこがどんな凄いところか理解の一助にここに付しておきたい（参考④）。

＊

石徹白。これがちょっと考えられそうにない。まずふつうには浮かびようもない。じつはこの地と大野の町と両方に深く関わる詩人がいる。いやほんとうに意想外な名であって、ここにお目にかけるが、これがなんとも意想外な作なのである。

帰るところはそこしかない
自然の風景の始めであり終りである
ふるさとの山
父がうまれた村は山中にあり
母がうまれた町は山にかこまれていて
峰から昇り尾根に沈む日月

おーいと呼べば
精霊の澄んだ答えが返ってくる
その谺のとどく範囲の明け暮れ
在りのままに生き
東洋哲人風の生活が
現代でも可能であるのかどうか

時には朝早く釣竿を持ち
清流をさかのぼって幽谷に魚影を追い
動かない山懐につつまれて
残りすくない瞑想の命を楽しむ

いつかきみが帰るところは

そこにしかない　　鮎川信夫「山を想う」（『難路行』思潮社　一九八七）

鮎川信夫（一九二〇〜八六）。戦後詩の第一線にあり理論・実作の両面にわたり領導してきた詩人・思想家。

少しでも戦後詩について知識があれば頷くだろう。鮎川はというと怜悧で明晰、観念の強力《ごうりき》ともいうべき存在であった。しかしながらこの一篇というとどうだろう。まるでそのような面影はみるべくもない。おそらくこれまでの読者なら愕然とされたのではないか。なんだかどうにも緩くにすぎるというのか。いやこれが、なんとあの鮎川の作品なろうとは、であろう。

そうであろうが当方はおおかたとちがう。わたしにとってこの作品は格別、裏日本的、回帰の一篇としてあるのである。ちょっとそこらは説明しにくくあるが。もっといってよければこの詩はひょっとすると、まるでおなじ地と血を享けるこちらに宛てて書かれた作ではないのかと、そんなふうにまで思いこんでいるふしさえある。

五六年、六一歳。「別冊・一枚の繪Ｖｏｌ．４」（同年一〇月）、これが当作の初出である（じつは私事ながら鮎川詩の読者にはまず無縁なこの掲載誌の編集担当がわが相棒なのだ）。それでいったいこれを一読したときの印象をどういったらいいか。いやびっくり目にしたときの、へんてこな感情といったら、もうほとんど泣きそうであった。

鮎川信夫。年譜にあたると、東京生まれとある。なるほどたしかに戸籍上はそうなのである。それはそうなのだが地縁的にはちがうのである。じつにそのうちに流れる血はどうであろう。

これがなんとも父母の生まれはともに、福井県旧大野郡、つまりここを産土の地としているのだ。

このことでは同郷のこちらとおなし山賤というしだい。そんなふしぎな縁で晩期の詩人と当方は親交を深めているのである。でいまそのあたりをこの作に沿ってみるとどうだろう。

「父がうまれた村」とは、石徹白村。「母がうまれた町」とは、大野町（昭和二九年、市制施行。現、大野市）。それはおそらく老いの意識がすることなのか。ときへるほど望郷の念、帰心の想いはいやまし。やがてしぜんに昂じて「瞑想」するようになったたか。帰るべきさきは、父そして母ともに、生まれたところ。帰りなんそこ、「ふるさとの山」。いざ、父母の膝下《ひざもと》、へと。いやそんなふうに先走ってはいけない。まずそのまえに足元をおさえておくべきだ。

＊

鮎川信夫（本名・上村《うえむら》隆一）。父・上村藤若《とうじゃく》（一八九四〜一九五三）、母・幸子《こうこ》（一九〇三〜八六）の長男に生まれる。あらかじめ断っておこう。以下、あるいはおそらく数多くもない鮎川信夫研究者もよくは承知しないことだろう。

はじめに藤若について。藤若、明治二七年、石徹白村の六集落の一つ西在所に同村村長・上村重郎兵衛のもとに生まれる。石徹白小学校を経て、大野中学校卒業。つぎには幸子について。幸子、大野町清水《しょうず》の教職者で小学校校長を務めた長谷川伊佐のもとに生まれる。なお母方の先祖に蘭学に熱を入れた幕末大野藩の洋医学者・土田龍湾（文政二・一八一九〜明治二一・一八八八）がいる（参照・有明夏夫『幕末早春賦』文春文庫）。

大正七（一九一八）年、藤若、二四歳。幸子、一六歳、結婚。ここらの経緯もきくところ、裏日本的、いかにも旧弊だったようだ。

藤若、結婚後、上京。苦学して早稲田大学英文科と日本大学政治科を卒業。小原達明（八千代生命保険社長、のちに映画製作や出版事業に乗り出し、乱脈経営で破綻した）とともに銀座丸の内ビル内で帝国文化協会を設立。中野正剛《せいごう》（思想団体「東方会」主宰）らと交流。「向上之青年」「向上の婦人」「向上の少女」「向上の友」「村を護れ」ほかの雑誌を刊行する。往時少なからずあった僻村出身エリートの農本主義バリバリの実践者であったという。著書『宗吾甚兵衛を語る　大衆の父民権の母』（宗吾霊徳顕揚会　一九三〇）。

これぐらいで多くは詳《つまび》らかにしない。だがいまなお村の古老の間では立志伝中の人物として語られているとか。宮本常一は、この村から出た者に「大した成功者もいない」と断じて書き足している。「明治時代には僧侶としてすぐれた人を何人も出したが、それは古い伝統によるもので、今はそのようなこともない」と。このことからもやはり藤若、別格によろしかったのだろう。

さて、はじめに母幸子をめぐって。鮎川は、長男の役割をまっとうし母の傍らに長くあり最期を看取っている。そこらはじつに濃厚な愛憎物だったらしい、なんともそんな相姦的（？）と囁かれるほど。だがここでは母子の間柄はおきたい。どういうかちょっと本稿の主題から逸脱するきらいがあるから。ここではもっぱら父子の対立の行方にしぼることにしたい。

なぜなのか、それはこの歪《いびつ》というほかない、父子関係のありようがまさに裏日本的、そのものよろしくあると考えられる、だからである。鮎川は、つねづね洩らしていた。「親父は、外面《そとづら》は温和でも、家庭で冷淡で、子供にはとても尊敬できかねる人間であった」と。このことでは、つぎにみる引用のように、鮎川の父親に対する視線は冷徹だ、いやもっと非情ですらある、といっていい。

「骨肉とか郷土とかに根ざした父の思想は、農民的なナショナリズムの典型で、自由思想を嫌っていた。それに反して私は、大学に通うようになると、……、毎晩のように新宿や渋谷の盛り場をうろつくようになっていた」（「凌霜の人」「潮」一九七四・七）

「詩を書き始めるようになってから、父の行き方とは、すべてにおいて反対の方向に自己形成していったようである。父は自由主義を嫌い、ファシズムを礼賛し、最後には新興宗教に凝って終った」（「小伝」『現代日本文学全集89』筑摩書房　一九五八）

どうやらこれが無情な父子の真実であったようだ。そしてかたくなに両人は反目し拒絶しつづけあった。だがいずれいかな諍いであれ死をもって幕となっている。

昭和二八（一九五三）年一一月、藤若死去。享年五九。鮎川は、このとき詩「父の死」（『鮎川信夫詩集』荒地出版社　一九五五）をもって瞑目するのだ。

……苦しみぬいて生きた父よ
死にはデリケートな思いやりがあった
ぼくは少しずつ忘れてゆくだろう
スムースなスムースなあなたの死顔を

「ぼくは少しずつ……」、とそうはいうものの、「スムース」に忘れさる、なんてことはできない。鮎川、このときから四半世紀がたったあと、ぜひこれだけはと感じることがあったか、あらためて亡父について、つぎのように詩「父」（『難路行』）で吐露するのである。

父なる存在そのものが
わたくしには厭わしかったのだろう
…………
わたくしは父の書いたものを理解せず

父はわたくしの詩の一行も理解しなかった
父は黙ってこの世から去っていった
わたくしは病み衰えた父の腕に
カンフルの注射を三、四度射っただけであった
言葉の理解のとどかぬところで
ぼくたちは理解しあっていた

いったいこの詩をどう解したらいいか。まずは注目されよ。初出時（「現代詩手帖」一九七九・一）、鮎川五九歳、すなわち藤若の享年と並んだ感懐の所産であると。そこから気づかれる。ここでなぜ父と子であるはずなのに、そんな「ぼくたち」などと、いうような呼び方をしているのか。それはあえていうならば同輩さながらに肩を叩き合えるような境地になったということだろう。だとしても、はたしてそんな「言葉の理解のとどかぬところで／……理解しあっていた」ものかどうかは、わからない。いったいここにきての父子の黙契《もっけい》はなにによるのだろう。

＊

「（父は）私にとっては dictator の完全な見本のような人物であった。／私の考え方、感じ方は、少年の頃からほとんどこの父に抵抗するようなかたちで育っていった」（「後書」『戦中手記　附戦中詩論集』思潮社　一九六五）

「dictator の完全な見本」。このことに関わって宮本常一のつぎの一節をここに引きたい。「古い時代この村の人たちは気性のはげしい人が多かった。生活のむずかしかったこともあろう、また山の神につかえて戒律のきびしいものがあったためでもあろうか」。藤若も、それこそ累代の「生活」と「戒

律」の厳格なありよう、そこからくる振る舞いが息子の目には映ったのだろう、「dictator」と。であればやむなし。このふたりを繋ぐものとして「ふるさとの山」があるばかり。そういうほかない。

奥も深く、みてきたように石徹白はというと異世界であったのである、世の果て。藤若、そんなひどい中世社会的村を啓蒙向上守護すべく孤軍奮闘しつづけた。

「父はもともと北陸の山奥の農家の出であったせいか、年とともに農本主義者めいた面貌を露わにしていった。二、三年ごとに飢饉に見舞われるという東北の農村の惨状は、娘の身売りを村役場が斡旋しているという噂まであって、当時の人心を重く圧迫していたし、大正十三、四年頃から青少年向けの修養機関雑誌の経営をつづけてきた父にしてみれば、農村の荒廃を背景に逼迫する時局は放ってはおけない事態だったにちがいない」（「最初期詩篇についての感想」『すこぶる愉快な絶望』思潮社　一九八七）。

というところで止まってみよう。鮎川は、ここで「東北の農村の惨状」におよぶ。このことは藤若にとって、そっくりそのまま郷里は石徹白の現実でこそあった。宮本の調査にある。

「食生活の方は山間で寒気きびしく、その上雨や雪の多いために必ずしもめぐまれてはいなかった。そしてよく飢饉におそわれた。飢饉をケカチといった。ケカチの時は全く困った。……。そのためにうえ死にすることも少なくなかった」

「ケカチ」（註・飢《き》渇《かつ》の訛りか。太宰治「津軽」に、ケガツの呼称あり）で餓死？　これが大正から昭和初めにかけての現実だった。さすがに近時においては「娘の身売り」についての言及はないが「カフェーの女給などになるものが多く、……それが村にも反映して、娘の支度が著しくかわってきた」と。

藤若は、かつて神領だった誇り高くも貧しい村を背負って都へ上り学んだ者である。ついては東北のごとき惨状はこれを阻止すべきと懸命になろう。このことの繋がりで郷里の偉人上村藤若の作詞の石徹白小学校校歌（昭一四）をここに引いてみたい。四番のうち、一、三番をみる。

歴史は古く　神代より　雪に閉ざされ　霜しのぎ／正義不撓に燃えたちし　祖先忍苦の跡踏みつ／五体を鍛え　業励む　吾等が母校／石徹白　石徹白

青雲遠く　白山の　高嶺を洗い　地に延びて／名も九頭龍と　拓けたる　山ふところの別天地／ここふるさとに　聳え立つ　吾等が母校／石徹白　石徹白

こんなぐあいのものだ。だがなんといまも石徹白小の児らによりこの藤若校歌が歌われているという。それがどういうことか。藤若は、そんなにもつよく篤い志を抱きつづけてきた。ひたすら郷里を「別天地」と称揚してきた。飢餓線上にある「祖先忍苦」の村を向上守護すべく孤軍奮闘したのである。かくしてナショナリストとなりし厳父、それに反抗すること、いきおいモダニストにかぶれた蕩児、という構図がみえる。

ナショナリスト藤若と、モダニスト鮎川と。どうやらこれが父子の真実であったようだ、ほとんど絶望的なまでにも、ゆずることなく両人は反目しつづけあった。

しかしどんなものだろう。じつはこのぎりぎりの不断の対峙と拒絶のせめぎあいが、あえてそこを言葉足らずでいうが、そのことがきっと鮎川を真正な詩人にしたのではないか。さらにはまた詩人の域を超えて政治や社会の広くに関わる明晰な批評の目を養ったはずだと。そうはいえないだろうか。

「放っておけば内向的にしかならない少年の私を、無理にでも時代や社会にむかって眼をひらかせたのは、私の父であった」（「あとがき」『時代を読む』文藝春秋　一九八五）

＊

厳父と、蕩児と。ふたりの間に長い時間が過ぎ去っている。そこにいかな思惟があったのか。蕩児は、還暦を過ぎて、「山を想う」のだ。そうして帰るべきさきは「ふるさとの山」とさだめたか。

昭和六一（一九八六）年一〇月一七日、鮎川信夫、急逝。享年六六。鮎川は、それまで私生活に関して完全な緘黙を貫いてきた。だからずっと古い詩友たちも当方もまた故人のことを独身と思いこんでいた。それがみなさんその葬儀の席に妻なる人が現れ驚倒させられているのだ！

そこからこの稿を書きついでいて思い知らされるのだ。故人が、あれだけずっと自らをひめて明かさなかった、そうであるのに、こんなにまでも父については語っているとは……。というところにいたって、一拍をおいて引用したい言葉がある、つぎのようなものである。

吉本隆明（一九二四〜二〇一二）、そのさき鮎川に兄事したこの人の篤い思いこもる追悼の一節がそれだ。同年一〇月三一日夜、「鮎川信夫とお別れをする会」（飯田橋　日本出版クラブ）。

「貴方の詩の作品が戦後早く書かれた「死んだ男」から晩年にちかい「宿恋行」にいたるまで、いつも湛えている情感がありまます。それはいってみれば生まれてから死ぬまでのあいだ、この現実の社会に身体を繋ぎとめておくために、誰でも必要な最小限の日常生活でさえ空しいと感じているような、底深い厭世と、身を消してしまいたい願望でした。／そこからわたしたちへの無限の優しさと思い遣りが射し込んできたのだと思います。

…………

この日常の世界にひきとめておく手立てもないような、貴方の深い現実厭離の思いは、もしかすると遠い幼年の日に、誕生と同時に、父母未生の根拠から受けとられたものではないか。そう解するのが、いま溢れてくる哀しさと清々しさにいちばんふさわしいように感じられます」（「別れの挨拶」『さ

よなら鮎川信夫』思潮社　一九八六）

「底深い厭世と、身を消してしまいたい願望」。強くそれはあった、その生を覆って、余りあるほどにも……。ここで僭越ながらいおう。こちらにはそこらが痛いほど身に染みて感じられてたまらない。そんなときが再三あった、と。

それはしかし、吉本隆明、さすがである。なんとも深い洞察を湛えた悼辞でないか。しかしながらいささか唐突にきこえなくもない、つぎの一語をどう、いったいどのように理解したらいいものか。吉本は、あるいはこんなふうに呼びかけているか。鮎川信夫、いまこの人はというと、はるかそこへ帰ったと。

そこへとはそうである、「父母未生の根拠」、であろうところへと。

しかしこの唐突の一語をどうみよう。それはあるいは前述の「言葉の理解のとどかぬところ」（前出「父」）と符合するのではと。そのように単純に解釈していいか。

などなどともうお手上げするしかないが。でそこが険阻な峡なのであれば、それだけ死者と近くあろうこと。いつもながら夕べには山深くに棲む祖先らの咳《しわぶき》もきこえよう。そしてまた明ける朝ごとその目まぜを感じもしよう。むろんのことそこには父母ともにおいでになる。とはさていや、なんたる発心ではある、ことであろう。

在りのままに生き／東洋哲人風の生活が／現代でも可能であるのかどうか／……／動かない山懐につつまれて／残りすくない瞑想の命を楽しむ

いやなんといおう。こんなにもひたむきに「瞑想」していようとは。まあこのフレーズなんぞは、あきらかに本人が承知するところ、まったきイロニーでしかない。だからこそなおその真情はまぎれないのでは。とそうはいえないいか。

＊

鮎川信夫。戦後を代表する第一の詩人。なるもやはり血と乳は継ぐということか。御師の、子孫だ！　たぶんきっと願ったように「いつかきみが帰るところは」と夢みつづけた「ふるさとの山」へとはるばる帰っていった（参照・第四章「別山」）。

いまごろにこっとして石徹白川上流、早瀬が渦巻く険しい「清流をさかのぼって幽谷に魚影を追っているのではないか。

昭和一九年五月、鮎川、傷病兵としてスマトラより内地送還。帰還後、福井県三方の傷痍軍人療養所へ。所内にて「戦中手記」を書く。

二〇年四月、外泊先の岐阜県郡上郡八幡町より退所願いを出す。そして年末まで「父がうまれた村」にあって、病身を癒し畑仕事に精を出し、しばしば竿を振り鮎釣りに興じている。

さいごである。じつは鮎川というのは筆名なのだけど、ついてはご本人はこう説明される。「鮎は、私にとって幼少期から馴染み深い川魚であった。郷里の石徹白村から福井の方に下りれば、見事な天然鮎の遡上が見られる九頭竜川があり、……」（前出「最初期詩篇についての感想」）と。鮎川、なんとその筆名をふるさとの清流からえたと。くわえて「「信」の字は、五常の五番目で、自分にいちばんぴつたりの感じがした」と。わかる、これをもってつよく願いつづけてきたらしい、とても。

鮎川信夫。複雑至極なり、この裏日本人……。

帰るところはそこしかない／……／いつかきみが帰るところは／そこにしかない

大野《おおの》　雪　――岡部文夫《おかべふみお》

山本素石　田中小実昌　皆吉爽雨　山崎朋子

大野、わが産土の郷だ。この地で生を受け育った。想いはいっぱいある、それだけに書きにくく、筆がしぶってしまう。ゆっくりと慌てず落ち着いて拾っていこう。さきにみた石徹白大野人の血の鮎川信夫が書いていた。

「石徹白村から福井の方に下りれば、……九頭竜川があり」と。でその中流に大野がある。そうであれば、まずはじめにここで一九六〇年代はダム工事前後の九頭竜川の上中流域がどうなっているか、みるとしよう。まず川のことであれば、この名をあげるがいいか。

山本素石《そせき》（一九一九〜八八。本名は幹二、素石は釣号）。昭和の山釣り師。これが、大野人、でない。隣県は滋賀の産。渓流魚とツチノコの研究に生涯を懸け、北海道から九州まで全国津々浦々、さらには遠く韓国江原道も歩いている。山釣りとは、もっとも上げ難い、イワナ、アマゴ、ヤマメ、を狙う釣りである。この人がまた竿を筆に替えても冴えた。大物を上げただとか釣果を競うのでない。そんな釣りバカなどお呼びでない。いうならその筆には渓流を探ることで生態観察、文明批評におよぶ独自な深さと広がりがある。なにしろあの高名な生態学者・人類学者今西錦司に私淑しているのである。いまその渓流記をフォーク・ロアの一達成といおう。

素石、じつはしばしばわが大野の奥は九頭竜の源流を探っているのである。ここでそのうちの一回の釣行につきあってみる。それは昭和四一（一九六六）年夏のこと。いったいは九頭竜川総合開発の名のもとにダム突貫工事中だった。当朝、上穴馬村の久沢川《くざわ》を目指す。その途次の描写にある。

「和泉村の朝日地区は、かつては川沿いの一寒村だったのに、ダム工事の余沢で今や殷賑を極めている。日用雑貨を商う店はもとより、バー、パチンコ屋、はては映画館まで、時ならぬ街衢《がいく》を現出していて、低い軒をつらねた雑多な家並が曇り空の下で朝の眠りに沈んでいた」。なんとときにこの工事基地に三五〇〇人もの労務者がおいでになって、あてこみでわが正津酒舗分店もあったものだ。

「広大なダムの工事場は刻々眼下に展開して、カーブを一つ曲るごとに溜息が出る。いくつもの山は削られ、冒険マンガに出てくる〝まぼろしの城〟のような地下発電所が対岸の山の底に出来つつあった」「湖底に沈む村々には、既に人影はなかった。この辺りでは一番大きい集落だった大谷も、今は廃村になっている。……。生気を亡くした残骸のような家々は、石のように重い曇り空の下で、カランと口をあけたままものをいわなくなった死人の顔のようにうつろに強ばって、動いているのは風にざわめく夏草だけである。耕す人もいなくなった田畑は一面に雑草がたけて、草茫々とした中にキリギリスが鳴いていた」（「ほろびゆく川」『山本素石の本1』筑摩書房　一九九六）

ひどくないか。哀しいかな。これぞまことに集落を去る民らの「生気を亡くした」心象を現す風景であるだろう。切ないかな。ひどすぎよう。「キリギリスが鳴いていた」

さて、素石一行はというと、湖底に沈む一画を目にしながら目的地にいたる。「この川は元来大型の天魚《アマゴ》が釣れるのだが」まるっきりオシャカなのである。なんでやろか、なにかあって？　あとで聞くとなんと「最近、大規模な毒流しがあった」そうな。素石は、ときに思うのだ。電力のために無茶苦茶にされた清流。蹌踉として、家を捨て、そんなもう「帰るところ」もなくして、村を去る、村人たち。

「国家的支援のもとに容赦なく強行される自然の破壊行為が、なぜ毒流し以上の憎しみを買わないのかふしぎでならないのである。毒を流したのは、この土地を最後に去った人だということで、村と共に魚も亡びよ……と、怨念をこめて使い残りの農薬を撒いたのだそうである」

そんな「毒流し」だって！　いやこりゃほんと、裏日本的示威？　ではないだろうか。なんと素石はというと「土地を追われる人にしてみれば、毒流しはせめてもの腹いせかも知れない。モスコーを焼き払って退却したロシア軍を思い出す」とまでも高熱になる。じつにもう切なくも辛いことったら。それにしても山釣りの神様のこの警告はいま現在なお重要な意味をもっていよう。わたしらも胸の深く止めるべきだ。ついてはこの問題に関わっていま一人の名をあげたい。

九里《くのり》順子（一九六二〜）。大野生まれ。近代詩歌研究者（わが大野高校後輩なり）である。九里、よほどひめた想いがあってか、ひとまず専門分野はおいて、ダムについて書くのである。ダムに水没させられた大野の奥は「岐阜県揖斐郡徳山村、福井県大野郡五箇村、福井県大野郡西谷村」の三つの集落をめぐって小声でいう。

「風土が根こそぎ失われた小さな村の運命は人事ではない。毛細血管が死ねば、その影響はいずれ確実に太い血管に及ぶ。明日は我が身である」「便利さと物質的豊かさという尺度しか持たない社会は、遅れる・進むという一方向の時間意識で人々を単一の価値観に駆り立てていく」「かつて、各地に無数にあり消えていった村は、変わらないこと、遅れることが持つ本質の前で立止まれと、無住の山の底から声なき声を響かせている」（「たんどう谷、ゴトゴト谷」『詩の外包』翰林書房　二〇〇二）

耳を開いてこの、「声なき声を」、聴き届けたくある……。

＊

「ほろびゆく川」。みてきたように過日の九頭竜川の現実だったといおう。そうしてその中流域の盆地にぽつんと、そんなそれこそ「ほろびゆく町」さながらでもないが、あるのがわが大野市の町部なのである。

　大野。福井発の越美北線で一時間。寂しげな、なにもない町でこそある。いやなにもないはない、名産の里芋が！　ちゃんとあるでは。これについて当方、裏日本的なればおよそぜんぜん現代詩的っぽくあるべくもない、拙作をものしている（参考⑤）。それはそれで一興としてご笑覧いただくとして。「冬季降雪が多い」。雪、であろう。いまこの町をひとことで括るとしたら何であるか。雪、しかない。そこでこんなけったいな傑物から紹介させていただくことにする。

　田中小実昌《こみまさ》（一九二五〜二〇〇〇）。作家・翻訳家・随筆家。東京生まれ。一九歳で出征。中国の湖北省と湖南省境の鉄道警備部隊編入。敗戦直前にアメーバ赤痢の疑いで野戦病院に移送となり死線をさまよい終戦を迎える。翌年、東京大学文学部哲学科に無試験入学するも、学校に行ったのは「二時間くらい」で、米軍基地の兵舎のストーブマン、ストリップ劇場の演出助手、コメディアンや、バーテンダー、啖呵売《タンカバイ》などの職業を転々とする。愛称・コミさん。

　このコミさんにわたしらの大野を舞台にした、いやとてつもなくおかしく哀切な小説がある。それは、「香具師《やし》の旅」（『香具師の旅』泰流社　一九七九）、である。

　昭和二四（一九四九）年五月から翌年四月まで、小実昌、コミさんは、香具師の一行にまじり、いまだ新参の引っ張り込み《パリコミ》易者《ロクマ》として、北陸各地を転々としている。ところがその旅は辛くあるばかり。どうにも商売《バイ》がかんばしくないまま月日がすぎる。するうちにたちまち雪が降りしきるときがきた。

「それまで、表日本の、しかも雪のすくないところにしか住んだことのないぼくは、あきれてしまい、こんなことがあっていいのか（あり得ることなのか）とおもった」。それなのに神仏に見放されたやら。「雪に追われるように、福井から奥にはいり、勝山、大野と……逆に、雪が深い山のなかに逃げこんでいく」というわからない真逆な事態になっていくいっぽう。

「ぼくたちは、福井からずっとずっと山のなかにはいった大野の町で正月《ガツ》をむかえた。／大野は雪のおおい、しずかな町だ。ともかく、商売《バイ》にはむかない。ぼくたちは、文字通り雪にとじこめられて、この町の生れの竹さんというテキヤのところで、ゴロゴロしていた」

　ところで当方はというとそう、コミさんと新宿ゴールデン街の赤提灯でしばしば相席して顔見知りの仲、でこんな面白いことをきいた。ここにご登場される「竹さん」（もちろん実名ではない）。じつはこの人がわが生家の裏の通り五〇㍍先に住むおかただ。このオヤッさん、拙酒舗の上得意、なのであった。でなんとコミさん使い走りで、よくわが店に酒を買いにみえ、きまって立ち飲みされたとか（昭和二〇年代、当時どこの酒舗の店先でもコップ酒をキュッとやる酔客らを相手にしていた経緯あり！）。

　真っ白い白山の頂が煙る。「雪がひどいと、ここが終点の福井に行く電車もとまった。商売《バイ》をしようにも、材料《ネタ》もないし、雪の底だ」。なんぞとほざきながらもコミさんたら初めての雪がもう楽しくてならないようすであるのだが。「汽車賃《ノリナマ》をこしらえて、ともかく東京《ドエ》にかえろう」。となるとその最後の頼みは隣町の勝山左義長の高市《たかまち》（祭日）しかなくなると。

　でひどく雪が降るなか「ヒッジ（ちり紙）」を「バサ（タタキ売り）」する枯れ声のコミさん。そこにこれが耳ざわりにも、山車《だし》のうえで色とりどりの長襦袢を着て太鼓を打ち浮かれ踊る「勝山左義長ばやし」の「浮き太鼓」の音に笛鉦叩《ふえかねたた》きらが賑やかに、もうやんやと囃しやまない。

〽蝶よ〜　花よ〜　花よのねんね〜
まだ乳飲むか〜　乳首はなせ〜　乳首はなせ〜
（参照・「〽蝶よ〜　花よ〜」前出『奥越奥話　十六の詩と断章』）

＊

大野。「雪の底」にへばりつく機屋さんだらけの鄙《ひな》の町。ガチャ、ガチャ……、通りのどこからも機織りのせわしない音、ガチャ、ガチャ……。

わたしらがガキの時分は糸偏景気で繊維産業が隆盛をきわめていたこと。織機がガチャンといえば万の金がころがり込むという、巷間にガチャマンといわれた好況に沸いたのだ。

がうぐ〵と深雪のそこの機屋《はたや》かな　皆吉爽雨『雪解』（以下同）

皆吉爽雨《みなよしそうう》（一九〇二〜八三）。俳人。福井市に生まれ、丸岡町に育つ。大正八（一九一九）年、福井中学卒業後、句作を始め、高浜虚子に師事し「ホトトギス」に投句。戦後、俳誌「雪解」（また雪だわ！）を主宰、句風は忠実な客観写生を信条とし、平明な表現で人間省察を心掛ける。句集『雪解』（山茶花発行所　一九三八）、『寒林』（三省堂　一九四〇）ほか。

この句は勝山の景だが、爽雨、このように自解していう。「（勝山は）昔から機《はた》どころだった。荒い川瀬がぴたりと沿って、城址の岡や古い寺々のある町のあちこちには、機織工場が立ちならんで、機の音をたてていた。……わずかに棟を雪の上に見せている機場から機織りの音が聞えていた」

勝山、ときに人口三万人、繊維に関わる人は三〇〇〇人、一〇人に一人の率なりと。大野もほぼ同率かそれ以上。だがそんなのは昔もむかしのこと。いまや工場はあらかたまるっきり閉鎖された。ガチャ、ガチャ……、せわしない織音なき淋しい町区なのったら。しかしながらやはり、いまも昔も雪が降ること、それにはかわりない。

ひとつ家の雪をおろせる女かな

きっとおやじさんは京阪神へ出稼ぎで一冬留守であるのだろう。そこにきて若い者は「表」に出てしまった。いましも屋根のうえで主婦だろうが精出している。そうしないとこの晩にも家が潰れてしまうのだ。でもって一棟ぜんぶを一人でもって雪下ろしすると。ほんとなんたる降雪であるのったら。

　　雪晴や嶺にうまれしなだれ跡
　　九頭龍を真下に雪崩たるを越ゆ

*

じつにまったくひどい。いやこの豪雪地の町に相応しくある、裏日本奥越大野的、それこそ武骨の雪の詩歌人がいる。それがこのかたである。

岡部文夫（一九〇八〜九〇）。歌人。やはりこの名を知る人はほとんどないか。いやこれが、大野人、でないこと。できればこの項ではわたしらの先達をあげたかったが、奥越大野、めっぽう悲しいかな、詩文払底、どうにもそれに相応しいようなお人がなさそうなよし。

岡部、お隣は石川県羽咋《はくい》郡高浜町（現、志賀町《しかまち》）産の人。二松学舎専門学校を中退、帰郷後、日本専売公社に勤務。というところで、早速ながら一拍、おくことにする。ここらのふつうの子弟についておよぼう。

役人、教師、公社。わたしらはずっと幼い日からこの三つが最も望ましい働き口と教えられてきたのだ。当方、小酒舗の三男坊。ガキの頃よりこの教えを周囲から聞かされ耳タコ。このことでこの人について年譜以上のことは知るよしもないが。岡部はというと、ツテがあってか、ともあれその一つに職を得たのである。

だけどとてもエリートとは遠くあったとおぼしい。なぜもない、よりによって彼が短歌などという退嬰的なるものに血道を上げる青年だったという、だからである。それでアナクロぽいと退けられがちだったか。

いやそうではなく出発がプロレタリア歌人であったということ。いうところのアカあつかい。ちょっとあぶなそうな人種としてはじめから左遷さんとなったか。

そんなこんなで、てんから出世の道は永遠にないのは、あきらかなこと。それどころか辞令一つで裏日本のどこへでも。それも小さな町や僻村を転々という憂き目のざま。

昭和三一（一九五六）年、福井県小浜市に転任。四二年、定年。いかにもなる公社人生といっていい。そうしてそれから後、長く同県春江町（現、坂井市）に住み、没しているそうな。

それではここからその歌についてみることに。あるいはおそらくここ北陸ではこの時代ならば富裕ではなく、そこそこ多感である子弟であれば既定のコースといっていいか。

岡部少年は、同郷で小学校二年上のプロレタリア歌人坪野哲久（参照・第五章「奥能登」）の影響を受けて歌作をはじめ、「短歌戦線」の創刊に参加。第一歌集『どん底の叫び』（紅玉堂書店無産者歌人叢書一九三〇　発禁処分）刊行。そこでなんとも哀しげなる口語短歌まがいを詠んでおいでになる。

面《つら》と手をまつ黒にして上つてくれや夕方だい、眼と歯が光つてゐらあな
一日の血を搾られた生白《なまじろ》い女工の群が、どたどた吐き出されくる

戦中、プロレタリア歌人同盟を脱退。そこらはやはりはっきりと転向劇があったとみるべきだろう。以来、文語定型に回帰。田舎で飯を食う、田舎で歌を詠む。ともにとてつもなく困難な時代であった

のである。くわえてその勤務先が公社様となればなおだ。なかば同情しよう。

戦後、主宰誌「海潮」を創刊。それからはもっぱら、境涯の裏日本詠を数多く、することになった。そこにはわからないが諦観というか断念があったのだろう。

裏日本歌人・岡部文夫、まったくもって歌風の朴訥なることったら。どこにもちっとも技巧なんぞまるでない。ただたんたんと見たところ胸のうちを述べるにとどめる。いやほんとそこらが好もしくあるのだ。というところで本題に戻ることにして。まずはこんな一首を引いてみたい。


雪ぐにの吾の勤めの四十年越後にはじまり越前に終ふ

「四十年」の長き裏日本。転々配属。それほどにこの地とは縁が深く寄り添ってきたのである。こんな岡部の言葉がある。「北陸に土着の者にしか作れない作品を創りたいといふのが私の長い間の念願であつた」

＊

北陸土着の裏日本詠。なかでも多く凄いのが雪の歌なること。それあってここ本項に登場とあいなったしだい。コミさんが嘆いたように、奥越大野というと「雪の底」よろしい豪雪地帯、いやひどく降るのったら。

「忘れ難いのは、一年のうちのおよそ三分の一を雪に包まれている暮らしの厳しさだ。人びとは、秋風が立つと間もなく食糧や薪《たきぎ》の用意にかかり、長い冬を、それらの蓄えを頼りに、春の訪れをただじいっと待ちつづけるのである」（山崎朋子「「藤野先生」の碑に想う」『わたし自身をさがす旅』ＰＨＰ研究所　一九八四）

さきに前章でみた朋子先輩さんの一節である。いやどうでしょう、ここにいう「厳しさ」をおわかり、いただけますかね。先輩、つづけておっしゃっている。

「こうした北陸の風土が、魯迅の名作「藤野先生」に見られる、愚直と言ってよい程の誠実さを生んだものと思う」

中国近代文学の父、魯迅の自伝的短編小説「藤野先生」は日中両国の教科書に載る名作。そのモデル医師・藤野巖九郎（一八七四〜一九四五）は、坂井郡本荘村（現、あわら市）生まれである。福井市足羽山《あすわやま》に立つ先生と魯迅の「惜別の碑」。このように生徒の魯迅の言葉が刻印されている。

「先生は世に無名の人、己れには極めて偉大の人」

それはさて雪に戻ることにする。表日本。まあそこでは雪はチラホラと舞うものらしい。たとえばこの詩に歌われるように。

青いソフトにふる雪は
過ぎしその手か、ささやきか、
酒か、薄荷《はっか》か、いつのまに
消ゆる涙か、なつかしや。

北原白秋「青いソフトに」（『思ひ出』）

「いつのまに」だって。違うのだ、降るとなると、てんごな（ありえなく）、狂ったように、やまずに降りしきる。裏日本では、雪はドッカンと積もるものである。だからというのか、どうかしてつぎのような歌が胸に染みついてしまっている、そんなふうなのだ。

雪の歌人、岡部文夫。歌集の題にズバリ雪をいただく三冊を持つ。順に『雪炎《せつえん》』、『雪代《ゆきしろ》』、『雪天《せってん》』

と並ぶ。ここではうちの、『雪天』(短歌新聞社　一九八六)、これをあげよう。まずはこんな恐ろしい歌をみられたし。

　今日聞けば今日またひとり屋根雪のなだれに会ひて老の死にたる
　雪ぐにに住むもおのれの業《ごう》としてきびしき冬を堪へつつ生きむ
　ふぶきつつ雪のはげしきかかる夜に死ぬこの者もまた業《ごう》ならむ

雪は、暗い。わたしなどは、これらの歌に三八《サンパチ》豪雪(昭和三八年)を思わされるのだ。いやあの雪、どくしょな(ひどい)、あばさけた(ふざけた)、雪やったら! 福井県下、死者三一名。そうだそうあの、怖かった級友ヤス坊の親父さん源二も雪下ろし中に転落し雪に埋まって、なくなっている。雪は、怖い。

大野では二九五センチの積雪! じつに百年に一度の大豪雪という。このとき大野の町は約一ヶ月間も陸の孤島になった。家の出入りは二階の窓から。学校閉鎖。わたしら高校生も毎日スコップ一本の除雪隊つとめ。雪はかんからかんに(かたまりきって)凍りついたようなあんばい。さきにコミさんが「雪がひどいと、ここが終点の福井に行く電車もとまった」とぼやきつづけた、大雪に埋まった京福電車(旧・京福電気鉄道越前本線。現在、勝山―大野間は廃線)の線路。そこへ除雪隊を組んでゆくのだった連日駆り出されて。

「♪雪の降るまちを」とシャウトしたり……。ぼろくそもぼろくそ。「♪雪の降るまちを」とハミングしたり……。

＊

雪は、〈業〉。ほんとこの〈業〉はというと、なにはともあれ、どうしようもなく〈貧〉をもたらす、ことになる。むろんもちろん、雪が豊かさを呼び寄せる、こともなくはない。水をたくわえ、土をうるおす。だって、大野名産里芋、がそう。ほかまだもっとぎょうさん、えっぺえ（いっぱい）あるのだ。岡部が、たとえばつぎの歌に詠んでいるように。

若猪野の雪より掘りし水菜とふみづみづしきを市《いち》に商ふ

若猪野《わかいの》は、お隣は勝山の村だ。岡部、ひょっとしてわたしらの地区の支社にも赴任したことがあるのか？　それはさてここの水菜のおひたしの、しゃきしゃきして美味なることとったら！

大野上庄《かみしょう》村の里芋、勝山若猪野の水菜、ほかまだ、ぎょうさん、えっぺえ。これぞまことに、春の喜びの贈り物、ではあるのだが……。

「雪は言葉を箝口して降る。／『ねたらくじょうど／どうか　このまま眼が覚めませぬように』／先夜、亡くなった鮎川信夫の遺稿詩集『難路行』を繰っていて『独白』という一篇のこの声顫おう独白におもわず立ちどまらされた」（拙文「雪」『暦物語』思潮社　一九八九）

「ねたらくじょうど」（註・補陀落浄土↓寝た楽浄土）、鮎川信夫、終戦前後、それはもうとんでもなく雪深い石徹白で実感させられたのであろう。さきにみた鮎川の父・上村藤若氏作詞なる石徹白小学校校歌にもあった。「雪に閉ざされ　霜しのぎ」と。いやほんとこの子守歌は笑えないのったら。

雪は、〈業〉。雪は、〈貧〉。このことに関わってそうだ。ちょっと話も所も飛ぶが、いま手許にある歌集『能登』（短歌新聞社　一九八五）から、こんな歌を二つ拾うことにしよう。おそらくこれなどは、岡部の小浜在勤時代の作品、であるとおぼしい。いやほんと、まったくこの〈貧〉はといったら、なんなのだ！

立石《たついし》のこの海の村原電を誘ひて道の竣《な》るを待つとふ

増殖炉また立つといふ危ふきも貧しきゆゑに人は怖れず

一首目、「立石」とは、敦賀半島の突端の景勝地の集落である。いまその、「海の村」に「原電（日本原子力発電）」の敦賀発電所を「誘ひて」、なのだと。

二首目、「増殖炉」とは、立石岬の西方の白木村に位置する、いわずもがな高速増殖原型炉「もんじゅ（現在廃炉作業中）」。そんなのが「また立つ」のである。でも「怖れず」だと。

じつはこのことの関わりでいわせてもらえば、こちらには、いやぜったいに忘れられないことがあるのだ。それはいつだか、以下のように水上勉さんが語気荒げられた一幕、そのことである。

「もんじゅは菩薩なろうに新炉だってのう！」

なんとも哀しくはないか。ついてはこの一言をもらうようにして、当方、そのさきつぎのような拙詩をものしている。ついでに引いておきたい（参照・第一章「敦賀」。参考⑥）。

奥越大野、雪……。〈業〉である。じつに哀しい運命でしかないしだい、いつも我らが故里のはかないのったら。〈貧〉である。

第四章　白山

比咩神《ひめのかみ》　水　一泉《いずみ》　鏡花《きょうか》

前田速夫　橘南谿

いよいよ加賀である。だがさきだって断っておきたい。加賀百万石。加賀といえば金沢。あまりにもこの都市の影響が甚大すぎるきらい。歴史、文化、地誌、交易、観光……。諸般にわたりすべて、金沢一極、集中していること。「金沢あればみなよし、地方なきとしても」。金沢産の旧友の有難い御言葉だ。

金沢は北陸道の首都。石川のみでない、こと北陸新幹線をはじめ、なんもかも北陸三県丸ごと、金沢のおこぼれ。しかしながら本稿の性格からいってむろん金沢はいわずもがな、まるでぜんぜん県庁があるような都市は問題にしてはいない。いうまでもなく都市は表日本化の一途でしかないから。本書においては金沢なんぞというような一章はもとより論外でしかない。ついでながらあわせて、福井も、富山も、新潟も、そんなところなんかも。まあどうでもよろしくあるのだ、いやほんとはなからまるっきり。

彼方なる加賀の白山
まどかなる麦の丘べの
春の日の空にましろし
彼方なる加賀の白山　　三好達治「春の旅人」（『故郷の花』）

加賀は、白山だ。「加賀《かが》国能見《のみ》郡より飛騨国大野郡、越前国大野郡にまたがる金沢市の南およそ十八里にそびゆ／最高点（御前岳）は北緯三十六度七分東経百三十六度五十分に位す／……／山中に硫気噴孔あり、旧火口は水をたたえて湖となり硫黄《いおう》沈殿す／頂に白山神社（祭神大己貴命《おおなむちのみこと》）あり登山の参詣者多し」（志賀重昂「白山」『日本風景論』講談社学術文庫）

しら山の松の木蔭にかくろいてやすらにすめるらいの鳥かな　　後鳥羽院『夫木《ふぼく》和歌抄』
消えはつる時しなければ越路なる白山の名は雪にぞありける　　凡河内躬恒《おおしこうちのみつね》『古今和歌集』

白山。別称、しらやま、越《こし》のしらね。頂上、御前峰。古人は、おごそかに仰ぎつづけてきた。またさきにみたように道元さんも日々にその頂に向かって合掌されておいでなさったようす（参照・第二章「永平寺」）。

白山の主神は、菊理《くくり》媛神《ひめのかみ》、別名・白山比《しらやまひ》咩神《めのかみ》と称される。『日本書紀』に拠ると、伊邪那岐、伊邪那美の二神の間に入って、仲を取り持ったという、霊力あらたかな女神である。

菊理媛神という。ここで一拍おこう。「くく」とは、樹木の祖神「句句廼馳神《くくのちのかみ》」、樹木がぐんぐん伸びていくさまから、生命の勢いをいう。そして「くくる」はまた、水を潜るという意から禊祓《みそぎはらえ》の神ともされる。古くより水には神秘的な力が宿ると信じられ、けがれや汚れを除き、身と心を清める力があるとされてきた。

白山の頂から滴る生命の源、水を司る、菊理媛神・白山比咩神。ここから、いうところの白山信仰のありようを、みてゆく。するとまずはこの名を挙げなければならない。

＊

泉鏡花（一八七三〜一九三九）。本名、鏡太郎。金沢市下新町《しもしんちょう》に泉家の長男に生まれる。父・清次は、彫金師。工名を政光と号した。母・鈴は、江戸下谷に出生。加賀藩御手役者《おてやくしゃ》、葛野《かどの》流大鼓師《おおかわし》の末娘。はじめにその金沢感からみることに。

「私は金沢に生れて、十七歳まで棲《す》んでいたが、加賀ッぽは何だか好かない」（「自然と民謡に──郷土精華（加賀）──」『鏡花随筆集』岩波文庫）、以下、「加賀の人間は傲慢《ごうまん》で、自惚《うぬぼ》れが強くて、人を人とも思わない、頑固で分《わか》らず漢《や》で、殊《こと》に士族などと来ては、その悪癖が判然と発揮されていて」「嫌で嫌で仕方がない」「百万石だぞと云った偉《え》らがりが」。なんぞともう嫌悪するいっぽう。「けれども、加賀の自然、金沢の天地は、流石《さすが》に今も尚《な》お幼ない時分の追憶を動かして来る」「加賀の自然、金沢の天地」。となればやはりその淵源は白山のほかにありえない。であればここではこの項の主題に限りおよぶことにする。白山、ついてはこちらは想いつづけてきた。

菊理媛神・白山比咩神、それへの篤い信心こそが鏡花の尽きぬ創作の源になったと。このことの関わりで、つぎの二つをあげたい。

一つ、幼児期に、「母に草双紙の絵解を、町内のうつくしき娘たちに、口碑、伝説を聞くこと多し」（「鏡花自筆年譜」明治十三年の記述）。また薄葉（註・薄紙）に好んで草草紙の口絵や挿絵を透写する。

明治一五（一八八二）年、八歳。愛する母が次女・やゑ出産直後に産褥熱のため逝去、享年二九。幼心に忘れえぬ衝撃を受ける。母親へのつよい哀惜。鏡花は、後年に至るまでその面影を作品に描きつづける。

一つ、青年期に、柳田國男と懇意になったこと。その代表作『遠野物語』に熱烈な賛辞を送るなど、以後、ことあるごとその民俗学の歩みを真摯に辿りつづけたしだい。

「近ごろ〳〵、おもしろき書を読みたり。柳田國男《やなぎたくにお》氏の著、遠野物語なり。再読三読、尚《な》ほ飽《あ》くことを知らず。この書は、陸中国《りくちゅうのくに》上閉伊郡《かみへいごおり》に遠野郷とて、山深き幽僻地《ゆうへきち》の、伝説異聞怪談を、土地の人の談話したるを、氏が筆にて活《い》かし描けるなり。敢《あへ》て活かし描けるものと言ふ。然《しか》らざれば、妖怪変《ようかいへん》化《げ》豈得《あにえ》て斯《かく》の如《ごと》く活躍せんや」（「遠野の奇聞」「新小説」一九一〇・九）

くわえていま一つあげよう。「父にともなわれて、石川郡松任《まっとう》、成《なり》の摩耶夫人（註・釈迦の生母）像に詣づ。……なき母を思ひ慕ふ念いよ〳〵深し」（前出「同年譜」明治十七年の記述）。以来、鏡花は終生、摩耶信仰を保持した。このことの繋がりからいうとその摩耶夫人像の背後に菊理媛神・白山比咩神の存在がひそんでいると窺われるのでは。

ついてはこれからその視点からもっとも相応しくある作品をみてゆくことにしよう。一つ、『由縁の女』（「婦人画報」一九一九・八〜二一・二）。ここにちょっとこの長編の粗筋におよんでみたい。

詩人の麻川礼吉は、亡き父母の墓を移すため、東京に妻・お橘を残して故郷・金沢へ向かう。そこで手紙をくれた、はとこのお光と会い、過去の思い出に浸る。その後、昔の馴染の露野とも再会し、彼女が地元の有力士族・大郷子のもとで悲惨な生活を強いられている経緯を知る。礼吉は、ときに大郷子から露野をかくまうため、彼女の乳母のもとへ送り届ける。いっぽうこの一件がついに被差別部落民との騒動へと発展するなかで、礼吉は、初恋の人・お楊と遭遇する。しかしお楊はというと、斑《はん》猫《みょう》の毒に体を冒されていて、醜い顔を見せることを拒絶した……。

ここまででもじゅうぶん奇想天外な鏡花世界がみられるが、ここからがいよいよ菊理媛神・白山比咩神探索とあいなるのである。礼吉は、お楊の拒絶にその場を一度は退くも、再度、彼女が療養し、かつ亡き母との思い出の地である隠れ里「白菊谷」を目指す。この「白菊谷」とは、金沢の「麻川」（浅野川がモデル、主人公名ともに）の上流も接近不能な深奥にある「魔所」。白山の白と、菊理媛神の菊との合成なる谷名のそこへ……。

『由縁の女』、みるようにここには鏡花の白山信仰が全編につらぬいている。さらにいま一つ白山信仰の濃い作品を摘まんでみる。それは『山海評判記』（「時事新報」一九二九・七・二〜一一・二四）である。

「では、お白神《しらかみ》の本地本領《ほんぢほんりやう》は、と云《い》ふと、またいろいろ説《せつ》がある、が私《わたし》の従ひたいのは、すぐに…其処《そこ》…花雲《くも》が晴《は》れれば、仰《あふ》がれる白山《しらやま》の姫神《ひめがみ》、白山《はくさん》の女体権現《によたいごんげん》であられようと考へる」

「私」こと作家の矢野誓は、和倉温泉に逗留中、能登半島に伝わる「長太狢《ちやうたむじな》伝説」を模倣した呼び声に翻弄される。飴屋紙芝居、井戸を覗く三人の女、陽炎のように現れる謎の巫女の告知、逢魔が時の峠の暴風雨の怪など、時と場所を選ばぬ幻想と怪異の交感、万華鏡みたく極彩色豊かなる絵模様。柳田の「巫女考」「オシラ神」に関する論考と、白山信仰が混交する妖しい世界が展開する。そうしてその最終章にいたるや「白山の使者」があらわれて大団円をむかえる。つぎなる唄をもって。

「白山権現、／おん白神の、／姫神様の、／………／………」（参照・『柳花叢書 山海評判記／オシラ神の話』著・泉鏡花・柳田國男　編・東雅夫　ちくま文庫）

＊

ことほどさよう鏡花の菊理媛神・白山比咩神物語の豊饒なるありよう。白山の頂から滴る生命の源、水を司る、菊理媛神。前述したように菊理媛神の「くく」とは生命の勢いをいい、また「くくる」は水を潜る意を含むということ。ここから紡がれるこんな不可思議きわまりない作もある。

「水鶏《くいな》の里」（「新小説」一九〇一・三）。舞台は、加賀ならず越前は武生《たけふ》の北の集落、水鶏の里なる湧水溢れる魔所だ。

「此《こ》の処《ところ》一面に濡れに濡れて、小川となり、清水となり、或《あるひ》は吹上《ふきあげ》となつて、目に見ゆるものはいづれ水を以《もつ》て粧《よそほ》はれぬはない」「灌《そゝ》いだのは再び溢《あふ》れて、龍《りう》の如《ごと》く奔《はし》り、蜘蛛《くも》の子の如《ごと》くに繞《めぐ》つて、あらむ限《かぎり》の水は皆《みな》其《そ》の清きこと、其の疾《と》きこと、敢《あへ》て一葉《いちえふ》の塵《ちり》も浮《うか》べぬ」

なんとこれが当地を流れる白鬼女川《しらきじょがわ》を源とするのではなく、なんともなんと離れた白山の氷河から湧くというのだと！　くわえてここでこの戯曲をあげてみてみたい。

『夜叉ケ池』（「演芸倶楽部」一九一三・三）。舞台は、岐阜県と福井県の県境にある越前国大野郡鹿見村、三国嶽の麓の里、琴弾谷《ことひきだに》（註・実際の池は、夜叉ヶ池山（一二一二メートル）の直下。原生林に囲まれた夜叉ヶ池は周囲二三〇メートル、水深七メートル、ほぼ円形で神秘的な趣あり。鏡花がこの池端に佇んだ記録はない）。ここにおいてもまた白山の霊力が発揮されることになる。

「水は、美しい。いつ見ても……美しいな」。鐘楼守・萩原晃が、妻・百合に呼び掛ける声で幕が開く。

「ここに伝説がある。昔、人と水と戦って、この里の滅びようとした時、越《えつ》の大徳泰澄《だいとくたいちょう》が行力《ぎょうりき》で、龍神をその夜叉ヶ池に封込《ふうじこ》んだ」「花は人の目を誘う、水は人の心を引く。君も夜叉ヶ池を見に来たと云う。私がやっぱり、池を見ようと、この里へ来た時、暮六つの鐘が鳴ったんだ」（『泉鏡花集成7』ちくま文庫）

夜叉ヶ池の主、龍神・白雪姫は、白山剣ヶ峰は千蛇ヶ池の若殿に恋こがれている。しかし若殿のところに行きたくて仕方がないのだが、彼女が動くと大洪水となってしまうため行く術とてない。そこに恐ろしい事態がついに起こると……。

『由縁の女』から『夜叉ケ池』へと。ここまでいかにも鏡花らしげな怪奇幻想趣味たっぷりの作品をみてきた。ここではちょっと少年っぽい小品をのぞくことに。それは「栃《とち》の実」（「新小説」一九二四・八）である。

「―武生は昔の府中である。／……／―誰もいう…此処《ここ》は水の美しい、女のきれいな処である」（『鏡花短篇集』岩波文庫）

水と、女の、美しい地、武生。さきにみた「水鶏の里」もこの地に材をとっている。さて、主人公の少年は、金沢を出て汽車が通じる敦賀（註・福井までの開通は明治二九年。「鏡花自筆年譜」明治二十五年の項に「汽車いまだ敦賀以北を通ぜざりき」の記述あり）へ向かう途中、洪水による崖崩れのため、栃ノ木峠を越すことに。

ときに十月なのに「汗の目に、野山の赤いまで暑かった」という猛暑だった。それでこの暑さと疲れで腹を痛めるのだが。そこでなんとか駕籠《かご》を頼んで峠越えをすることに。渡りに舟、ならぬ駕籠の親仁《おやじ》が親切なこと。しばらく峠に差しかかると、こんなふうに口を開くのだ。

「この一山《ひとやま》の、見さっせえ、残らず栃《とち》の木の大木でや。皆五抱《いつかか》え、七抱《ななかか》えじゃ」。そしてえっちら、おっちらいつか、駕籠は「峯の茶屋」へ。「お掛けなさいましな」。みるとそこに「むすび髪の色白な若い娘」がひとり「奇《く》しき山媛《やまひめ》の風情《ふぜい》」でいるのだ。「あの、栃《とち》の餅《もち》、あがりますか」。茶と餅を五つ盛った盆。せっかくだが腹が痛み食べられないと。断ると娘はそっと、熊の胆《い》をくれる。それを白湯《さゆ》でのむ。そしてその別れ際に栃の餅を持たせていう。

「堅くなりましょうけれど、…あの、もう二度とお通りにはなりません。こんな山奥の、おはなしばかり、お土産《みやげ》に。―この実を入れて搗《つ》きますのです、あの、餅よりこれを、お土産に」と。

そしてつぎの一節で緞帳はおりる。「小さな鶏卵《たまご》の、軽く角《かど》を取って扁《ひら》めて、薄漆《うすうるし》を掛けたような、艶《つや》やかな堅い実である。／すかすと、きめに、うすもみじの影が映《うつ》る。／私はいつまでも持っている。／手箪笥《てだんす》の抽斗《ひきだし》深く、時々思出《おもいだ》して手に据《す》えると、殻《から》の裡《なか》で、優《やさ》しい音《ね》がする」

どんなものであろう。この「むすび髪の色白な若い娘」だが、そっくり菊理媛神・白山比咩神そのまま。といっていいのでは……。

*

というようなところで鏡花の白山はこれぐらいにして。あらたまって、白山信仰、とはいかなるものか？　これがあまりにも不明で深いものであれば、つぎのようなわが知友の著をあげておよびたい。

「わが国の山岳信仰は有史以前に始まる。往時、白山のような高峰峻岳は、人間が踏み入ることを許されない、神聖不可侵の領域であったろう。まして、それは火を噴く恐ろしい山――最後の噴火は一六五九年――であった。以来、多くの人々が今日の私たちと同様に、いやそれとは比較にならぬくらい強く、この白くたおやかな峰に敬虔の思いを抱き、反面、強い畏怖の念を寄せたであろうことは疑えない。／とりわけ、私はその山容にも増して、白という色に対して代々人々が抱いたであろう思いを重視する。それは、わが国において、山は死者の霊魂が赴くところと観念されていたことに関係する」（前田速夫『白の民俗学へ　白山信仰の謎を追って』河出書房新社　二〇〇六）

前田《まえだ》速夫《はやお》（一九四四〜）。文芸編集者・民俗研究者。わが隣町は疎開先の勝山（父の郷里）生まれ。当方とは山と酒の仲間。白山信仰を終生の研究課題とする。前掲書の他『海を渡った白山信仰』（現代書館　二〇一三）、『白山信仰の謎と被差別部落』（河出書房新社　二〇一三）、『北の白山信仰　もう一つの「海上の道」』（河出書房新社　二〇一八）など。

まずもって前田の高説からみよう。白山神とは、渡来神なり。前田は、そう唐突にも断言する。それは何故なのか？　白山は往古より、水神や殖産神として、その頂を水源とする九頭竜川、手取川、長良川の流域、ぜんたいにわたり広く民衆に崇められてきた。それから奈良の御世に重要な人物が登場するのだ。

泰澄《たいちょう》（六八一？〜七六七？）。越前国麻生津《あそうづ》（福井市南部）は豪族三神安角《みかみのやすずみ》の次男に生まれる。一四歳で出家。越智山《おちさん》（六一三メートル。福井市と越前町の境に位置する）に籠り、十一面観音を念じ修行を積む。大宝二（七〇二）年、文武天皇から鎮護国家の法師に任じられる。そののち養老元（七一七）年、越前白峰より白山に登拝し妙理大菩薩を感得、白山開山。また同年、平泉寺を建立する。鏡花の『夜叉ケ池』にも登場するこの「越の大徳」と称された泰澄により、以後、修験道はさらに体系化されて、今日一般に認識されている白山信仰が成立したとか（参照・NPO頸城野郷土資料室『「裏日本」文化ルネッサンス』社会評論社　二〇一一）。

ところでこの白山神であるが、どうしてまた渡来神なるのか？　一つ、じつはこの泰澄の父・三神安角が、渡来系の秦氏の出である由縁によること。一つ、大陸交易の玄関口の敦賀にはツヌガアラシト渡来伝説があり、さらにはシラギ（新羅・白城・信露貴）名の神社が数多くあること（参照・第一章「敦賀」）。この二点から、白山信仰の「白」と、渡来神の「シラ」と、それにまつわるさまざまな宗教・民俗学的事象に考察を拡げてゆく。

というところで思い出されたくある。「ここがいかに大陸に近くあって、上代より交易を盛んにおこない、文物また人流を受けいれること、どんなに豊饒な地であったか」（「まえがき」）。とそのように念を押しておいたのを。

当方、ところで白山信仰については、ほんとう、まったく無知蒙昧でしかない。だがそんな白山神社が日本各地に二七〇〇社余り鎮座するという。くわえてまたその謎は何故か東日本の被差別部落に白山神社が数多く祀られていること。ここで前述の『由縁の女』の士族と被差別部落民との抗争シーンを想起されよ（参照・宮田登「白山信仰と被差別」『白山信仰』雄山閣出版　一九八六）。ついてはそこらの経緯をめぐり、前田らほかの著作をひもとき、ただいま勉学しているしだい。ついこの前も土地の作家の随筆を目にした。
「妻は、白山をしらやまさんと呼ぶ。子供の頃からの習い性なのだと言う。加賀の人間は、白山が栖になることによって、颱風の被害を免れて来たことを先祖代々で知っている。加賀に颱風がない。地震もない。この二つが金沢を百万石の大都市に仕立てている。それで白山を呼び捨てにしてはならない。そんなことをしたら天罰が当たるぞ、という訳である」（定道明「鶴来再訪」「海鳴り」三四号　二〇二二・四）
「しらやまさん」。いやいかにも床しくも正しくはないか！

＊

天罰はさてしかし、あるいはそれは信仰ばかりでなく、遊山気分もあってか。どれほどだろうずいぶん昔から修行者に連なり霊峰白山の頂を目指した文人墨客らが少なくないたようだ。それをいまここで江戸期の記録に残る人士だけでもどうだ。
なんともわが偏愛せる乞食俳人路通《ろつう》まで遊山しておいでだ（参照・第五章「内浦」）。その「はじめて加州に入りて」と詞書きする一句から。

白山の雪はなだれて桜麻

「桜麻」は、麻の一種。花の色、また種子をまく時期からの呼称。「白山の雪」の白と、「桜麻」の彩と。これは路通なりに白山にする挨拶だろう。

いやみなさんここぞと霊山を行脚したくなったものなのかも。ざっともうたちまち俳人・大淀三千風、画家・池大雅、谷文晁などなどがあがる。ついてはこんなとっても奇特な御仁がおいでになるのである。

橘《たちばな》 南谿《なんけい》（宝暦三・一七五三〜文化二・一八〇五）。江戸後期の医者・文人。伊勢の人。京都に出て古医方を修める。文学を好み、和歌に秀で、全国を周遊。紀行『東遊記』『西遊記』、随筆『北窓瑣談』が知られる。

南谿、暖国の生まれ育ちなれば、北国の寒さを知らない。というので努めて雪の季節を選んで北方へ足を向けることに。そこにはまた医師として厳寒がいかに身体に影響するのか実験すべきとの意思もあったそう。そんなのでなんとも軽装でもって冬の佐渡に渡ろうとして凍死しそうになっていると。それでいつかここ白山山麓は手取川河原でのことである。なんとそんな、ひどい「風の烈敷事つるぎのごとく、雪は氷りて矢のごとく、下より上へ逆様に降り、三重の合羽も紐切れ、袖破れて」という、ようなぐあい。死線をさまようような無茶苦茶までしておいでとか。

南谿、その「名山論」に称揚する。「山の高きもの富士を第一とす、又余論なし。其次は加賀の白山なるべし。其次は越中の立山、……」。として念を押すのだ。

「白山は只壱峯にて根張《ねば》りも大に、殊に雪四時《しいじ》ありて白玉を削《けず》れるがごとく、見るより目覚《めさむ》る心地《ここち》す」

なるほど、南谿白山賛了解、なっとく。「目覚る心地す」。当方、そうその感覚を満喫したく、白山登拝を例年切望。それがコロナ禍で三年も果たせていないが。さいごに登拝したのも六年かもっと以前だろうか。

南谿に報告す。このときには砂防新道から頂上御前峰をめぐり。南竜ヶ馬場《みなみりゅうばんば》泊。暁闇出発！　御舎《おしゃ》利山《りやま》から別山は遠慮して千振尾根《ちぶりおね》をおりている。「目覚る心地す」

＊

「山の高きもの富士を第一とす、……。其次は加賀の白山なるべし」。そのように南谿はおっしゃる。「山の高き」、というこの記述通りなること。いずれのときいずこであれ山は高さをもってあがめられる。でそこでいまこの繋がりにひっかけて引いておくとしよう。

「……おなじような伝説は、また加賀の白山《はくさん》にもありました。白山は富士の山と高さくらべをして、勝負をつけるため樋《とい》をわたして水を通しますと、白山がすこし低いので、水は加賀のほうへ流れようとしました。それを見ていた白山方の人が、いそいで自分のわらじをぬいで、それを樋のはしにあてがったところが、それでちょうど双方が平らになった。それゆえに今でも白山にのぼる者はかならず片方のわらじを山の上に、ぬいでおいて帰らねばならぬのだそうです」（柳田國男「山の背くらべ」『日本の伝説』角川文庫）

「山の背くらべ」。これはこの国のどこでも語りつがれる話なのだろう。この一文にも多く事例が載る。山の高さはそう、麓に住む者の、鼻の高さなりだ。このことではわたしらの郷の山にも例に漏れることないようだった。西の飯降山《いぶりやま》（八八四㍍）と、東の荒島岳《あらしま》（一五二四㍍）と。ついてはさきに当方、この二つの山の背くらべと告げられぬ幼い恋を材にして、拙詩をものしている。まずはご笑覧されたし（参考⑦）。

　それはさて白山と富士山をくらべて。標高差がわらじ片方とは片腹痛くあるが。樋とわらじという、ごくごく身近な物差というか、秤のほどのよろしさ。山こそ稔りの源。そこいらは神代よりの山人一如をいう伝承のあらわれ。いずこであれ里に恵みをもたらす山をいとおしむ民の願おうところ。いうならばおらが山自慢、山贔屓のおおらかさだろう。

であろうがこれがなんと現実に信仰されていたのである。じつにこんなほんと信じられない景がそれほど昔でもなくあったこと。

「嶺頂の崇高な霊気に打たれ、我を忘れて暫時恍惚としていたが、フト奥宮の後方最高所の厳峯を観ると、古草鞋が堆高く積み上げてあるではないか。察するにお山を高くしたいと云う信者の気持からであろうが、此浄嶺に草鞋の塔が眼に着くのは、余り感心したものでもない」（三田尾松太郎「加賀白山縦走」『奥羽の名山』冨山房　一九四〇）

昭和の御世に！　いやまあこの「草鞋の塔」のおかしくも篤くにすぎる民の悲願はさてとして。

白山。白い頂。それはまことに少時より憧れの眺望でこそあった。みはるかす遠くに尖りのぞまれる。町の北東は法恩寺山《ほうおんじ》、経ガ岳、赤兎山《あかうさぎ》と縹渺と巡る、それらが峰の連なりのはるかに、光る頂。霊峰。

白山！　鉄筋の大野城まします小高い亀山公園のてっぺん。そこに起つと、背中には飯降山、地元人呼んで「御岳山《おたけさん》」が、正面には荒島岳、同様呼称では「荒島山《あらしまさん》」が、山襞も美しく裾を拡げていて、ずっとはるかに、白い頂が光り輝きのぞまれる。わたしらガキは掌を合わせ「目覚る心地す」稜線に頭を下げるのだった。

――ククリヒメノカミさま……、シラヤマヒメノカミさま……。

御前峰《ごぜんがみね》　霞　―深田久弥《ふかだきゅうや》　河東碧梧桐　古井由吉　多田裕計

白山。ここまで鏡花の白山信仰創作の機微にふれること、くわえて知友の白山信仰研究の成果をみてきた。ここからは実際の白山登拝の文人におよびたい。そうなるとどうしたって、まずこの人の名をあげる、ほかはないのではないか。

河東碧梧桐。いやそうなのであるこの、稀有な俳人・登山家の一世紀余前の白山登拝、そのようすをみよう。ときにいかにまだ人と山が生き生きとしてあったか。

明治四二（一九〇九）年、『三千里　下』（前出）の旅の途、そのさきの立山登頂（参照・第六章「雄山神」）からわずか一ヶ月後、またすぐ今度は白山を目指すという。

八月三〇日、石川郡尾添村に前泊。入山は加賀側の表参道、天長九（八三二）年に越前・美濃とともに開かれた加賀禅定道。三一日暁闇、真っ暗な中、松明の灯りを頼りに登り始める。この登攀が素人には無理な険路なこと、距離にして一八・二キロ、一三時間以上かかる長丁場なのだ。しかもこのとき絶望的な「雨露の凌《しの》ぎようがない。風の寒さは肌を刺すに堪えぬ」悪天候というありさま。「水無《みずなし》八丁」を登り切り、最後の水場「大乗寺水」。最険路の「美女阪（ママ）」を経て「加賀室堂《むろどう》跡」へ。高度が増す、雪田を渡る。喉が渇く。そこで煤黒い表面をコキ取って「器の中に僅に溜った獣の脂の如き雪を噛んで舌鼓を打つ」ことに。ふつうそんなもんとても口にできっこないのだが。無理して嚥下する。するとどうだ。

菊理媛神・白山比咩神、あるいはその霊力のせいでか？　なんともなんと命が甦るようだったと。でそれからふらふらと歩き「雲の中に巨象の踞《うずくま》る如き室堂の建物」を目にしているのである。このとき「室堂の一夜」と詞書きする一句がこうだ。

雲霧山を奪へば山鬼《さんき》火を呪《のろ》ふ

「山鬼」とは、ここでは山中に棲むと想像される山の主である精霊だろうか。いましも「雲霧」で山を覆った「山鬼」が囲炉裏の「火を呪」い吹き消さんとするか。いやはやこれまたなんと鏡花顔負けの奇想天外なる碧梧桐詠なるかなというところ。翌九月一日、越前禅定道を下山して、白山市ノ瀬温泉での吟。

山咎《とが》めせし膝皿や露しとゞ

まあとにかく碧梧桐の登山は猪突的なのである。「山咎め」とは、造語やら。膝痛をいって、絶妙なりでは？　ところでこの遭難寸前の山行をめぐって。猪突碧梧桐、べつの文章でも書いておいでだ、これが馬鹿っぽく面白いのったら、ここに一興までに引いておこう。

「何しろ着替一枚も持たない浴衣はビショ濡れ、雨の洗礼を全身に受けた聖者の姿、逃避しようにも見透しはきかず、寒くて寒くてじっとしては居れず、其の中ゴロゴロ雷は鳴る霰《あられ》も交って矢のように打ちつける。正に天柱砕け地軸折るるかの轟音。……」（「登山は冒険なり」『紀行とエッセイで読む　作家の山旅』ヤマケイ文庫）

＊

白山登拝。つづいてあげるとしたら、やはりこの名にするのが、よろしいのではないか。かれこれ碧梧桐から半世紀後にはなる。

古井由吉（一九三七〜二〇二〇）。作家。東京都生まれ。昭和三七（一九六二）年、二四歳、金沢に赴任。それからしばしば白山と対峙することになる。

「山好きなので、加賀と言えばまず白山、という連想があった。いかめしい越中飛騨《ひだ》の山系から離れて、姿のやさしい、こぢんまりとした一家をなしている。北アルプスの薬師岳の頂上から遠望して、懐かしく心を惹《ひ》かれたことがある。関東の者にはとくに、奥まり孤絶した、隠された山に思えた。／白山なる名がすでに神秘に響く。雪を頂く高山ならばすべて白山であろうに、その白山中の白山とは、いかなる山だろうか、と」（古井由吉「白き雷の峰」『山に彷徨う心』三修社　一九九六）

「加賀と言えばまず白山」。さすが、古井、なりだ。当方、一読、作家の白山感受に同感した。いや頭下げた。土地の者ならず、「関東の者」もおなじ。「姿のやさしい、こぢんまりとした」「奥まり孤絶した、隠された山」。「白山中の白山」。そのようにあるからこそなお誰も白山愛を高めやまないといったらいいか。

同年七月、古井、白山へ。途中、前年八月一九日の北美濃地震（震源は石川県加賀地方。マグニチュード七・〇）の爪痕生々しい悪路を、「巨大な力への戦慄《せんりつ》に身をひきしめられ」「畏怖《いふ》は歩みを確かにする」、と難所を越えて濃霧の室堂へ。翌朝、御前峰登頂。当日も生憎な天気で猛烈な暴雨とくる。「いきなり霧の海が蒼《あお》く輝いて雷が足下に劈《つんざ》き」、すわ落雷を避け白山奥宮の庇に身隠した。古井は、このとき持参した『平家物語』文庫本を手に握りしめ耐えるのだ。

ときに「憤る僧兵たちに担がれた白山の神輿《みこし》が比叡《ひえい》山に着く程に、北国の方より雷おびただしく鳴り、京をさして昇り、白雪くだりて地を埋み、という平家物語のくだりを思い出していた」という。

これはそうである、『平家物語』巻一・一三「俊寛沙汰《しゅんかんのさた》　鵜川軍《うかわいくさ》」、そのくだりだろう。加賀守《かみ》藤原師高《もろたか》は、弟の師経《もろつね》を加賀の目代に送り込み、両者は白山神社の末寺でも勝手し放題。やがて僧兵と対立、敵わぬとみるや京へ逃げ帰ってしまう。かくなれば山門の新大納言頼親卿《らいちか》に訴えようと、僧兵らは白山中宮の神輿を奉り、比叡山へ勢いよく担ぎ上げる。安元元（一一七五）年、八月一二日の午の刻（正午）ころ、白山の神輿が、雷が鳴り響くなか、都を指して上る。白雲が立ちこめて地を埋め、山中洛中すっかり、常緑樹の山の木々は梢まで、皆神霊によって白妙（雪景色）になってしまった、と。

いかがなものであろう。ひょっとすると古井四〇代のなかでも名作といおう、『山躁賦』（講談社文芸文庫）、これはこのときの白山登山がどこかで呼応している。そのようにみられないか。いやそれどころか、三年ほどかそこらの歳月とはいえ白山とともにあった、そのことが古井をまれな作家におしあげている、とそういえないか。

＊

白山。仰いで美しい山、登るに険しい山（註・往時と大違い、現在、白山市の別当出合起点の砂防新道↕観光新道が中心、日帰り登山も可能？　許されない、嘆かわしい）。

白山。わが母なる山。産土の霊峰。都人も讃嘆。なおもっと郷里の誰彼は手放しよろしい。いったいつぎのような遥拝のさまはどうだろう。

「まるでまったく異質なガラス絵とでもいった明るい広さと向日性をもって、……なにかのときに意外な神々しい美しさで、幼い目を大空へひきつけて離さない、あのしんしんと輝く白山の雪嶺であった」「あたかも三角形の水晶体のように、うっとりするほど荘厳な輝きを青空に透かせて、はるか数十

キロも彼方の天に屹立して見える日があるのである」（多田裕計「幼年絵葉書」「文學界」一九七六・八）

　多田裕計（一九一二〜八〇）。作家・俳人。福井市生まれ。おそらくこの人もほとんどまったく忘れられている。「長江デルタ」（昭一六・一九四一）で芥川賞受賞。晩年、幼い日の郷里の想いを綴る前掲作を発表。物語は、初老の画家が福井駅に降りる場面から始まる。

「せつないようなこの懐しさ、逃れようのない淡い哀しみ、いのちの戦慄とも喜悦ともつかぬもの、故郷の風土とはやはり不思議の地というほかはなかった」

　そして福井空襲である。昭和四五年七月一九日深更。その夜が明けた朝。

「まるで幻影としか思えない神秘な白い氷雪の条線が、輝く青空にしんしんと光っているのを見た」。そして呟くのだ。「ぼくは生き残ったのだ」

　この興奮！　この美文！　白山、たしかにこの地に生を受けた誰にも白く輝く峰とこそいおう。白山、わが産土の霊峰なり。わたしらはその頂をずっと、「敬虔の思いを抱き」「畏怖の念を寄せ」、ひたすら仰ぎつづけてきた。なかでもこの頂をいちばん、あかなく仰ぎそして登ったのは、じつにこの人であるだろう。

*

　深田久弥（一九〇三〜七一）、石川県江沼郡大聖寺《だいしょうじ》町中町（現、加賀市）に生まれる。幼少時、大聖寺城があった錦城山（六五㍍）に登り、白山を眺めるのを楽しみとした。一一歳、小学校最上級生として福井県堺に近い富士《ふじ》写ヶ《しゃが》岳《だけ》（九四二㍍）登山に参加、「強い坊だ」とほめられたことが、山に親しむきっかけとなった。

　大正五（一九一六）年、福井中学校入学。同学年に森山啓がいて、二年上に中野重治がいた。中学時代、大聖寺、福井周辺の低山を歩き回る。文学書に親しみ、交友会雑誌の編集発行に携わる。石川啄木の歌を愛読暗誦する。ことにこの歌をひとしお。

ふるさとの山に向かひて／言ふことなし／ふるさとの山はありがたきかな

大正七年、一五歳。白山初登山。「私のふるさとの山は白山《はくさん》であった。白山は生家の二階からも、小学校の門からも、鮒《ふな》釣りの川辺からも、泳ぎに行く海岸の砂丘からも、つまり私の故郷の町のどこからでも見えた。真正面に気高く美しく見えた。それは名の通り一年の半分は白い山であった」「白山登山はまさに私の山岳開眼であった。それ以来私は幾度白山やその周辺を探ったことだろう。／白山について語り出せばきりがない。それほど多くのものをこの山は私に与えている」（「白山」『日本百名山』新潮文庫）

深田の山の感受は直で適確だ。それは読者をたちまち山のかなたへ拉致しさる。いやまったくそのどれもが再読、三読をしいるようにできている。深田の山の文章は潔く野太い。

わけてもそれが白山におよぶときは無類というほかない。こちらはその叙述にほとんど嫉妬をおぼえる。ここでさきに言っておこう。じつになんと白山はというと、隣県大聖寺とほど遠くない奥越大野生れの、わがふるさとの山でもあるのだ。あえてその頂を愛すること当方とて久弥におさおさ劣らぬ心づもりでいる。

当方、白山初登拝というと憧れの深田大先輩から下ること四二年でおなじ、一五歳。高校山岳部一年時。昔であれば若衆宿にはいる歳。それはほんとうにこちらには喜ばしい若衆になる式にのぞむようなことだった？　でのちにそのときの山行を駄句にとどめているのだ（参照・拙稿「白山」『行き暮れて、山』アーツアンドクラフツ　二〇〇六）。

夏空へガキら駆上がるへろへろへ　勉

＊

深田久弥、とくれば、『日本百名山』。世に「百名山」教の狂信者は多い。じつはかくいう小生もこれを教典のように押し戴いたほうだ。ほんとにどれだけ繰り返し頁を繰ったことになるやら。

ところでこの教典であるが、ひどい苦悶のはて、ようやくなった産物なのである。そこにはじつに了解するにしがたい、どういったらいいかなんとも、男女間のごたごたした卑俗さとないまぜ重苦しすぎるような裏日本的、とでもいうほかないありよう、こんがらかった経緯があったのである。

大正一五年、第一高等学校卒業、東京帝国大学文学部哲学科入学。深田久弥、まったき、裏日本的、エリート。翌昭和二（一九二七）年、二四歳。在学中、改造社編集部員募集に応じ採用される。仕事は雑誌「改造」が初めて行った懸賞論文・小説の下読み。その折に出会いがある。深田は、一編の作品に心を動かされ作者に手紙を書く。

北畠美代（筆名、八穂）。青森市在、自分と同い年の二四歳。実家の没落と病気（脊椎カリエス）の悪化で女学校を中退し自宅療養の身。ふたりの間に頻繁に手紙が交わされる。四年夏、八穂が出奔、千葉県我孫子町で同棲、のち入籍。深田は、小説に専念する。「津軽の野づら」「志乃の手紙」などの叙情的な佳品を次々と発表。筆一本で立つ決意を固め、鎌倉に移居。新進作家として脚光注目を浴びる。

一一年、八穂の病気が再発。以後、七年間、寝たきりの生活を余儀なくされる。そこにある残酷で余儀ない事態が進行している。

一二年六月、深田は、若い友人、木庭一郎（文芸評論家・中村光夫）の結婚披露宴に出席する。そこである女性と出会うのである。新郎の姉志げ子。久弥より五歳下で三二歳。そんなことがあって？

いったいそんな夢でもないよな、目を疑う、へたな恋愛小説もいい、頬を抓《つね》る、できすぎた話があるものやら。それがあるのである！

「二十歳のある秋の日、私は本郷通りの途上で、一少女に眼を留めた。……。まだ彼女は十五歳でしかなかった」。少女は東京女子高等師範学校附属高等女学校生（現、お茶の水女子大附属高）。「それから二十年近くのブランクを経て、私は偶然の機会で彼女と再会して、初めて言葉を交わした。……。まことにこの世は偶然なものである。この偶然が私の後半生を支配するようになろうとは！」（「わが青春記」『山の文学全集』第十二巻　朝日新聞社　一九七五）

いきなり愛は燃え上がっている。志げ子と会った。この頃、鎌倉文士仲間の久米正雄、永井龍男らと荏草《えくさ》句会に参加。仲間うちで「久さん」と呼ばれていた山キチの俳号は「久山」。そのいつか「セル」なる兼題で二句詠んでいる。

たまゆらの恋なりき君はセルを着て
おもかげに似たるホームのセルの人

「セル」は、サージ（serge）の略。初夏の単衣《ひとえぎぬ》として、明治以来流行した。このセルの君こそそう、志げ子、であって誰でもない。翌夏、志げ子は、深田の子を生む。やがてことは妻八穂の知るところとなる。しかし深田に赤紙がきて、しばらく沙汰止みとなる。

＊

一九年三月、召集。駐屯地は湖南省の龍頭舗。この地で戦闘のない日、小隊は俳句を楽しむ。深田少尉から出された兼題に兵士らが五句ずつ投句、久弥が選評、それを袋綴じ和本の毛筆またはペン書きした回覧句誌「龍頭」を五号まで発行する。さらに敗戦後、抑留地にあっての句文は冊子「湖南句集」として編まれる。集中に「湖南抄」として載る彼の地での五三句。なるほどここに真率な山男俳人・深田久弥の面目があるとみた。

春雨や棺のみ白く大いなる
古戦場とやがて呼れむ芒原
帰還近し時雨る窓に髭を剃る
飯盒に暫くの陽の冬の蠅

戦場の寂寥たる景を詠み、けれんみのない、抑制の利いた佳句が揃う。このときの俳句への打ち込みぶり。「龍頭」誌の「是不是（シープシー）」「行・不行（シン・プシン）」ほかの批評文をみよ。虚子に傾倒する深田は「写生」の何たるかを説いて述べる。「ソノ意味ハ甚深デアツテ、単ナル外景ノ描写ヨリ、更ニ進ンデハソノ精神ニ迫リ、遂ニハ象徴ノ域ニマデ達セネバ写生ノ真髄ヲ得タルモノト云フコトガ出来ヌ」

「写生」。そうここで念を押して言っておこう。まさにこれこそが深田が山の文章の鑑《かがみ》とすることなのである。またこんな言い草もみえる。「余ハ甚ダ頑迷ナ守旧論者デアル」。深田の矜持である。有名な言葉にある。「人間にも人品の高下があるように、山にもそれがある」。これにつづけて言っておこう。「山の文章にもそれがある」

戦後、和本仕立ての鉛筆書き「湖南句集」一冊。それを部下から贈られた少尉は伝える。「諸君が内地に帰られて自由に本を読み得るやうになつたら、先づ正岡子規の句論句評を読まれることをお勧めする。……子規の如くカンが利いて而も科学的に厳正な批評は、彼の先にも後にもないと自分は信じてゐる」（「湖南句集」）

「カンが利いて而も科学的に厳正な批評」。これはそっくりそのまま深田の山の文章を表わすことにならないか。このことでは深田はというと、二〇歳の夏、子規の俳論を精読し、芭蕉の句を毛筆で清書している。これをみるにつけても深田にはまさに転機のときどきに俳句があったのがわかろう。俳句修業をもって「戦地湖南省で、戦後の俘虜時代に」よく窮乏を耐えた。むろんそののちの北陸の田舎暮らしにあっても。

＊

二一年七月、復員。翌年二月、ようやく離婚がなって、婚姻届を提出。七月、第二子出産に備え、大聖寺へ移る。郷里に腰を落ち着けた。これからは仕事をぞんぶん、だがそれが上手くゆかない。やはり心配した通り八穂が反撃に出てきた。ことは文壇では知る人ぞ知る事実だったらしいが、じつは深田名の大半の小説は本来的に自分の作品であると。たとえば深田初期の代表作として名高い「津軽の野づら」もじしんの著作であると明言した（参照・「カリエスと『津軽の野づら』」「出版ニュース」一九五三・四下旬号）。さらにそのうえ八穂はまた児童文学作家として華々しくデビューする。

文名に大きく影を落とす問題。深田は、緘黙。ただもうひたすら俯きつづけるのであった。そしてひとり机に向かうのである。暗く詰屈した出口ない日。ときにふっと額を上げるとそこに白い峰がのぞまれる。

「戦後私はふるさとに帰って三年半の孤独な疎開生活を送ったが、白山はどれほど私を慰めてくれたことか。／徹夜して物を書いた明け方、最初の光線が窓ガラスに射してくると、私は立上って外をうかがう。もしハッキリ山が見えそうな天気であると、町はずれまで出て行き、そこから遮《さえ》ぎるもののない早暁の静寂な白山を、心ゆくまで眺めるのを常とした。／夕方、日本海に沈む太陽の余映を受けて、白山が薔薇色《ばらいろ》に染まるひと時は、美しいものの究極であった。みるみるうちに薄鼠に暮れて行くまでの、暫《しば》くの間の微妙な色彩の推移は、この世のものとは思われなかった」（前出・「白山」）

白山は深田久弥の守護嶺。「三年半の孤独な疎開生活」。つねに白い頂から力を得てきた。その峰を綴る文また詠む句は美しい。

雪嶺に向ひて町を行きつくす

＊

白山、くわえていま一つ恃《たの》むことがあった、俳句。久弥は思い屈しがちになればそれほど、句作に精を出しつづけるのである。この大聖寺時代の句は「錦城抄」（九二句）と題して『久山句集』（後述）に載る。あらかたは静かに日々の感懐を詠むものだ。だがやはり時代なのだろう。このような一句もちらばる。このころ社会性俳句を標榜推進した同県在の沢木欣一と交流があった（参照・第五章「口能登」）。

斗争といふ字頻りに冬に入る

しかしながら斗争はさて登攀のそれはない。ほとんど皆無といおう。なかでただこの一句にだけ高峰がのぞいている。

剣嶽《つるぎ》なる大窓子窓風薫る

これはだが、登攀のではなく、みるところ、眺望のそれだ。大窓子窓とは剣岳北東稜線上の切れ目をなす鞍部地点（窓は鞍部の意）。「風薫る」稜線を仰ぎ、溜息を吐《つ》く一句。是が非でもこの夏には思い果たさんと。むろんのことこの人が登らないわけはない。

昭和二四年夏、単独行で六日間、立山・剣岳を中心に幾峰か踏破。これは復員後初めての大きな記念的山行であり、久弥の山への再出発を画した。そしてこれよりのち北アルプスをはじめ数多くあちこちの峰をへめぐるのである。

三〇年八月、上京。世田谷松原に住む。そのいつか意を決し小説の筆を断ったようだ。上京後の句を収める「松原抄」にある。そう、きっぱりと腹を括るにいたった。

過去に未練持たず焚火に日記焼く
衰へし焚火を棄てゝ几に返る

すなわち「百名山」ではある。「日本百名山」連載開始（「山と高原」一九五九・三）。そもそも深田がこれを思い立ったのは戦前のことだ。一五年、「山小屋」連載で二〇座、他。だがそれは戦争で中断を余儀なくされた。

深田は筆を執り、毎月二座、一座四〇〇字五枚、心血を注ぎ込む。選定の基準は以下だ。第一は、山の品格。第二は、山の歴史。第三は、山の個性。付加条件として、およそ一、五〇〇㍍以上。第一に、品格と。いかにも深田らしい信条《クレド》でないか。

三九年、『日本百名山』刊行。翌年、読売文学賞を受賞。選考委員の一人、古くからの山友達でもある、批評の神様・小林秀雄（註・一高文芸部の一年先輩。終始、深田の背中を押し百名山の執筆を大いに激励する）は選評「山を対象にした批評文学」に書く。「著者は、人に人格があるように、山には山格があると言っている。山格について一応自信ある批評的言辞を得るのに、著者は五十年の経験を要した。文章の秀逸は、そこからきている」（「読売新聞」一九六五・二・一）

深田久弥、「五十年の経験を要した」、「百名山」で完全蘇生。しぶとい、裏日本人、なること！

「強い坊だ」

＊

久弥、そしてさらに実りのときを迎えるにいたる。シルク・ロード、中央アジアにまで探索はひろがる。その最初の成果として『シルク・ロード』（角川書店　一九六二）。さらにいま一つのライフワーク『ヒマラヤの高峰』（全五巻・別巻　雪華社　一九六四〜六六）刊行。それだけでない。四一年、六三歳。一月〜五月、シルク・ロード踏査隊長として四ヶ月の長旅。

久弥、いやまったく剛健にできている。五〇の声をきいて豪放に吹いている。「全く私は病気というものを知らない。中学五年生の夏腸チフスをしたほかは、医者に手くびを握られたおぼえがない。……だから長生きをするのだ。八十？　八十五？　山で雪崩にでもやられない限り、水素爆弾でも落ちて来ない限り、私にはその自信がある。天に対する冒とくの言のようだが、私には確信がある」（「医者嫌い」）

そんな「冒とく」とまでは言わない。だがしかし「確信」ならずちょっと過信のきらい。ほとんどなんの予兆のないままに、そのときその一瞬がきているのだ。

四六年三月、深田久弥、山梨県は茅ヶ岳（一七〇四㍍）頂上近く、脳卒中で急逝。享年六八。山に生きて、山に死んだ。ほんとう心底からの山狂いだった。

突然あまりにも、深田の訃報は、唐突なことであった。長年俳友の沢木欣一、つぎのような追悼の一句を捧げるのである。

さながらに羽化登仙の山霞　　欣一

没後、志げ子は七回忌の記念に故人が遺した俳句と句文を収める『久山句集』（卯辰山文庫　一九七八）上梓。総句数三七〇。そのうちに一〇も山の句がないのだ。これはどんな事情あってのことか。「登山という単純率直な行為を、私は人生とか文学とかいう物々しいものに結びつけて考えたことがない。……しょせん私などは高村光太郎の「山へ行き何をしてくる山へ行きみしみし歩き水飲んでくる」の類か」（「あとがき」『山さまざま』五月書房　一九五九）

この単純率直さ。あるいはこれをこう言い換えても同じ謂になっていようか。この頑固偏執さ。ぜったいに安易に登山を人生や文学にしまい。それこそいうならば山男の一徹であったものだろう。その昔戦地での明け暮れに唯一詠んだ山の句がある。あるいはおそらく欣一の悼はこの一句を踏まえてのものだろう。

なんという俳味のよろしさだろう！　いや「羽化登仙」とは。ほんとうに久弥にふさわしい！　じつはこの欣一はというと、金沢山砲《さんぽう》隊に入営、満州牡丹江に転じたのち、釜山で終戦を迎えている。

遠霞む稜線の遥か、故国の山が薄く滲む。そこはどこであろうか、久弥、産土の「目覚る心地す」霊峰、白山、ほかにありうるべくもない。

「ふるさとの山に向かひて／言ふことなし／ふるさとの山はありがたきかな」

ふるさとに似たる山あり遠霞む　久山

別山《べつざん》霊　――中西悟堂《なかにしごどう》

窪田空穂　鮎川信夫

　別山は、白山頂上は御前峰の南方へ約五・五キロも離れる縦走路の、一峰だ。くわえてその名のせいでか、あえていったら継子呼ばわりされぎみ、そんなような頂なのである。

　このことはまた山容からもくるのか。御前峰は火山岩で突兀《とっこつ》としており、ほんとうになんとも登高欲をそそるふうだが、別山は水成岩で円錐めくよう。いやはっきりと表情をたがえるのだ。そんなこんなで、もっぱら登山客が目指すのは御前峰であって別山の三角点などでは、ないのである。

　みなさんほとんど別山へと向かうようなことはない。しかしそれはどうあれ当方にはこの山巓《さんてん》がいとおしいかぎり。いうならばそれこそ格別なる山でこそあるのである。

　そうであればここに誰をあげたらいいか。別山と稀有な交わりをした、どういったらいいか欄外人種よろしくあるような裏日本的御仁に登場を願いたくある。するとやはりこの人のほかないのでは。

　中西悟堂（一八九五〜一九八四）。鳥を愛で、鳥に生涯を捧げた、鳥の詩人。悟堂、白山を仰ぐ金沢市に呱々《ここ》の声をあげた。名は富嗣。だがなにあってか赤子を産んでほどなく母はというと中西家を去っているという。以来、行方不明、生死不詳。一歳で父と死別。伯父・元治郎（僧名・悟玄）の養嗣子になる。

いやなんともこの生い立ちをみるとどうだ。白山ではなく、独りひっそりと控えているふう、どこだか別山。みたくあるような姿が描けてこないだろうか。

九歳、郷里から遠く離れた、秩父山中の寺に預けられ、荒行中に鳥と親しむ。一五歳、得度。僧名・悟堂。経典を学ぶかたわら、トルストイや徳冨蘆花を愛読する。また短歌を作り始め、歌人・国文学者の窪田空穂（一八七七〜一九六七）を生涯師と仰ぐ。

大正五（一九一六）年、二〇歳。多摩川に一ヶ月通い、チドリの巣を観察、不思議な行動に足を止めた。雛の命を救うべく傷を装って身を挺して守る親鳥の姿。擬傷《ぎしょう》？　母を知らない悟堂青年はそこに母の愛をみた。

昭和九（一九三四）年、三八歳。「日本野鳥の会」を創立、機関誌「野鳥」を創刊。大探鳥会を富士山麓須走《すばしり》で敢行、籠の飼い鳥との絶縁を発表。以後、野鳥の愛護と自然環境の保全の筋道を付けた。さらに詩集『山岳詩集』を刊行する（引用・以下『定本・野鳥記　16』春秋社）。作品四五篇、併載する朝鮮詩篇三篇を除けば、一集あげて山岳詩からなる本邦初の詩集となる。

これは悟堂の詩業の頂点であり、詩史のなかでも類をみない達成といえよう。この集に詠む、日本アルプス、八ヶ岳、美ヶ原、霧ヶ峰をはじめ、奥日光、甲斐、武州、多摩、各山域などなど、その広さと深さ。

野鳥の会を創立。以後、もっと鳥との付き合いは繁くなり、しぜん鳥の詩も多くなる。つづく詩集『叢林の歌』（一九四三）、うちの二部構成の後半「青い鳥を」（一九三四〜四一）には、鳥が飛び、鳥が囀《さえず》る。「跋」に記す。「山を相手に、鳥を相手に、人の住まぬ自然の中へと！　野鳥のことは研究が大半の目的ではあった。が、一つには「自分」を見つけるためでもあった」

鳥を見つめることは、自分を見つけること。その幾つかを引こう。

＊

仄暗く、うす青い岩の蔭に
フエルトづくりのやうな苔の巣が一つ。
巣の中では、淡紅をぼかした白い卵を五つも抱いて
大瑠璃が真剣に、夢見がちにうずくまつてゐる。
…………
日光のレースは美しく巣に入つてゐる。
岩清水のしたたりも程よく巣をば涼しくしてゐる。
やがて雛は小さい嘴で卵殻を横一文字に破つて
母鳥に歓喜の叫びをあげさすだらう。　「大瑠璃の巣」

コチョコチョコチョと。なにやらまるでお母さんに赤ちゃんが擽《くすぐ》られ笑っているようではないか。
コチョコチョコチョと。

叢林にそそぐ雨の竪琴、
たとへやうもない音とこだまの鬩《せめ》ぎ合ひ。
とつぜん青白の世界に日が射すと
小瑠璃の声が
宝石のやうに光の中にころがり出た。　「雨後」

たしかにまれにだが雨の叢林を歩いていていつか、至福の一瞬！　ふいとそんな宝石の囀りを耳にすることがある。たとえばこんな囀りのオンパレードを。そこでは多くの鳥がてんでに、鳴き交わし、鳴き競い、コーラスを繰り返すのである。

ビンヅヰの、
ノビタキの、
アヲジのうた。透明なうた。
………
ジョッ、ビ、ジョッピリリ……
一点のコヨシキリが
枝のあたまで真夏の幾ふし、
「霧ヶ峰の夏」

そのさき「鳥寄せの名人」に教えを請うた悟堂。キビタキやシジュウカラをはじめ種々の鳥を寄せられるまでになったという。『愛鳥自伝』（平凡社ライブラリー　一九九三）の「富士山麓の朝」の項、須走村での探鳥行を綴る一節に「静寂であるはずの高原の林は、静寂どころか、むらがりおこる鳥の声々に充たされていて、林そのものが歌であった」としてとどめる（参考⑧）。

囀り、振るような、湧くような、囀り。この饗宴の時間！　しかしそんな喜ばしい日はだが数えるほどもない。むしろほんと泣きたい日がもう多くつづくばかりだ。

烈風！
霧！
息のつまる灰色の渦の中に
小さい飛礫《つぶて》の放物線！

たゞ這つて登る
荒天の岩梅の花の上！
霧の絶え間に口をあけた火口壁へ
私の帽子が呑まれてゆく。　「仕事場」

「仕事場」は山だ。ひどい岩壁もある。テントをかついでの撮影行ともなると、双眼鏡、縄梯子、秤、巻尺、写真機、ガラス乾板、三脚等々、かなりな重装備になるという。ビデオはむろん、テープレコーダーもない。そんな時代である。ふたつの耳しかない。耳で聞き分けて口で復唱するようにして克明に「野冊《やさつ》」にとどめる。鳥は、母だ。鳥の声は、母の声……。

＊

昭和一六年、太平洋戦争勃発。二〇年、山形県へ疎開。終戦の年末に上京。翌年には探鳥の山行を再開、西多摩山域を歩き尽くす。またこの一年で短歌を三千首（！）作るなど、戦後は詩から離れ、作歌に精を出す。

二二年、「野鳥」再刊。敗戦後の物資欠乏や人手不足のなかで、精力的に野鳥の会活動を再開するのだ。この時期に身体不調により病気臥床した経験から、五〇半ばすぎ健康のため、通年ハダカ生活を強行する。

三四年、鳥と山を詠った歌集『安達太良《あだたら》』を刊行（引用・以下『定本・野鳥記　別巻』）。これまた悟堂の歌集の頂点であり、歌史に残る達成だ。ここに詠まれる山、じつに二四一座になる。悟堂、ついでながらその生涯、踏んだ頂、八七九座にのぼるというのだ。

寝具さへなき頂の破小屋《やれこや》の爐の火焚きつぐ夜半の寒さに　「木曾駒ヶ岳」（昭和二一）

偃松のかげより出でて岩づたふ雷鳥の親と雛とが優し

戦争のために打ち捨てられた山小屋。おそらく粗末な装備で空腹の山行であった。ふっとみると目の先を雷鳥の親子が連れ立っていく。国破れて山河あり。なお雷鳥あり。ときにその思いをひとしお強くしたこと。執筆、鳥類保護運動、山行……、辛くきつい日がつづく。だけどハダカ生活の効能があってか無事に還暦をむかえている。

開山式をはれば巫女《みこ》が注《つ》ぎくるるわが還暦の神酒《みき》いただきぬ　「加賀白山頂上　還暦登頂」（昭和三〇）

輪を描《ゑが》く鷲大いなり絶壁に立てば真下《ました》の空間にして

産土の霊峰、白山頂上開山式後の「還暦の神酒」。さぞや美味なるか。かくして大いなること「鷲」のごとくあらんと願わんと。いかにも気宇壮大でないか。以後、なおさら健脚なること！

＊

三六年、六六歳。たいへん困難な大仕事を依頼されている。「白山国立公園指定のための資料としての踏査行」。つづめていえば白山山域の地相、樹相、鳥相を調査報告せよとのこと。隊長、悟堂。一行は白山弥陀ヶ原から鳩ヶ湯新道（別山↓鳩ヶ湯登山口）を縦走。距離は一九・三キロ、一〇時間弱の行程。これはあくまで平時のことだ、だがそれを、みちみち調査しながらだ。ところでじつはときに、猛烈な悪天候で遭難の危険大、であったというのだ。

悟堂、のちにこのときの踏査行をつぶさに大連作「白山別山」（『定本・野鳥記　15　悟堂歌集』）にとどめている。これがなんともハラハラ、ドッキリものなのである。

さて、早速、これからいよいよ四回目という踏査行のはじまりである。三六年六月二九日、天候不順の梅雨時期だ、白山は弥陀ヶ原を出発。

電光もガスににじみて闇返る豪雨篠つく弥陀ケ原ゆく　（弥陀ヶ原・水屋尻雪渓）

「豪雨篠つく」第一歩。それからはもう大降雨に大暴風つづきのありさま。なんと「わけても人跡も極めて稀な別山の縦走は終始雨に叩かれ、別山御手洗池畔のテントの一夜も雷を伴う雨、また越前刈込池での二日は遂に山中谷々の橋も流失して退路を断たれ、遭難さえ予想させた」という。ここではもっとも危険だった「刈込池幕営」から幾首かみることにする。

トランジスターラジオにきけば金沢市も橋流されて浸水の街
白山に梅雨前線とどこほり谷々の橋もみな落ちしとふ
山高き陸の孤島にヘリを待つ心つのるかひねもすの雨

「谷々の橋もみな落ちし」。もういけない。嘆き声がつづく。命を落とすかも。「ヘリを待つ心つのる」。それがどうだ。ときにふっと一瞬の晴れ間の雲間から鳴き声がひびくでは。

茅潜《かやくぐり》一つすずろに鳴きゐつつ大き雪渓が夕日に赤し　（大白川口大雪渓）
氷る雪しろじろと積む谷の空狭きに鷲の一つが舞へり　（万歳谷《まんざいだに》）
屏風なす尾根をゆくとき駒鳥の一声きこゆガスの谷より　（小屛風・大屛風）

「茅潜」、「鷲」、「駒鳥」。それらの声と姿が悟堂ら一行の背を押すのである。すさまじい吹き降りをついて登り下りつづける。

あかときと鳥鳴き出でてこの朝けさしもの雨の霽れゆく気配《けはひ》　（刈込池幕営）

「あかときと鳥鳴き出でて」、暁を告げよう鳥の声……。ついに雨は上がって、わたしらの郷里大野のはずれ打波《うちなみ》集落にいたって、ようやく里の煙をみる。ながらく鳥たちの保護のために奔走してきた。このたびは鳥たちの声援あって踏査がかなった。悟堂、おそらくときにその頂に頭を下げて深々と鳥たちに掌を合わせたことであろう。あれらが諸鳥の声援なくてはと。

仏法僧五羽が空舞ふ峡谷の雨後の川幅白き岩嚙む　（打波川上流）

＊

鳥たちと、ときにそれにくわえていま一つ助けになったのはきっとそう、師である。生涯無二の師と仰ぐ窪田空穂！

空穂は、長野県は松本産。じつはそのさきアルプス登山初期でも早く『日本アルプスへ』（天弦堂書房　一九一六）を著した登山家はだしでもあった。悟堂はというと、そのときにきっと師の山の歌に力をえたことだろう、想像されたくある。いまから一世紀前にもなる。

大正一一（一九二二）年、空穂、四五歳。七月、長野県大町を起点に烏帽子岳に登り、野口五郎岳、鷲羽岳《わしばだけ》、三俣《みつまた》蓮華岳を踏破、西鎌尾根から憧れの槍ヶ岳（三一八〇㍍）に至る、現在いうところの「裏銀座コース」、行程一週間の縦走に挑む。

一日目、高瀬川沿いに葛温泉を経て濁沢《にごりざわ》、二日目、現在の水晶小屋辺り、三日目、鷲羽岳、三俣蓮華岳、双六岳と経巡って硫黄乗越《ノッコシ》と、連日露営。そして四日目、暁闇である。いよいよ槍ヶ岳西の鎌尾根を登り詰めるのだ。目を覚ますと周りは真っ白。雲海から突き出た峰々。「槍が岳の西にて、暁、「雲海」のいみじきを見て」として詞書きして詠む。

白雲《しらくも》の騒ぐが上にあらはれて鎌尾根《かまをね》つづく槍の穂の方《かた》に

（『窪田空穂歌集』岩波文庫）

槍が目の前に迫る。肩の上の穂へ登る。「槍が岳、西の鎌尾根を越ゆ、その尾根狭くして鎌の刃の如きより負へる名なり、をりふし白雲あらはれて襲ひきたる」と詞書きする。ときの歌をみよ。

息衝《いきづ》くと足とどむれば利鎌《とがま》の刃渡るとしいふ鎌尾根に我を
岩摑む手に力籠めぬ白雲《しらくも》の我を包みて眼に渦巻くに

尾根越すと乱れ渦巻く白雲《しらくも》に我が踏みぬべき岩みな揺らぐ
壁立《かべだ》てる高岩《たかいは》攀づる剛力《がうりき》を下《した》よりあふぐ我も攀ぢむと

「岩みな揺らぐ」。それほどの不安と緊張のきわみ。そのいや果てに「壁立てる高岩」を攀じて槍の尖りを踏んでいる。悟堂、頷いたことであろう。おそらくはときに師の歌に背を押されもしたこと。勇躍、歩をはこんでいたろう。

昭和三七（一九六二）年一一月、悟堂らの尽力実り白山国立公園に指定さる。悟堂、以後もしかしまあ元気このうえないこと！

そのかみの入峰《にふぶ》の行《ぎやう》を斷く恋ふは山に朽ちよとや年を老いなば　「赤き月」昭和四一（同前『悟堂歌集』）

四一年。ときに七〇歳という。それが「入峰の行」に思いを馳せる。いやこの「山に朽ちよ」の重い声はどうだ。またときにこんな歌も詠っているのである。

裸坐の呼吸《いき》やうやく深き刻《とき》移り鶸《ひわ》・四十雀も肩に寄りくる　「樹下の裸禅」（同前）

これはどんな図なろうか。いやあの雀に説教をしたアッシジの聖フランシスコの境地と申すべきか。ちょっと凄すぎないか。悟堂、これからさらに二〇年近く生きついで野鳥と自然環境の保護に一身を挺しつづけること。生涯、鳥を追って山を歩いた、鳥聖。

五九年、悟堂、長逝。享年八九。その一生を長年の詩友は追悼した。

紙のうえの詩にはあきたらず、君は／／自然の運行のなかに　生きた詩を求め、／鳥や草を友とするとともに、／素はだかで、その心にわけ入り、／いのちの花咲く美を　わが物にした。／／君のしごとこそ、真実で動《ゆる》ぎなく／詩のうちの詩ということができよう。　「旧友中西悟堂君へのメッセージ」金子光晴（「月報」『定本野鳥記　16』）

＊

平成一三（二〇〇一）年、当方、五五歳。八月盆休み、念願かなって、別山へまいる。悟堂一行のそれから遅れること四〇年。コースは逆というか。郷里大野から登る鳩ヶ湯新道（上小池—三ノ峰小屋泊—別山往復）。ながくいつか歩きたいと夢みてきたのだ。高校の山岳部ではそこら加越国境の取立山《とりたてやま》や赤兎山《あかうさぎやま》などなどの前衛の峰々をへめぐった。ずっと頭でひとり辿ってきた道である。それにときにこちらには胸のどこかに、それとひめた想いもなくなかったのである。

上小池から一時間で山腰屋敷跡。小休止し振り返る、となんとあのとき悟堂一行停滞余儀なくさせられた、深い青の刈込池！

谷々の水嵩《かさ》増せば脱出のすべなく秘湖の雨を恐怖す　（刈込池幕営）

前方に三ノ峰（二一二八メートル）、素敵に大きなアルプス的な山容。尾根歩きを一時間半、ド迫力の剣ガ岩。森林限界を越えて打波《うちなみ》ノ頭《かしら》。そこを巻いてあと一踏ん張りで三ノ峰避難小屋。石徹白川上流を遡り登る美濃禅定道（南縦走路）分岐との交点に位置する。真正面に太平《たいへい》壁なる大岩壁を擁した別山！

見事なスカイラインを形成、後方にでんと鎮座まします白山！

二日目、小屋から嬉しくのどやかに広い別山平の草原をきらきら光りかがよう御手洗池《みたらし》に沿ってゆく。ここの池に生息するという、クロサンショウウオ、そいつを探すが発見ならず。目前に美しく晴れた別山。別山平からヤセ尾根を足どりも軽く晴れやかに行くこと一時間。開山の祖泰澄が修行中に聖観音の幻像に会った吉事から、聖観音を祀るという山頂下の別山神社に頭下げ別山頂上へ。やっとこ若い日からの夢が叶うことに。そんなちょっと感極まって言葉につまるぐあい。なんだってもう目から汗が噴きこぼれそう。

ハクサンコザクラ、ニッコウキスゲ……。いろんな花が咲いている。カヤクグリ、ブッポウソウ……。いろんな鳥が鳴いている。いまここに悟堂さんがおいでになられたら、もっと、花も、鳥も、一つ、一つ、もっと、ちゃんとご教示してくださるのでは。

別山頂上（二三九九㍍）！　こちらはというとただもうただ「我を忘れ」たようになっていつづけていた……。

＊

「死んだ人は何処へ行くのう」。幼い日に婆に聞いた。「死んだ人は山へ帰るのや」

そんなそれはあり得ないことではない。ひょっとすると眼下のどこやらに、「誰や彼やの霊」、みたいなものが遊弋《ゆうよく》しているはず。そしてこちらを呼ばわっているのでは。

このあたりのどの渓谷なのであるのだろう。そこらのどのへんに誰がおいでなのか、こちらはこのとき父やふたりの兄たち（みなさんもう早くとっとと逝ってしもたのう！）やらのことを、あれからこれへと偲んでいるのだ。ではなくてそんな尾根にでもいるのやらと。

しばらくふっと頭に浮かぶのであった。誰かというと父でも兄でもない。それこそこの人の姿なるのである。

鮎川信夫（参照・第三章「石徹白」）。別山頂上のまっすぐ南面方向のそこここ。わたしは「目を遊ばせ」つづける。そのほぼ真下の美濃禅定道を県境にして、東側が岐阜県、西側が福井県。このときこちらの坐る方からみるならば、左手方向が美濃禅定道、そこいらの深い渓の奥、石徹白川上流、清い瀬の渦のどこだか。

「時には朝早く釣竿を持ち／清流をさかのぼって幽谷に魚影を追い」（「山を想う」前出）

じっさい詩人は敗戦の春から年末にかけて、「父がうまれた村」にあって、しばしば鬱勃と鮎釣りの糸を流したそうな。ときにこんな手紙を東京の詩友に送付している。

「白山三峰別山はもう雪で真白だ。雪囲ひをして静かに雪を待つばかりだ。……。全く変な非文化的な地帯だ。こんなところに住んでゐると人間も随分変つてくる。／……／そのうち雪だ。毎日原稿を書く。しかし一体何を書かう「荒地」はやつといま三百枚一寸。雪が解ける頃には千枚位になつてゐるだらうか」（「敗戦書翰」一九四五年十二月二十九日消印　「郡上」一九八六・二　原文・旧字）

などとそうして先達を偲んでそこで、そのようにどれほど、ぐずぐずと四囲を眺めやっていたやら。きっとわからぬ、どこかにその霊は憩っておいでに、なるのだろう（参考⑨）。

「おーいと呼べば／精霊の澄んだ答えが返ってくる」（「山を想う」）

ときに、鮎川信夫の霊に捧げ駄句一句、ここに。

帰りなんいざ鮎ひかるみなかみへ　勉

第五章　能登

口能登《くちのと》　暴　一坪野哲久《つぼのてつきゅう》

前田普羅　沢木欣一　鶴彬　折口信夫・春洋　藤澤清造

彼方なる能登の岬は
こゑありて波のはたてに
日もすがら呼ばへるごとし
彼方なる能登の岬は　　三好達治「春の旅人」

さて、能登である。まずもってこの名は外せないだろう。あえてその人となりを表すとこうか。この、瓢客である。

前田普羅。関東流れ者よろしく裏日本に根づいた俳人。『能登蒼し』（前出）、ここに能登を詠む一四〇句を季題順に収める。ところで普羅はというと、この半島を「日本海に突き出した腕の手首を東に曲げた形」と見立てる。いわれてみれば、なるほどなあと頷けなくもないわ、ほんとうにうまい。それではないが普羅流にいうならその地貌というか、その手首の形状から、なんとも周遊欲をそそられる半島であろうそこは。

普羅の能登詠それは、句柄高く趣深くある。ではあるが普羅はというと、ながらく富山在であれば、半島の南は富山県氷見市に属する東側、富山湾を形成する内浦の句が多い。というわけでこれを「内浦」の項にもってゆくとしよう。だがそのなかで半島西側の日本海に面した海岸、外浦の作については本項で扱うことにする。

それではまず『能登蒼し』の「序」冒頭をみられたし。ほんとこれが裏日本を語ってその裁断力や鋭くあるのだ。

「日本人は裏日本に関しては多くを知らない、其ればかりで無く裏日本の国々が日本の生活に、大きな役割を果して居るのにも気が付かない、忘れて居るのでは無く、全く知らないのだ、又知らうとも仕ない」「越後、越中の間にある親不知の嶮岨は、江戸と加賀との大衆的文化関係を断り放した」「且つ裏日本の空の闇さと雨や雪は、旅人を阻むばかりでなく、其処に生れた人々さへも、暗い家の仏壇の前に固着せしめ終はつた」

いかにも独特な地貌論を主張する普羅らしい裁断調の言挙げである。たとえばつぎのような地貌へのこだわりはどうだ。

「一つ一つの地塊が異る如《(ママ)》く、地貌の性格も又異ならざるを得なかつた。空の色も野山の花も色をたがへざるを得ない。謂はんやそれらの間に抱かれたる人生には、地貌の母の性格による、独自のものを有せざるを得ないのである」「裏日本の雪で育てられた俳句と、表日本の明るさが与へてくれた俳句を、一枚の紙に並べ書いて見るのは、到底著者の堪へ得るものでは無いのであつた」（「序」『春寒浅間山』靖文社　一九六七）。

いや、「仏壇の前に固着」！　とはまたなんと凄い目線ではないだろうか。こちらなどのような裏日本人にはこの暗鬱な景は比喩ではなく日々現実としてありつづけた。なにしろここは浄土真宗の大教化圏なのである。真宗の特徴でおのおのの門徒の座敷のどこにも不相応というほどの立派な仏壇がおありになる。いやもっと旧家ではでんと仏間もそなわる。わが生家もむろん真宗なり。

帰命無量寿如来《きみようむりようじゆにょらい》……。いつもきまって朝と夕ごとに仏壇に膳が据えられている。そうして線香の匂いが白々と漂ってくる。きこえてくる祖母の泣くような読経が長くやまない。南無不可思議光《なむふかしぎこう》……。

覩見諸仏浄土因《とけんしょぶつじょうどいん》……。はなれてそこだけひときわ暗くひっそりとしたあんばい。ぽつんと座敷の端のほうに、こちらが物心つくまえから、なんだかその寝嵩《ねがさ》もひくく、もうずっと父が病臥していた。どうにもなんともそこへ目をやるのがはばかられるようにも。国土人天之善悪《こくどにんでんしぜんまく》……。

＊

「日本海に突き出した腕の手首……」。山峡の者には、大洋は憧れだ。実際、当方、どれほどかしばしばこの半島を経巡りしているのである。ということで忘れずにいっておこう。こちらはさきに書いたものである。

「……この地の人々にとって、白山そして立山という、これらが霊山の大いなる威《い》をわかられよ。たとえていうならばそれらの稜線ぜんたいが裏日本的、精神形成にあずかる背骨をつちかっているとみられるのだ」と（参照・第三章「石徹白」）。

山にいえることは、おなじいに、海にもいえるはず。ここまでみてきた若狭、三国、そしてこれからたどる能登、北越。それらの海浜はというと、ここの地に住む者の人となりを、おおいに物語るものである、と。たとえば第一章「敦賀」で取り上げた、詩人・藤原定、また、学者・桑原武夫、じつにその詩と論よろしくも。

それはさて口能登はというと。石川・富山県境をなす宝達《ほうだつ》丘陵を基部として南北約一〇〇㌔、東西約五〇㌔におよぶ富来《とぎ》、中島、能登島の三町を結ぶ線までの地域をいう。ではここからしばし海岸線を中心に口能登を周遊することにしよう。いや待てよ。それよりまえに行くところがある。内灘《うちなだ》。金沢からほど近い北の海岸沿いの砂丘の村、河北《かほく》郡内灘村（現、内灘町）。この小村で計画された、アメリカ軍の試射場建設。それを阻止せんとする反対運動、内灘闘争の現場である。ついてはここでまずは内灘と関わりの深い名前をみることからはじめよう。

沢木欣一（一九一九〜二〇〇一）。俳人。たぶんおそらく俳句好きの人しかその名を御存知ないでしょう。能登人でない。富山市生まれだ。父が朝鮮で教職にあり、幼少から中学卒業まで朝鮮で過ごす。旧制第四高校入学時より俳句に目覚める。東京帝国大学入学。ほんとまったく、典型的な裏日本、エリートさまだ。

昭和一八（一九四三）年、在学中に召集を受け渡満。翌年、第一句集『雪白』出版（註・遺稿として後に妻となる俳人・細見綾子に託した句稿）。戦後、金沢に住み俳誌「風」創刊。まずその名前はいわゆる社会性俳句（今次大戦後、俳句の社会性を追求する問題意識を鮮明にする文学運動）の代表的作者として第一にあがる。

欣一は、社会性俳句を標榜推進した。といってここは俳論を喋々する場所などではない。だがこの時代にこの地域という。どうしたって想起されるのはそう。内灘闘争！　昭和二七〜二八年、朝鮮戦争で使用される日本製砲弾の検査のため、第四次吉田茂内閣がアメリカ軍試射場として内灘砂丘の接収を画策。これに反対する石川県議会をはじめ、北陸鉄道労組・学生・知識人などを中心に試射中止と土地返還を求める闘争が展開され、全国の関心を集めた。林立する「金は一年、土地は万年」と墨書された筵旗《むしろばた》。

それまでにありえなかった、そのうねりが後の基地反対闘争の大きなきっかけ、いきおいとなるのである。欣一、ときに筵旗らの列にあり「内灘基地となる　七句」とそう詞書きし詠むのだ（引用・以下『塩田』風発行所　一九五六）。

熱砂上異国旗給水塔に萎《な》え
鉄板路隙間夏草天に噴き

いま現在も「鉄板路」を含め着弾地観測用トーチカほか試射場時代の残骸が錆びる。それらをみるにつけ、きょうとなってはすでに内灘の記憶も錆付いてしまっている、のではないだろうか。とはさてここであの桑原武夫の俳句を論じ物議を醸した「第二芸術」（一九四六）をおもうとどうだ。ときにあえてそんなB級芸術をもってして社会批評にいどまんとした。いうならば筵旗さながらの、欣一のこの試行をそう、いまいかに評価されようか。

坐り込む筵はみ出て合歓に乳児
乳飲児に弾道唸る合歓の丘

内灘の防風林に「合歓」の樹が数多い。「合歓に乳児」「乳飲児に弾道唸る」。これぞまさに内灘であったといおう。かれこれ七十年にもなる。ついてはその参考としてそうだ。つぎにあげる内灘を主題にした以下の作品ほかがある。あわせて御覧になられよ。

映画『非行少女』（浦山桐郎　日活　一九六三　註・原作、森山啓「三郎と若枝」「別冊小説新潮」一九六二・七）。

小説『内灘夫人』（五木寛之　新潮社　一九六九）。

　　＊

内灘闘争。このことの繋がりでどうしても、つぎの名と代表的な作だけは、くわえてここに引いておきたい。

鶴彬《つるあきら》（本名・喜多一二《かつじ》　一九〇九〜三九）。川柳人。鶴は、内灘村にほど遠くない高松町（現、かほく市）生まれ。少年時、短歌、俳句の投稿から、やがて川柳の社会性に目覚める。昭和三（一九二八）年、一九歳、無産運動に身を投じ、特別高等警察（特高）に検束される。五年、二一歳、金沢の陸軍歩兵第七連隊に入営。連隊長の訓辞に疑問を抱いて質問した事件により重営倉送りの処分。翌年には「無産青年」の購読を勧めるなど、「赤化事件」で軍法会議にかけられ、刑期一年八ヶ月の収監生活を余儀なくされる。

八年、四年間の在営を終えて除隊後、上京。積極的に抵抗運動を行う。同年、日本は国際連盟を脱退。京都帝大教授滝川幸辰《ゆきとき》に対する思想弾圧「滝川事件」、学問や言論、表現の自由への弾圧も苛烈さを増す。鶴は、だがひるまず軍隊や戦争を批判し、皇国の擬制を鋭く突く川柳を作りつづける。

　ざん壕で読む妹を売る手紙
　貞操と今とり換えた紙幣の色　　「蒼空」第三号（一九三六・二）
　万歳とあげて行つた手を大陸へおいて来た
　手と足をもいだ丸太にしてかへし

胎内の動きを知るころ骨《こつ》がつき　「川柳人」二八一号（一九三七・一一）

赤紙一枚でもって戦場へ召された皇軍兵士。ある者は手足を失って丸太で帰るわ、ある者は妻が子の胎動を知るころに遺骨となり戻ると。

一二年一二月、治安維持法違反の嫌疑で特高に検挙され、中野区野方署に留置される。度重なる拷問で衰弱激し。翌一三年九月、留置中に赤痢（官憲による赤痢菌注射説が噂される）を発症、移送された豊多摩病院で死亡。享年二九。

裏日本反戦川柳人、鶴彬はいわずもがな欣一の胸の奥深くに生きていたろう。もちろん、くわえて別掲する郷党たち坪野哲久、岡部文夫、藤澤清造らの胸中にも当然のことに、ちゃんと。またつぎにみる、藤井春洋《はるみ》、にもむろんだろう。

暁をいだいて闇にゐる蕾　（大阪城公園内衛戍監獄跡地建立柳碑）

＊

さてそれでは、いよいよ能登へまいる、ことにしよう。半島の入り口、羽咋《はくい》市は一ノ宮、気多《けた》大社からほど遠くない日本海の荒波に面した砂丘。その松林の中に父母が眠る墓碑。なにはあれそこへ参詣し額《ぬか》ずくことにしてからだ。

もつとも苦しき
たゝかひに
最《もつとも》くるしみ

死にたる
むかしの陸軍中尉
折口春洋《はるみ》
ならびにその
父
信夫《しのぶ》
の墓　折口信夫・春洋親子墓碑

藤井（折口）春洋（一九〇七～一九四五）。羽咋郡一ノ宮村（現、羽咋市）に眼科医の四男に生まれる。大正一四（一九二五）年、國學院大學予科入学。国文学者・折口信夫（歌人・釋迢空　一八八七～一九五三）に師事、師主宰の短歌結社「鳥船社」に参加。昭和三年、三年次に同居。のちに養子になる。春洋、昭和六（一九三一）年一月、志願兵として金沢歩兵聯隊に入隊。このとき師が面会に訪れた際に詠んだ一句にみえる。

師のみ言《コト》を　心にもちて、ひとゝ居るわれのしぐさの　堪へがたきかも　「兵舎　別れ来て」（折口春洋遺歌集『鵠が音《たずね》』一九五三）

「師のみ言」とは凄い。師と離れてあることは一刻とて「堪へがたき」という篤い心。いやこの献身、これぞ裏日本人である、性根であるか。
一九年六月、春洋の硫黄島行きが決まった。春洋は出航の直前、駐留する千葉柏から家に戻り、師と一夜を過ごす。この最後の別れは物狂おしい（参考⑩）。それから一年の月日とてない。

二〇年三月二一日、大本営が硫黄島全員玉砕の発表。春洋、散華。享年三八。最期の歌は胸塞ぐ（参考⑪）。

なお気多大社境内には折口信夫・春洋父子の自然石の歌碑が相並ぶ。そこにはいつも父子の哀しくも美しい歌風が吹いていているようだ。

父の碑には、昭和二年六月、春洋ら学生を伴い、初めて口能登を探訪した折に詠まれた歌。

気多の村
若葉くろずむ時に来て、
遠海原の　音を
聴きをり　　「気多はふりの家」

子の碑には、昭和一九年、春洋が金沢駐屯中、面会に来た父を思いやり詠んだという歌。

春畠に菜の葉荒びしほど過ぎて、おもかげに　師をさびしまむとす　「兵舎　別れ来て」

父子墓に額ずいて。能登有料道路を一路北方向へ。口能登へ入ろうと。

＊

蟹の肉せせり啖《くら》へばあこがるる生れし能登の冬潮の底　『北の人』（白玉書房　一九五八）
能登といえばそうである。おぼえずふいとこの歌が口を衝いてきてならない。絶唱というべきであろう。

坪野哲久（一九〇六〜一九八八）。歌人。やはりおそらく短歌好きの人しかその名を御存知ないでしょう。半島は手首を曲げた形のその外側の付け根あたり、口能登入口は羽咋郡高浜町（現、志賀町）産。年譜ほかでも仔細にしないが生家はというと富裕ではない小農だったよう。哲久、そこの四男、末子である。

百姓の子に生まれたるいちぶんを徹《とお》すねがいぞ論理にあらず　『碧巌』（タイガー・プロ　一九七一）

おそらく、ここらの海浜の貧村でこの時代、食い扶持に困る下層の、多感な少年なれば既定のコース、であるか。実業学校時代に歌作に目覚め、島木赤彦に師事し「アララギ」に入会。ところが上京し東洋大学入学後に一転するのだ。いうならばこれまた小農の青年に時代の動向のするところだろう。哲久、心決め「無産者歌人連盟」「プロレタリア歌人同盟」に所属。以下のごとき歌作をみせる。

ツルハシ担いでのつそりはいつたのでびつくらしたかお神さんおどおどすることあねえおれはガス屋だ

これぢやまつたくやりきれないぜチンポコのぐつしより濡れたまま昼飯よ　『九月一日』（紅玉堂書店　無産者歌人叢書　一九三〇　発売禁止）

いやはやひどいこの単刀直入ぶりはどんなものであろう。怒りぶちまけのこの、喚《わめ》きようはといったら。ほんとうなんという傍若無人なるざまではないかこれは。

というここでふりかえられよ。同郷で小学校二年下、哲久の影響で歌作を始めた、岡部文夫（参照・第三章「大野」）の初期作品を。これはそれとおなじあらっぽさ。

しかしそれから後の歩みをみるとどうか。文夫はというとそう、転向することになった。そこらがみなさん落ち着くところだった。哲久、ところがどっこい、生涯にわたって反骨一徹のパルチザン歌人、ひたむきできた。

パルチザン　こころぞ疼く　六十の九月一日十六夜月　「弔」『碧巌』

懶惰なる時の流れを断つはいつ豹狼のまなこ老パルチザン　「蛆」『碧巌』

＊

哲久、文夫、それではこの半島をめぐって、いかがな感受をみせるのか。まずもって哲久はというと、一七歳で上京以来、もうずっと余所者になりきり。

ふるさとを足蹴にしたる少年の無頼はやまず六十になる　「弔」『碧巌』

いっぽう文夫であるが、その生涯「仕事の関係で裏日本、北信越の各地を転々と」した。歩んだ道もなにもまったく互いに異なる。とはいえそれがどうだ、能登を想うことはともに深く一途、そのものなのである。

暴風《しけ》あとの海べに人らつどひゐて流れ来し魚を拾ふかなしさ　「能登物情」『冬月集』（一九二七）
半島に入りゆく汽車に能登びとや原始のごとし樸《ぼく》の貌《かお》だち　「親不知子不知あたり」（『一樹』一九四七）

パルチザン闘士哲久のその人となり歌とともに剛毅朴訥なありよう。いやほんとまことに「能登びと」よろしいこと。流転の日々にどれだけ能登を夢見たろうか。

ふるさとは濤の秀尖《ほさき》に霰打つ火花よ白くわがゆめに入る　「火を鑽《き》る」『北の人』
ふるさとはただに曖曖たるべしやかなしき貌に雪ふりしきる　「泉」『碧巌』

ついては岡部文夫はどうか。文夫に、ズバリ表題から『能登』（前出）なる歌集がある。

冬の海荒れつつ暗き雪の日をまた瞽女《ごぜ》の群繋ぎて過ぎぬ　「北ぐに㈠」
まぎれなき能登びとの眉濃く太し日の炎天に網を繕ふ　「能登島㈠」

哲久の「原始のごとし」、文夫の「眉濃く太し」。おかしい、ここに能登人の半島人由来（？）の顔貌露わなり、なっとく。文夫、またその詠む心ただもう真っ直ぐなのだ。そしてその望郷の念たるや深く切実なのである。

帰る日のまたなき能登と思ふにも夜にみだりて沙に降る雨　「能登高浜」

哲久と、文夫と。ふたりの歌人の熱い能登への想いをみた。しかしそれがこの御仁の場合はどうだろう。

＊

藤澤清造（一八八九～一九三二）。作家。半島の曲げた手首の内側、七尾市生まれ。この清造もまた半島人的露わなる顔貌なり。尋常小学校卒、俳優を志して上京するが、室生犀星を知り文学を志向。大正一一（一九二二）年、『根津権現裏』で世に出るも、寡作と放埒な生活のため窮乏生活に陥り、芝公園内において凍死！

そのような運命の清造をめぐって。なんともなんと没後弟子を自称し、『藤澤清造全集』（七巻本個人編集　自費刊行）を生涯の目標とした奇特な私小説作家・西村賢太（一九六七～二〇二二）の存在で再評価されるにいたると。

それでここでは清造についてはそう、あげるとすれば短篇「母を殺す」（『藤澤清造短篇集』新潮文庫）はどうだろう。いやはやなんと空恐ろしいような表題であることやら。なんともこれが母危篤の報を受けての帰郷譚というがひどい。そこにまったくもって逝った母への慕情も風景の一つも描かれてないありさま。

のっけからそんな「僕は、ここにいると、もう僕の魂までも、日に日に腐っていくように思われてならない」なんてほざくしだい。清造に、ふるさとなんぞは、母と同じ、あってなきがごとし。

かくして、さいご「僕は、一日も早くここを立ちたい。……、一日も早くここを離れたい」だって、おさらば。いやこれもまた能登人の一人なるのやら。それこそそう、「仏壇の前に固着」、せしめられた。

清造、じつは文夫とも交流があった。それはだがひょっとして歌人と作家のちがいがすることか。

ほんとうからっきし故郷の感覚なんぞないとくる。そのちがいはさて人はそれぞれ、べつべつという理であるのか。

能登野郎、愚直一本。哲久、文夫、またその詠む心ただ、それだけ半島への愛着のあかし、もう真っ直ぐなのだ。

まずは哲久。昭和一三（一九三八）年一二月、母危篤の報に一〇年ぶりに帰郷し悼む。

母よ母よ息ふとぶとときたまへ夜天《やてん》は炎《も》えて雪零《ふ》らすなり　『百花《びやくげ》』（書物展望社　一九三九）

つぎに文夫。いったいその望郷の念たるやどういうか。いうならばずっと郷里を迂回するようなしだい。なおさらのこと深く切実であったろう。

雪の夜に能登の真鱈を煮つつ食ふ喜びは少年の日に変るなし　「歳晩」（『雪天』前出）

＊

しかしなんともどうにも能登野郎はというと一本気質なあまり詰屈至極すぎるようでないか。というところでやはりまた表日本人さんから裏日本人になった前田普羅をみることにしよう。

普羅は、そこは、瓢客だ。五月、六月、梅雨明けの能登の海は美しい。「たゞ優婉であり、たゞ幽玄である」。普羅は、麗しいこのころの海をつぎのように詩のかたちをとって綴ってもいるのだ。

鵜が渡る、かげらう《（ママ）》の如く

沖浪すれ〳〵に
高巣山の裾から、輪島町へ
また、光浦を横切つて。　『能登蒼し』

梅雨明けの水平線。そのときの光のきらめきといったら、海ばかりでない、鵜もまたおなじ、まわりみんなが輝くぐあいか。普羅、この季の輪島崎（輪島市）を詠む。

梅雨晴や鵜の渡りゐる輪島崎

「輪島崎の鼻に立つと、梅雨晴の海の面に鳥が低く飛んで居る……鳥ではなく鵜だつた。東から西へ二三羽、しばらくして西から東へ一二羽、浪が腹をなめるかと思はるゝ低空飛行は鵜の特長である。油の様な日本海とは云へ、輪島崎の突端には梅雨浪が砕けて居る」（『渓谷を出づる人の言葉』前出）。いつもながらその自解は見事なばかりである。描写の眼は精緻だ。

たしかに初夏は爽快なかぎり。だがそれにもまして能登が麗しいのは秋の短日のときなのである。金沢市は北の海岸線に沿う河北《かほく》潟。はるか立山から白山にかけての朝焼け、そして日本海の水平線にしずむ夕焼け。シベリアから飛来する白鳥、雁、鴨、千鳥などの渡り鳥、さらにまた蒲や葦のおぼろさ。さらにもっと乙なのは月夜の潟に筊《ど》（細く割った竹を編んで筒形あるいは籠状に作り、水中に沈めて魚・エビなどをとる漁具。『大辞林 第三版』）を用いる漁の舟に乗り漕ぎだすこと。普羅は、詠む。

月の江や舟より長き筊を揚ぐる　（河北潟月見）

潟に映る円《まど》かな月の鏡を割って舟は滑る。「月天心、東南の方葦の上に医王山が立つて居る。シギの群が眼の前の州に下りて、水が銀の様に散る」として綴っている。「船頭は水面に一間程の長い籠を引揚げた。彼の筬である。中には一尾の魚も居ない様だ。筬は直ちに、雫の波紋のおさまり切れない月の水面に投げ込まれた。飛沫も上げずに、静かな音で選択の済んだ『運命』の様に筬は沈んでいつた」（同前『渓谷を……』）

筬は沈む静かに月の水の面

奥能登《おくのと》　酷

室生犀星《むろうさいせい》　沢木欣一　安水稔和　古井由吉　泉鏡花

奥能登とは、曲げた手首の先に当たる、輪島市、珠洲《すず》市、鳳珠《ほうす》郡（穴水町、能登町）を含む地域。岬、断崖、磯など変化に富んだ海岸線が多く、景勝地として知られる。半島の北方沖合には離島、舳倉《へくら》島、七ツ島がある。

奥能登、わけても指先の珠洲は緑剛崎、金剛崎の尖った岸壁の素晴らしさ。その昔、世阿弥（正平一八・一三六三?〜嘉吉三・一四四三）は、六代将軍足利義教《よしのり》と仲違い、永享五（一四三四）年、齢七二歳で佐渡に流された。ときにその景の麗しさを沖合はるか望み綴っている。これがまあ名調子であること。ここはぜひ声に出して読んでほしい。

「能登の名に負ふ国つ神、珠洲の岬や七島の、海岸遥かにうつろひて入日を洗ふ沖つ波、そのまま暮れて夕闇の、螢とも見る漁火や夜の浦をも知らすらん」（『金島書《きんとうしょ》』）

世阿弥の生きた世にはよりもっと、奥能登は地の果てだっただろう。それから時はくだって江戸時代ともなると北前船の往来がしげくなり外浦諸港もおおいに賑わった。

たとえば福浦《ふくら》（志賀町）がそう、さきにみた三国湊とおなじ。なんとこの湊の廓では「泣いておどかす福良のゲンショ」という言い草がつたわる。

「福浦は古くは福良といった。ゲンショとは遊女のこと。その遊女が、なじみの船頭が港を出る時、泣いて離れないというのである。やむなく船頭は大金を渡して船を出した、と、伝えられるほど出船入船でにぎわった」（森崎和江「風待港　外浦・富来町」『能登早春紀行』花曜社　一九八三）。港には「腰巻地蔵」があり、野口雨情の歌碑が立っている。


能登の福浦の腰巻地蔵はけさも出船をまたとめた

というような昔話はおいて、とまれここでは現在におよぼう。ついてはまたこの半島と関わりの深い俳人をここでみたい。

＊

沢木欣一。前項の内灘闘争のようなテーマにかぎらず、それこそ社会性俳句の基本的姿勢たること、日々の労働現場にフォーカスをあてている。

半島有数の景勝地、曽々木《そそぎ》海岸（輪島市）にある背後に山が迫り込む「能登の親不知」と呼ばれる難所。欣一、そこで営々と行われてきた塩田を材にする。

「輪島よりバスで二時間町野町に一寒村あり、最も原始的な塩田を営む、嘗て二十余を数えたが衰えて二、三遺る　二五句」と詞書きして詠む「能登塩田」（一九五五）をみよ。

塩田に百日筋目つけ通し
塩一石汗一石砂積み崩し

塩田を使用した製塩法には、大きく「揚浜式」と「入浜式」の二つある。揚浜式では人力で海水を汲み上げるのに対し、入浜式では潮の干満差を利用して海水を引き入れる方法。能登は揚浜式。欣一は、五年ほどまえ塩田のある曽々木村を訪れ、製塩労働の営みに心震わされ、再訪しこの連作をえた。目の前の海に入って、海水を汲み運び、塩田に撒く作業は重労働だ。汲み上げた海水を霧状にまんべんなく塩田に撒く。作業の成否は、その日の雲の流れや水平線の見え方など、長年の経験と勘で決まる。天日の力で塩分濃度を高めた砂は集められ、海水で漉《こ》して釜で煮る……。「百日筋目」、「塩一石汗一石」、まさに「手塩にかけて」作られる塩。

貧農が海区切られて塩田守る
赤い目の老婆かなしみ塩田減る

「塩田守る」「塩田減る」、この掲句のとおり、欣一の連作の三年後、能登塩田は、昭和三四（一九五九）年に数百年の歴史を閉じた。いまは文化財として唯一、半島の先端、日本で唯一揚浜式塩作りを行う「すず塩田村」を観光的に残すのみ。ついでながら一世紀余前はどうだったか。

明治四一（一九〇八）年七月、河東碧梧桐は『三千里　下』（前出）の途上、曽々木から狼煙《のろし》へと歩いて驚嘆している。なんとも「行く先殆ど絶間のない塩田」ばかりと。

＊

能登塩田のあった曽々木海岸。そのちょっと手前にやはり過酷な労働をしのばせる現場があるのだ。千枚田。日本海へいましも勢い雪崩れ落ちるような美しい絶景地。

安水稔和《やすみずとしかず》（一九三一〜二〇二二）。詩人。能登人でない。神戸人である。まずその名を知る人の数は多くはない。民俗学に造詣が深く菅江真澄（江戸時代後期の大旅行家・博物学者）探索の著書幾冊か持つ。なんとこの人が題名もズバリ『能登』（蜘蛛出版社　一九六二）なる一集を出されている。なかに「千枚田」なる一篇がある。

足をふんばっても
ふんばりがいなどさらになく
足からずりおちてしまう
この傾斜地で
腰をおとして一日
稲に触れつづけて
夕暮
一枚の輝やく鏡のような海にむかい

腰をひきのばして
蓑をとりあげたら
そのしたにも
一枚の田があった
とか。
名所・千枚田。

どんなものだろう、なんと苦しくも狂おしい、かぎりではないか。詩人はというと、ただもうただ茫然、唖然とせんばかり、詩行をつづける。

考えるがいい。
心を千々に砕くことはむしろやさしい。
土地をこんなに千々に耕やすこと
これはいったいどういうことか。

千枚田は、名所、観光地だ。沢木欣一の俳友の金子兜太、いつかここを訪ねたときに、いうにいわれぬ感じにつよく囚われたのだろう、このように詠んでいる。

水田細分耕す姿勢も激し細《こま》し
見下ろす北陸細分の青田に海迫り　（『少年』一九五五）

いや「水田細分」、それにかさねること、「北陸細分」だと。どんなものか、いかにも戦後俳句革新に剛力《ごうりき》邁進した兜太面目躍如よろしく、ないだろうか。

千枚田の所在地は輪島市白米《しろよね》。この地名は貴重な米の多収の願望の現れ。蓑一枚の田だとは、裏日本的、絶望的に悲しすぎ！

「私は旅の途中でいたるところに棚田や段々畑をみたが、千枚田は農民の血と汗で作りあげた惨苦のミニチュアである。昔の日本的農の亡骸が、そこには集約的に遺っている。千枚田は名所である。見るも悲しい日本的農の名所である」（伊藤信吉「白米という地名　千枚田にて」『金沢の詩人たち』ペップ出版　一九八八）

＊

能登。「日本海に突き出した腕の手首を東に曲げた形」（前出）。そんな手招きする手首にうながされ、当方も幾度か、ぼうっと半島を周遊している。

千枚田、その少し手前の海上に浮かぶ、舳倉島（輪島市海士《あま》町）。海女の島として知られ、三〇㍍まで潜り海底のアワビを獲る海女の技術は日本一とも称される。唯一の交通手段は本土と島を一時間半で結ぶ一日一往復の定期船。島に民家は百軒近くあり、漁期間中、海女や漁師が暮らす。それがどんなに過酷なものであるか。欣一の「輪島海女部落　一〇句」。これがよくその模様をつたえている。

炎の海難民のごと海女の群れ
舟板に重なる裸鍋釜も灼け
海女の女体裸子羽交《はがい》に静まるよ

「海難民」、「裸鍋釜」、「裸子羽交」、いやほんとなんとも形容しがたい労働であることだろう。ここでそう、あの瓢客普羅の海女フェチ句（参照・第二章「雄島」）の浮世絵的な艶美と比較して、みられたし。

千枚田、そしてその少し奥へ向かってゆくと、曽々木。日本海の荒波に浸食され、権現岩、窓岩、水門岩などの奇岩、また行者穴と呼ばれる洞門がある。さらに直接海へ注ぎ込む垂水の滝。当方、偏愛なる海岸。ここらのひそやかな海の繋がりからそうである。つぎにみる安水の詩「曽々木＊＊《（ママ）》」の一聯が浮かんでくる。そこにはこんなような景が陳べられるのである。

　垂水滝をすぎると崖はつきる。
　異様な岩を散らした海岸がわずかにひらかれる。極楽浜。磧河原。そんな名前が変にリアリテをもつ浜をすぎて、ひとつの岩鼻を曲ると

　入江の奥に茂みのかげに人家がみえる。
真浦という。魚を捕えるしかない入江にしがみついたまばらな、家の影には人間の営みのにがい、やさしさがしみのように浮ぶ。

「真浦」、ここの海岸から千畳敷と呼ばれる岩礁の彼方に沈む夕陽が美しい。でそのいつか当方、運搬用の自転車で半島巡り、一夏ずっとやった。その際にテントを張って長らくこの海岸に遊んだ。なにをするともなく海に浮き眺めやったりしていた「……にがい、やさしさがしみのように浮ぶ」景の移りゆきをぼうっと。

岩にフジツボにフナムシにカニ……、岩かげに膨れているアメフラシ……。

＊

夏の能登は猛烈に暑い。普羅、曰く「夏は西高東低の気象配置はくづれ、爽かな東北風（アイの風）が吹く時の外は、フエン現象を起して失恋のやうに人々を悩殺する」（「序」『能登蒼し』）。いやそう、苦しくも「失恋のやうに」狂おしい、のである。

能登人や言葉少なに水を打つ　　普羅

ほんとうに七月、八月、となると地獄の茹で釜なのである。しょうことなし「水を打つ」くらいしかない。欣一の内灘砂丘も塩田も、輪島の海女も、安水の千枚田も曽々木も、焦熱の地獄だ。

しかしながら夏は長くつづかない、ようやくのこと秋が来たかとすぐにも、もうたちまち雪が降りしきるのだ。冬の能登の寒いこと、欣一の雪の句をみよ。

行商の荷に油紙能登の雪
雪解田に映る雪空たゞ暗し　　「七尾線二句」

「荷に油紙」、「雪空たゞ暗し」。ほんとうにこの感覚はよくわかる。さらにまた前項の坪野哲久はどうだ。なんともその冷え冷えとした歌の訴えといったら。

雪ふれば胸につきあげて哮えたけるいかなるものの一匹が住む　『新宴』（白井書房　一九四七）
しぐれ降り霰たばしる能登の海うしおの底のそこまで響む　『人間旦暮』（不識書院　一九八八）

冬の能登、雪の能登。そうなるとあまりにも看板どおりにすぎようが、やはりどうしたってこの名前をあげざるをえない。

室生犀星（一八八九〜一九六二）。御当地は、金沢市生まれ。まずもってつぎの小文をごらんになられたし。

「私は雪の深い北国に育つた。十一月初旬のしぐれは日を追うて霙となつてそして美しい雪となり山や野や街や家家を包んだ。町の人人は家家の北に面した窓や戸口を藁や蓆をもつて覆うた。／道のふた側に積まれた雪は、屋根とおなじい高さにまでなつて、夜は窓や戸口の雪の、中から燈灯が漏れてゐた。戸外運動といふものが雪の為めに自然なくされてゐた小供の私らは、いつも室に座つたり暖炉にあたつたりして、恐ろしい吹雪の夜を送つてゐた」（「自序」『抒情小曲集』一九一八）

犀星、いかにもよく雪を知っておいでだ。「しぐれ」、「霙」、「美しい雪」……。ほんとに雪を見る目が細かくある。そうして夜がきて「中から燈灯が漏れてゐた」という景となると。ここでだけど、おかしな言い草だがこの「小供の私らは」のうちに当人は入ってない、いなさそうと。どうしてそんなふうに勝手をおっしゃるのかだって？　それはその出生の事情から見立て類推してである。ことがこういうような複雑なしだいであるからだ。

その赤ん坊をきみも見たまえ
棄《す》てられし赤ん坊を見たまえ
赤ん坊の赤き肌を見たまえ
遂《つい》に死なざりし赤ん坊を見たまえ
遂に生き抜きし赤ん坊を見たまえ
赤ん坊のまなこを見たまえ　「赤ん坊」（『室生犀星全集』第八巻）

犀星、これまた、裏日本的、なること、旧加賀藩士の小畠弥左衛門吉種と、小畠家の女中佐部ステの間の児。生後一週間で、「棄てられし赤ん坊」は生みの母の顔を見る間もなく、犀川大橋へりの雨宝院住職、室生真乗の内縁の妻、赤井ハツに貰われて、私生児、照道として出生届が出される。九歳、実父が死去、生母ステは行方不明となる（註・以上は犀星本人が生前『室生犀星　――ききがき抄』（新保千代子　角川書店　一九六二）に語った事実に基づく。だが犀星の死後、娘・室生朝子の『父　犀星の秘密』（毎日新聞社　一九八〇）の調査により父母ともに別人と判明する！）。

犀星、なぜかくも出生を隠蔽せねばならぬ？　とはさて、育ての母ハツは、大女の酒飲みで「馬方のハツさん」と呼ばれ「自分を叱る為に生きているも同様」だった無学な莫連《ばくれん》で、血の繋がりのない兄姉妹らの目を気にする「植民地」さながらの家庭。そんなふうであればこれはまるで、夢に憧れる雪の景、とでもいうべきものではないか？

犀星、しかし雪の詩文に佳品が多いのだ。ついでに雪繋がりであげれば、関東大震災に遭って一家、帰郷滞在した折の随想、いやこれが素晴らしいのである。しんしんと雪が降りはじめる。「「雪だね。」／一人が一つづつの柿の汁を吸うてゐたが、少しは積るらしい今年初めての雪の音を珍らしく聞きすました。葉の厚い硬い山茶花に触る音は深深《さは》と遠い虫によく似てゐた。しかも北国では雪がふりながらも椽の下でひいひい啼いてゐる虫を聞くことは珍らしくなかつた。椽の下には秋おそい栗の実を川原砂に埋めて置いたりした。／「粉雪だね、あの音は？――」」（「故郷を辞す」『魚眠洞随筆』新樹社　一九二五）

いやほんとうに雪に詳しくあること。ところで「ひいひい啼いてゐる虫」とは何という虫さんか。あるいは秋に幼虫から成虫になり越冬する「クビキリギリス（略称・クビキリ）」なるキリギリスの仲間だろうか。でなく別種なるか？

というところでついては新参者はというとどうだろう。いったいどんなぐあいに蕉翁いわれる「北国日和定めなき」ところの天気になっていますのやら。どうにもよくわからぬ空模様にまどわされつづける。

＊

「能登とか北陸の沿岸地方は冬場になると雪はそれほどでもないのだが暗鬱とした日が続き、鉛色の雲が海から山方へ這い上がり、……ものの五分と歩かぬうちに路上で霰がはじけはじめる」（古井由吉「海の魚ども」『山に行く心』作品社　一九八〇）

古井由吉に「雪の下の蟹」（『雪の下の蟹・男たちの円居』講談社文芸文庫）と題する作品がある。主人公は、教師として金沢大学に就職する。正月、東京への里帰りを終えて金沢に戻ると、一面が銀の世界に変わっている。彼は、生まれて初めて、雪かきに励む。いやほんとうに雪が果てしないことといったら。

屋根と屋根の境を背より高い積雪が繋ぐ。屋根の雪かきをしつつ周囲を見わたすと、海のうねりのようにも見えてきてならない。彼は、思う。ならばその下でうずくまるように暮しつづけ、ひたすら春を待つ人はというと、さながら「雪の下の蟹」ではないか、と。

昭和三七（一九六二）年、古井、金大に赴任。すると作品の背景は「三八《サンパチ》豪雪」（参照・第三章「大野」）に間違いない？　あのときほんとわたしら、みんなが「雪の下の蟹」になって、しまっていたのだった！

「……、蟹の生命はもう甲羅の中から一歩も外へひろがり出ることができない。そして蟹はわれとわが生命に病んで、刻一刻と甲羅の中に死を育てていく」

雪は降りつづける。いったいこの地の冬といったらどうだ。まったくもう「甲羅の中に死を……」みたくあるほど。雪は積もりやまぬ。それこそさながら鏡花の短編「波がしら」（「文藝界」一九〇二・三）のごとくにもして。たとえばつぎのようなその第三章のはじまりはどうだろう。

「その雲が時雨《しぐ》れ〳〵て、終日《ひねもす》終夜《よもすがら》降り続くこと二日三日、山陰に小さな青い月の影を見る暁方《あけがた》、ぱら〳〵と初霰《はつあられ》。さて世が変つた様に晴れ上つて、昼になると、寒さが身に沁みて、市中五万軒、後《おくれ》馳《ばせ》の分も、やゝ冬構へなし果つる。／やがて、とことはの闇となり、雲は墨《すみ》の上に漆《うるし》を重ね、月も星も包み果てて、時々風が荒れ立つても、その一片の動くとも見えず。／俄《かく》て天に雪催《ゆきもよい》が調ふと、矢玉《やだま》の音たゆる時なく、丑《うし》、寅《とら》、辰《たつ》、巳《み》、刻々《こつこく》に修羅礫《しゆらつぶて》を打ちかけて、霰々《あられあられ》、又玉霰《またまあられ》。

……………

越《こし》の冬に俄《か》ばかりのものはあるまい。霜はよし、霰はよし、雪はよし、凍さへ防ぐに楯がある。霙は凡《およ》そ世にあらゆる寒さ、冷たさの、水に会へば流《ながれ》に交《まじ》り、火に会へば雫となり、風に会へば、白筋《しらすじ》を立てゝ、さツと樹立《こだち》に注《そそ》ぎ、飜《ひるがへ》つて雪となるのである」

＊

などなど、それはさて当方、声高にしている、のである。「雪は、〈業〉。雪は、〈貧〉。……。いやほんと、まったくこの〈貧〉はといったら、なんなのだ！」と（参照・第三章「大野」）。それをいま一度、拳固めていおう。ついてはこのことの繋がりで、犀星の雪の佳品、のうちの一つだけあげておこう。

明治四二（一九〇九）年、二〇歳。この秋九月、苦労人の犀星、高等小学校を三年で中退し数え年一三歳から、八年におよぶ金沢地方裁判所の給仕務めを辞職。福井県は三国町の小相場新聞「みくに新聞」に記者として雇われる。しかし三ヶ月でクビ。もとよりあきらかに株の上げ下げと詩は折り合わないことわり。

その年の暮れ、ひとりやるせない心を抱え七尾線の車窓の景を睨むようにしている。さきにみた欣一の「七尾線二句」の寒冷さをおもえ。

七尾で下車。いやしかしいったい何があって暮れにこんな寂しすぎる港へやってきたものか。あてもなく、ほっつき回ったろう、さんざんと。犀星、ときにこんな詩をものしている。

廃港の夜はかもめさへも啼き出でず、
ともしび山の肌にうつる、
金沢の旅館《やどり》をのがれ
能登のくに七尾に来れど、
何処にゆかむとする我なるかを知らず。
あはれ、うち向ふ夕餉に
いのち断たれし鶏《くだかけ》のこゑの鋭どし。

「能登七尾の港」（『鳥雀集』第一書房　一九三〇）

いったい七尾の港が「廃港」であると？　これはときの犀星のその塞ぐ胸が吐かせた言葉なのであろう。くわえて「夕餉に／いのち断たれし鶏のこゑの鋭どし」などとは。出刃で鶏の頸《くび》を断ち落とし食膳へ。なんともなんと、裏日本的、ではなかろうか。それはさてひどく寒冷なることとったら。犀星、このときにべつにいま一つ「能登の海」なる作をものしているのだ。ほんとうにこれは何事があってだろう。

自殺したる友がふるさとのこの港、
…………
こころしきりに君をよびさまし
この荒れたる冬にかたらむとす。

いったいこの「自殺したる友」「君」とは何某であるのだろう。これもひょっとして犀星自身であったりするか？

＊

いやはやほんとうに能登のまあ、うなる寒風のひどさあまりさ。なんともまったく膚粒たてる、つらい朝夕がつづくのである。

あれはいつだか当方、とんでもないような師走厳冬のなか、半島某所は××船員保険寮なる宿泊施設、そこに短期逗留しているのであった、馬鹿もいいのったら。ありとあるものが冷えきりしばれる。まったくもう曇天、どうっと大荒れもひどく、攪拌はやまなかった。ありとあるものが凍りついてしまう。颪は吹きまくる、右へ煽るかと左へ縒れる。ながめやるはるか遠い沖、ずっともうずっと黒く渦を巻きつづけやまない、雲の速さといったらない。波が蹴たてて押し寄せる、浜に身をなげだす。しばらくいよいよ宙が皺むかにみえる。雪を促し急ぐ、はらはらと霰をはらつかせ、沖に轟く音。そうしていきなり光が走りだすのである。

しかし寒いのったら。なんともうどこにも救いがないくらいに。ほんと凍えっぱなし。そうであればさいごに、奥能登と向かう富山湾は滑川《なめりかわ》産の高島高の詩、をもってしまいとしよう。

雪がふればさびしい黄昏だ
能登はみえず
ただ橋場に突堤の灯が
雪の中で泣いているようにかすんで見える黄昏だ
…………
生れたふるさとに生き
ふるさとに死ぬ
雪がふれば波音も荒い黄昏だ
…………
雪がふればふるさとが身にしみる黄昏だ
ふるさとに生きてふるさとに死んでゆく名もない男の泣く黄昏だ

反歌

わがいのち遂に燃え来て泣かんとす今日も雪荒れふるさとくるる　「海辺にて　――あるいは生きる」（『詩が光を生むのだ　高島高詩集全集』桂書房　二〇一三）

内浦《うちうら》　戦　――前田普羅《まえだふら》

藤森秀夫　吉本隆明

かからむとかねて知りせば越の海の荒磯の波も見せましものを　大伴家持（『万葉集』巻一七・三九五九）

大意「こんなことになると知っていたら、越の海の荒磯に寄せる美しい波を見せてやったに」

富山湾の西部、高岡市伏木から氷見市にかけての風光明媚な内浦。ここを古名に有磯海《ありそうみ》という。掲歌であるが、越中の国司として伏木に居住した家持がときに、都から弟の書持《ふみもち》急死の報に悲嘆のうちに詠んだ、絶唱とされる。それが家持の名声のゆえあってか、歌中の「荒磯」が地名呼称の有磯と解釈され、のちに歌枕の名所となったとのよし。国庁があった伏木の海辺は磯が多く、海面に露出した奇岩の見られる岩崎鼻（渋谷の崎）、雨晴《あまはらし》海岸のあたり僅かに往時の面影が偲ばれる。

藤波の影なす海の底清み沈著《しづ》く石をも珠とぞあが見る　家持（『万葉集』巻一九・四一九九）

元禄二（一六八九）年七月、芭蕉、『奥の細道』の途上、越後から越中へ入る。家持が歌に詠んだ古来名高い有磯海の「担籠（田子）の藤波（藤の花）」を一見せんとの思いで足を運んできた。だけど土地の人から「宿貸すものもあるまじ」と諭されて、心を残しつつこの地を去るのである。その折の吟にある。

早稲の香や分け入る右は有磯海　　芭蕉

香しい初秋の早稲を分け入ってゆく、道の右手の遠く、憧れの有磯海が望まれるのだが、の謂。以後、有磯海は門人らの憧憬の地となる。当地の蕉門の有力者・浪化上人《ろうか》（越中井波の名刹瑞泉寺の十一代住職）、このかたが翁の掲句を踏まえて詠んでおいでだ。

伏木の浦は奈呉の入江につづきて、北のかたは有磯の浜ちかし。此処よりすべてありそ海といふなるべし。先師の早稲の香も今更匂ひとどまりて

秋の風有磯へくばるこころかな　　浪化

それにもう一人くわえたい。当方の偏愛なる蕉門の乞食俳人路通、たまたま当地を訪ねて「有磯浜《ありそのはま》」と詞書きして詠んでいる（参照・拙著『乞食路通』作品社　二〇一六）。

まがはしな月きら〳〵と有磯海《うみ》　　路通

「まがはし」は、紛らわしい。どこからが名月か海の反照かわからぬ、それほど晴れわたり「きら〳〵と」眩いばかりの有磯海なるか、の謂。蕉翁は、ついにここに立てずに去っているのだ。それはいかばかり無念だったことか。弟子は、そこでつぎのように語りかけるのである。

――御師、有磯海を憶えておいでしょう、やつがれいまその地にまいりまして、それはもう美しい名月を仰いで、風雅の誠に思いを馳せています……。

＊

有磯海。現在、残念ながら、文人らが慕った往時とは、当然ちがう。しかしながら海は昔と変わらず波を寄せ返しやまない。そうしてこの海で働く者もおなじよう。

前田普羅。本項でまた、登場ねがう。ほかでもない、それはよくこの地の山と海と人を見つづけてきた、だからである。ところでここまで再三この瓢客におでましねがった。それはなぜか、表日本を捨ててまでして、口先だけのインテリと真逆もよろしくあること、裏日本に居ついてしまった、というからだ。

それゆえだろうその視線の揺るがぬさま、おおかたは正鵠を得ているからといおう。いわずもがなだが、瓢客らしげな物見遊山めかした軽説、もなくはないのだが。

さて、昭和二（一九二七）年六月、普羅、富山に来て三年、初めて能登を訪ねる。以来、それこそ幾度となく季節ごとに経巡ることに。手首を曲げた形に沿ってゆくほど、寒暖の差や、潮の加減で、刻々と海が表情を変えるよろしさ（引用句・以下前出『能登蒼し』）。

まずは季題の順に幾句かみる。氷見から入り湾岸沿いに望む能登の春。

神々の椿こぼるゝ能登の海
春光や礁《いくり》あらはに海揺るゝ

一句目、「神々の椿」とは、『日本書紀』に記される景行天皇が熊襲《くまそ》の乱を鎮めるに際し、土蜘蛛《つちぐも》に対して「海石榴《つばき》の椎《つち》」を用いた故事にちなもう。普羅は、書く。能登の春には「日本の神話が構成された、南方日本の舞台装置にそつくりな、楠の巨幹や、椿の原始林を潜らなければなるまい」(「序」『能登蒼し』)と。いまは知らないが、ここにいう風景はというとわたしらの若年のときには、いまだ残っていた。

二句目、「海揺るゝ」とは、「序」のつづき「断岸は海桐《とべら》が常緑をかざり、海面には、春ならば何処からとなく飛んで来た桜の花片が浮き、干満のない日本海の好みに随つて、幾日も幾日も漂つて居るのを見ることも出来る」という、そのように海がたゆたう、いかにも内浦らしい、たおやかな景がひろがる。

昔ながら海はおなじ。そうしてまたこの海浜で働く漁民も変わるところがない。舟を漕ぎ、網を打ち、竿を投げ、魚を捕る。

つづいて夏はどうだろう。ここではつぎの初夏のだろう二句をあげておよぼう。これまた宜しいのである。

飛魚の入りて鮪網
暁の蟬がきこゆる岬かな

一句目、越中氷見の沖合の海上、鮪漁の船に乗る。「若し鮪が入つて居れば、網が掻き上げられる時、鮪は水面近く身を表はして魚形水雷の様に跳躍するのである」。みんなの眼は網に注がれる。そこに声がある。「飛魚許りだ。今年ア鮪はダメか」（引用・以下『渓谷を出づる人の言葉』前出）

二句目、夏の早朝、氷見は宇波《うなみ》浦の渚に立つ。すると岬の突端の「牛が鼻の木立で蟬が鳴いて居た。海は短夜のさめ切らぬ夢をつゞけてのた打つて居た。蟬の声こそ果しなき回顧を繰り返へさしめるものである」。ちょっと仕立てが目立つが、だがこの描写も適確とみる。

それではそのつぎ秋の句についてあげたいが。このことでは内浦のではないが、第二章「雄島」の「海女の口笛《をそ》　越前雄島村にて　六句」、前項「口能登」の「河北潟月見」、これをあらためて味読してもらおう。

春も、夏も、秋も、良い。しかしじつは氷見を中心に内浦は冬季が勘所なのである。それはそうである、鰤《ぶり》、があるからである。いよいよ寒さが厳しくなりだすと雷が鳴りとよむ。雪を起こすように雪を伴って発生する雷。雪起こしだ。当地では、これが鰤漁はじめの合図となるので「鰤起こし」と呼ばれる。

がりがり、ごろごろ。雷が鳴りとよむ。でもうそんな歯の根が合わないようなのに、宙も割れよというように恐ろしげに沖のあっちこっちで走る光、やけっぱちみたく遠く近く轟きやまない。雹の礫もまじる。ごろごろ、がりがり。

それがだが鰤の大漁の良き前兆というのだ。鰤は、回遊魚で佐渡から富山湾に向かう魚道を南下する。でその大群を能登宇出津《うしつ》から越中は氷見海岸にかけての湾岸の魚道に大敷網《おおしきあみ》を拡げて待ち受け獲るのだ。いったい日本海の冬は強風で高波ではある。だけど能登半島に囲まれた富山湾は比較的穏やかで通年操業が可能である。大敷網は、「天然の生け簀」の名がある豊かな漁場である富山湾で四〇

○年以上前から行われる定置網漁法であり、網を一定の海中に常設して漁獲するものだ。
なかでも大仕掛けなのは、沿岸から約二～四㌔の沖合、水深一〇～一〇〇㍍の海中に敷設される。その仕組みは、魚を誘導する「垣網」、魚が最初に入り、回遊する溜り場の「角戸網」、魚を上げる「身網」、余分の魚を網に残す「落し網」など用途ごと、それぞれの機能網を発揮した効率的な漁法だという。

鰤網を越す大浪の見えにけり

まるでそんな北斎の有名な東海道五十三次「駿河湾大浪裏」の構図の壮大さではないか。「鰤網を越す大浪」は豊漁の前兆だ。「雨まじりの寒い風が吹くと、越中の陸遠く住む人も「鰤おこし」が吹くと云つて、脂の乗つた淡紅色の初鰤の味を舌端に思ひ出して居る」（「序」『能登蒼し』）

鰤の尾に大雪つもる海女の宿

ところでこの「海女の宿」とはまた、いかなる種類の宿であるのだろう。どうやらこれは冬に仕事のない海女が働く「旗亭や旅館」のことをいうらしい。海女フェチ普羅、瓢客の通ぶりよろしく、蘊蓄を傾けてやまない。「歌麿型美人のおもかげが有る」彼女らは「色こそ黒けれ、ひきしまつた筋肉、調和のとれた四肢、濃い黒髪は旅人の淋しい心をなぐさめ得る、取引で来た諸国商人が、逗留を永引かせ、中には完全にこの海女にはまり込むのさへあると云はれる」（同前）

＊

氷見の鰤。美味な鰤。ということでいま一人の威勢のいい鰤漁の作品をみることにしたい。

拾万両で　鰤網や　出来た
潮の加減で　押し流された
日本海へ　沈めば　よいに
隣漁場《れふば》で　浮いて　見えた

隣漁場たア　縄張事で
さきの　いざこざ　まだ　手ちや　打たぬ
枯れた　目じるし　崖上《がけへ》の松を
突つかひ棒して　立たせて　ござる
隣漁場に　引つかかつた網の
鉛や　重たい　若衆は　おらぶ

追記。鰤網は高価なもので十万両からかかるものもある。以前は大勢共同して作り、寄つて集《たか》つて、引いたものださうである。隣漁場との縄張が矢釜敷く、魚津には枯松が崖上に突かひ棒して今でも立ててある。鰤網は又、潮に流される事もあるが、そんな場合隣漁場に引つかかつたりすると、それを上げねばならず、其の骨折は大変である。
おらぶは古臭い言葉だが、現今でも方言的に用ゐてゐる所があるから借用した。藤森秀夫「鰤網」
（『稲』一九二九）

藤森秀夫（一八九四〜一九六二）。ドイツ文学者。ゲーテとハイネの研究の権威。民謡・童謡作詞家でもあり、代表作に「めえめえ児山羊」。富山県産でない、長野県生まれだ。といってもこの人も多く知るところないか。当方もご同様。

藤森、ところでそのさき富山・金沢の旧制高で教鞭を取っておいでだとか。であればきっとおそらく当地の漁師との徳利を傾ける交歓から本作の詩想をえることになったのやら。

軽妙だ。「さきの　いざこざ　まだ　手ちや　打たぬ」。なんぞとかこの鰤網めぐる隣漁場との縄張り争いの可笑しいのったら！　洒脱だ。「若衆は　おらぶ」。これなどまさに氷見湊に伝わる民謡、漁師が大きく重い網を引き上げるときに唄った「氷見網起《あみおこ》し木遣《きや》り」そのままでないか。

〽氷見浦有磯に　ヤーンエ　ヤッサカエー　ヨーイヤナー

なんてな、威勢の良い唄と、華やかな踊りと。木遣りの掛け声が、よろしい。鰤で氷見は沸いた。美味な鰤。さぞかし普羅も嬉しげに舌鼓を打ったのやら。まだまだもっと冬の富山湾には珍味類が多くいっぱいある。

カモメらが騒ぐ。網に掛かる魚を剝ぎ取る、繋ぎの合羽に頰被《ほほかむ》りの婆さんら。みんな喋り笑いさざめきながらも、ひとときだって手を休めない。魚を分けて箱に容れる、繋ぎの合羽に頰被りの爺さんら。ターレー（註・特殊荷役運搬車）が走る。

「ちゃっちゃとやれや（さっさとやってよ）」「わやくそやでほんな（めちゃくちゃやでほんと）」カレイやら、ヒラメ、アンコウ、タコ、メギス、ノドグロやら。などなどみているだけで垂涎もののぴちぴちした初見のやつらがたくさん。ことにでっかいマダラったらどうだ。わたしらの奥越においては、タラは生では傷みが早いので陽に干し乾かした、かちかちの棒鱈《ぼうだら》をいただく。これが新巻鮭と併せてひと冬の保存食となる。タラの白子《しらこ》（精巣）、そして真子《まこ》（卵巣）、ともに珍味、逸品なりだ。タラを、魚偏に雪と書くのは、初雪の後に獲れるから。こいつが何でも食べる雑食性を持ち合わせ百種類以上もの餌を食べるそう。

「たらふく喰うっていうのはのう、あれやって鱈みたい膨らんだ腹になるまで、わやくそ喰うことやってのう」

＊

寒凪や銀河こぼるゝなまこの江

寒夜に滝なす「銀河」と、海底に眠る「なまこ」と。富山湾の沖はるか霞む水平線。この対比の妙、いや見事な吟。普羅、いつかたぶん漁舟に同乗したのだろう。「海鼠採は目ざす海面に来ると、長棹を海に突きさして舟を維《つな》ぐ、浪は立たず海鼠の寝床はいともしづかで、彼は尾頭も分たず寝むりこけてゐる」（「序」『能登蒼し』）と。まことにそのさまは「生きながらひとつに氷る海鼠かな」（芭蕉）、はたまた、「尾頭のこころもとなき海鼠かな」（去来）そっくりそのままか。「海鼠採」は、桁網《けたあみ》（註・袋状の網口を金属や木の枠で固定した引き網。枠の下辺に歯をつけたものもあり、海底をかき起こして、貝類・エビ・ナマコ・シャコなどの漁に用いる。『大辞林 第三版』）を使った底引き漁で行う。つぎにみる「海鼠掻き」のように。

棹立てゝ船を停むる海鼠搔き

普羅は、能登島近くの中島村（現、中島町）ここの店家のコノワタ（註・海鼠の腸の塩辛）が抜群に美味と絶賛する。「旅人は、腐りかけた古風な宿屋で、九谷焼の小皿からコノワタを酒中に移し、腸酒をこしらへ、その温まつた勢ひで吹雪の中に飛んで出る」（同前）。海鼠漁は知らない。だけど当方も冬の珠洲でこの腸酒で深く泥酔したことがある。

うめえのうめくねえのったら。いやほんと腸にしみいっていく、腸酒はといったら、こちらのような高校時からの淫酒家もまあびっくり、もうほんとう驚倒、するしかないほど旨いのである。めっぽうもめっそうもなきに。五臓六腑に染み渡る海鼠腸酒。これぞ裏日本なんて……。

＊

ここまでずっと瓢客氏に引っぱられっぱなし。裏日本的美味、すなわち、裏日本的人情！　なんぞとグルメ探訪風に走ったきらいあり。これはそうである。『能登蒼し』の句作がいまだ日本が良き時代であった昭和初めの産物。それもあってである。だけどもどこかだんだんときな臭い世になって食い物ばなしどころでなくなってくる。

昭和一二（一九三七）年、七月七日、盧溝橋で日中両軍が衝突、日中戦争の発端となる。ザック、ザック……、いよいよ軍靴の音が国中を圧するのだ、ザック、ザック……。軍都・富山市には六個師団の一つで、北陸は富山、石川、福井各県の兵士で構成された第九師団の歩兵第三五連隊があった。ここからはのちの全句集的体裁の『定本普羅句集』（辛夷社　一九七四）をみることにする。

日焼け濃く戦ひに行く農夫なる
郭公や山河色濃く兵かへる

一三年四月、国家総動員法公布。一四年九月、ドイツ軍、ポーランド侵攻。第二次世界大戦始まる。ここに数字がある。「太平洋戦争開戦から終戦までの四年間に、富山連隊からあらたに海外へ約五万人、内地約三万人の計約八万人の兵員が動員」（『富山県の百年』山川出版社）されたと。一六年一二月八日、真珠湾攻撃、太平洋戦争始まる。普羅は、ときにその捷報をきいて興奮すること。つぎのように雪を冠った立山を仰ぎ詠うのである（参照・第六章「雄山神」）。

雪山のさへぎる海の勝戦
勝戦かくも静かに雪降れり

これぐらいならいい、だけどだんだん激するいっぽう昂じてしまって、とどまらなくなる。普羅は、みてきたように憂国人士よろしくあれば、いきおい、つんのめりかげんの句を多く吐きやまなくなってゆく。いわゆる翼賛句をずっと。

春寒くグレートブリテン今か潰ゆ
雪玲瓏サタン英虜は雲を堕つ

今や春の立山連峰の空も能登内浦の海も戦時一色に染む。「潰ゆ」「サタン」「堕つ」、エンペラー軍隊用語オンパレード。いっぽうで初夏の収穫を「人謂ふ、今年の麦は質よし」と詞書きして詠むこの一句はどうだ。

戦するふんどしかたし今年麦

褌を締めてかかった今年の麦はとびっきり良き出来であるよな、の謂。しかし朝夕の芋腹に、きりりと緊褌《きんこん》一番しようも、なんと運命は非情だ。

一八年二月、ガダルカナル島撤退。五月三〇日、大本営はアリューシャン列島アッツ島守備隊の全滅を発表。普羅は、その報に立ち尽くす。

給着てわれ在りアッツ屻らるゝ

「屻」は、訓読み「はなぢ」、音読み「じく」。恐ろしい字である。

二〇年、普羅、六一歳。三月二一日、硫黄島全員玉砕。おもいかえせばあの純朴な折口春洋が散華しているのである（参照・前々項「口能登」）。ときにいまだ子の死を知らぬ父は祈るばかりだ。

きさらぎのはつかの空の　月ふかし。まだ生きて　子はたゝかふらむか　釋迢空『倭をぐな』

八月二日、B29、一七四機による富山大空襲。広島、長崎への原子爆弾投下を除く地方都市への空襲としては最も被害が大きいもので、死者二二七五人、市街地の九九・五パーセントを焼失した。普羅もときに逃れえず罹災。家も書籍もすべて灰燼に帰している。敗戦から一ヶ月余の一句、いやなんともこの敗戦痼疾、ＰＴＳＤ、心身喪失ぶりはどうだ。

舞ひ果てゝ大蛾の帰へる闇夜かな

＊

ここらでさいご終幕であるそろそろ。というところで浮かぶのが、またしてもこの人なのである。これはどういう意味のことであるか。

「あの北陸の夏の日は暑かった。そしてわたしの記憶のなかでは、晴れた日がいまでも続いている。北陸といえば暗い裏日本という印象はまったくなかった」

ほかでもない、吉本隆明、なのである。吉本、二一歳、さきにみたように日本カーバイド魚津工場に徴用動員できていたのである（参照・第六章「雄山神」）。

八月一五日、玉音放送。吉本、ときに耳を欹《そばだ》てるのだ。

「ある日（前述八月二日）、富山市の方向に空が赤く映えて燃えあがっていた。とうとう北陸の都市も灰燼《かいじん》に帰する日がやってきたのかと思いながら、畑と低い丘のつづきの空を眺めやっていた。……。そして八月のよく晴れた暑い日、工場の広場に集まるように言われたわたしたちは、とぎれとぎれしか聞きとれないのだが、綴れ織りを綴りあわせるように感受すれば、敗戦宣言とわかる天皇の放送を聴いた」

「時間が停止した。頭のなかで世界は、白い膜を張られた空白になっていった。その時間が過ぎるとわたしは独りで寮に戻ってしまった。／部屋に帰ってとめどもなく泣いていると、異様におもった寮の小母さんが《喧嘩をしたか、寝てなだめるがいい》という意味のことを言って、真っ昼間だというのに蒲団を敷いてくれたことを覚えている。もちろん、そのときわたしはもっと喧嘩をしたかったのに、誰かにとめられたのであったろう。あるいは、水さかずき、白装束、死ぬ気で鉄火場に出かけたつもりなのに、巧くかわされて生き恥をさらしたといった心境かもしれなかった。／子供のときとおなじように、しばらく泣き寝入りして眼を覚ますと、いつものように港の突堤に出て、波に身をまかせた。どこまでも泳いでいきたかった」

「わたしは〈戦争〉ということ、〈死〉ということ、〈卑怯〉ということ、〈喧嘩〉ということ、〈自然〉ということ、〈国家〉ということ、名もない〈庶民〉ということ、そういう問いを、北陸道の、戦争の夏の日に知ったのであった」（「戦争の夏の日」「北日本新聞」一九七七・八・一三）

吉本隆明。しまいにこのように考えたらおかしいか。いうならばこの人を遠く沖へ沖へとさそうこと、それがこののち戦後最大の思想家にしたのではと、ついてはこの日の海が大きく与《あずか》っていようとはまたちょっと飛びすぎというものか（参考⑫⑬）。

第六章　立山

雄山神《おやまがみ》臨　―河東《かわひがし》碧梧桐《へきごとう》

前田普羅　川田順　村井米子　吉本隆明

天離《あまざか》る　鄙《ひな》に名懸《なか》かす　越《こし》の中《なか》　国内《くぬち》ことごと　山《やま》はしも　繁《しじ》にあれども　川《かは》はしも　多《さは》に行《ゆ》けども　皇神《すめかみ》の　領《うしは》きいます　新川《にひかは》の　その立山《たちやま》に　常夏《とこなつ》に　雪降《ゆきふ》りしきて　帯《お》ばせる　片貝河《かたかひかは》の清《きよ》き瀬《せ》に　朝夕《あさよひ》ごとに　立《た》つ霧《きり》の　思ひ過《す》ぎめや　あり通《がよ》ひ　いや年のはに　外《よそ》のみも　振《ふ》り放《さ》け見つつ　万代《よろづよ》の　語《かた》らひ草《ぐさ》と　いまだ見《み》ぬ　人《ひと》にも告《つ》げむ　音《おと》のみも　名《な》のみも聞《き》きて　羨《とも》しぶるがね　　大伴家持「立山の賦」（『万葉集』巻一七・四〇〇〇）

（大意）鄙の地として名高い越中の国中、山は数々あり、川も数多いが、なかでも国の神が鎮座まします、新川郡のその名も高き立山には、夏にも雪が降り積もり、山裾を流れる片貝川の清らかな瀬に朝夕ごとに立つ霧の彼方の、聖なる峰をゆめ忘れられようか。いつも遠くから仰ぎみて、後の世の語り草として、それを人にも話そう。噂だけでも名だけでも聞くことで、誰しもみなが羨ましく思うよう。

大伴家持「立山の賦」。あまりに有名なるこの長歌。当方、おかしいだろうが裏日本人であれば、なんとご苦労様なことに、というか否定的でしかないのだ、断固。

じつはこれに異を唱えようしだい。それはまた、いったいぜんたい、どうしてなのか。大和朝廷プロデュース、記紀万葉ディスカバー・裏日本キャンペーン。どうしても、そんなふうにしか、みえないからだ。

などとはさて当方、奥越大野産、山賤さんなのである。白山のその奥に控える聖なる立山。ところがこれが残念ながらわが郷からはその偉容はのぞみえない。でずっと幼い日から目にできないその峰を瞼に仰いできた。そしてひとり思いなしてきた。

白山は優しい母、立山は厳しい父。さらにそのさきに尖る剣岳はというと、さながら仙人のごとくあられます、髭の祖父よろしいのではと。

霊峰、立山。聳え立つ山、神の顕《た》つ山。であればそこは「名のみも聞きて　羨しぶるがね」なんてどころか、そこではときとすると父や祖父なるものが深くにひめる瞋恚《しんい》を知らされることになると。わたしらガキは爺や婆らに含め教えられてきた。

「日本国ノ衆生罪ヲ造テ越中立山ノ地獄ニ堕ツ」（『今昔物語集』）、立山山中の地獄谷、罪業を犯した者は死後にこの地獄に堕ちる。血ノ池地獄、針山地獄、などなど大小一三六の地獄もあるとか。のちに謡曲『善知鳥《うとう》』にふれ、立山の地獄に行くと死に別れた父母や妻子に会える、などという悲しい話に胸を塞いだものだ。

＊

「世に「大」を説く者多ししかれども真成なる自然の「大」は実に立山絶頂より四望するところにあ

り」「その眺望や富士山頂につぐといえども、山岳を一時に夥多《かた》眺望するところは実にこれに過ぐ、自然の「大」を収悟《しゅうご》せんと欲せばこの山に登臨すべし」（志賀重昂「立山」『日本風景論』）

「自然の「大」を収悟せん」立山。ついてはまずこの名を挙げるべきだろう。

　前田普羅。山好きの当方の偏愛なる俳人。普羅、関東大震災の翌年、四〇歳で新聞記者として富山支局に赴任。一望に眺めやられる立山連峰のうるわしさに甚《いた》く感動、永住の決意を固め当地に長く留まる。

「南方には飛騨境の山々、東南には立山連峰が行く春の斑雪をつけて城壁の如く並んで居た。脚下より続く田にはレンゲの花が紅く咲いていた。終に立山の下に来た、と私の目から涙がとめどなく流れた」（「解説」中島杏子『定本普羅句集』）。

「……越中に移り来りて相対したる濃厚なる自然味と、山嶽の偉容とは、次第に人生観、自然観に大なる変化を起しつつあるを知り、居を越中に定めて現在に至る」「「都会人は大自然より都会に隠遁せる人」と思へるに、自分を目して「越中に隠遁せり」と云ふ都会人あり、終に首肯し能はざる所なり」（「小伝」『新訂普羅句集』辛夷社　一九三〇）

　普羅、以後、立山を愛すること。ほんとうまったく狂がつくほどにして、佳句を詠んでいる。なかでも代表的としてあげるとしたらこの遥拝句であろう。

　　弥陀ヶ原漾ふばかりの春の雪　　普羅

　弥陀ヶ原《みだがはら》は、標高（一六〇〇～二一〇〇㍍）、東西四㌔、南北二㌔に広がる溶岩台地。一一月初旬から七月中旬まで雪に覆われる。夏には雪解け水が川をなし、「餓鬼の田」と呼ばれる池塘《ちとう》が数多く点在し、可憐な高山植物が咲き競う。秋には周辺の稜線と合わさり雄大な紅葉が望まれる。弥陀ヶ原と床しい浄土的な名。いうならばこの台地は立山の象徴でこそあろうか。

立山命の普羅。しかしいかなる境地がすることなのか。できうれば「登臨すべし」はずなのだが。仰ぐばかりだったようで、山頂雄山はおろか、弥陀ヶ原へまでも、登ったようすもない。もっぱら立山を遥拝するだけ。立山にかしずくようにいる。それだけでじゅうぶん。満足しごくであったらしい。「立山を見て居ると其の日の腹立たしい事は一時に解消される。「立山あり何をか思はんや」とは、毎日〳〵（註・自邸の）垣根に来ては繰り返した言葉である」（「俳壇自叙伝」「俳句研究」一九四〇・六）たしかにその遥拝の句が素晴らしくある。わけても雪の景の吟はどうだ。

雪山に雪の降り居る夕かな
神の留守立山雪をつけにけり
オリオンの真下春立つ雪の宿

＊

さて、ここからは「登臨」の詩歌におよぼう。するとどうしたって稀有な俳人・登山家の名前があがってくるだろう。

河東碧梧桐。愛媛県生まれ。高浜虚子と並び近代俳句を拓いた二大俳人。明治三九（一九〇六）年、三四歳。正岡子規の死後四年、「子規といふ太陽を失うて」「萎靡《ゐび》した生気を発奮する」、俳句革新の原点に立ち返り、全国行脚の『三千里』行に発つ。

ちなみに「三千里」であるが、「千住といふ所にて船を上がれば、前途三千里の思ひ胸にふさがりて」（『奥の細道』）、という覚悟のものだ。これからもその壮途の気概はよくわかろう。歩く人・碧梧桐。

彼の歩行は、彼の俳句だ。この旅中に写生と季題の矛盾を感受し、俳句をより深く天然現象に近づける方法として「無中心論」を提唱、やがて無季の自由律俳句へと突入する。であればしばしば、とんでもないような剣呑な高峰を数多く踏破してやまないのも、そのためともいえる（参照・拙著『忘れられた俳人　河東碧梧桐』平凡社新書　二〇一二）。

さて、碧梧桐、明治四二年（引用・以下『三千里　下』）の道中、七月末、立山登頂を目指す。それがなんとも壮烈、ほんとまったく立山にぶつかり稽古をいどむような、荒々しさなのである。

七月二九日、登山口の中新川《なかにいかわ》郡芦峅《あしくらじ》寺泊。翌朝、夜明けとともに歩きはじめ、落差日本一の称名の滝に足を止め、弥陀ヶ原を登りつめ、頂上直下の室堂へ。いまは高原バスで直行するが、おそらく往時は一〇時間をもっと超えよう大変な難路行であろう。

碧梧桐、途上、「中語（註・チュウゴ　剛力《ごうりき》）の一人が、毎日のことだが、雲がかかると何とのう淋しいとつぶやいた」ことを耳にして、「毎日時を限って湧く雲があるというのに、神話的の聯想《れんそう》も起って」として詠むのだ。

栂男神《つがをがみ》百合女神《ゆりめがみ》相遊ぶ時

いかにも六朝書《りくちょうしょ》を唱道してきた、近代を代表する本格書家としても著名な碧梧桐、らしきこの漢語多用の吟はどうだ。これは栂の木を男神と、そして百合の花を女神と、見立てての山への賛歌と解せようか。

一歩、山頂を目指し一心、一歩。しばらく「始めて九千尺の高峰に立つという感が油然《ゆうぜん》と湧いた」として詠んでいる。

雪を渡りて又た薫風《くんぷう》の草花踏む

「雪」「薫風」「草花」、いやじつに痛快ではないか。弥陀ヶ原から、頂上直下の室堂へ。当夜、室堂泊。翌三一日、雄山（三〇〇三㍍）登頂。

「頂上の奥社（註・雄山神社峰《みね》本社、伊弉諾尊《いざなぎのみこと》と手力雄命《たぢからおのみこと》を祀る）には直垂《ひたたれ》を付けた神官がいて、祝詞《のりと》をあげて呉れる、神酒をついで呉れる。……。単衣物《ひとえもの》で上った道者衆は、ごろごろした石の上に素足で行儀よく坐りながら、唇の色を変えて顫《ふる》えておる。／薄い靄《もや》さえかからぬ眺望は東南西に開けて、第一に富士が見える。……。少し右に寄った目の前には傀儡箱《くぐつばこ》を覆《くつが》えしたように、峰々の頭が折り重って見える。いずれも草鞋《わらじ》が届きそうに近い」と。つぎのように詠むのである。

七十二峰半ば涼雲棚引ける

「七十二峰」とは、往古、三俣蓮華岳（二八四一㍍）から猫又山（二三七八㍍）に至るまでの連峰を立山七十二峰八千八谷と称した故事にちなむ。「真成なる自然の「大」は実に立山絶頂より四望する所にあり」。碧梧桐、一世紀余前の雄山光景。なんとまた雄渾、豪毅な句風、心憎くはないか。

下山は室堂に寄り追分を経て松尾峠へ。「松尾阪《（ママ）》という逆落しの嶮峻《けんしゅん》な、俗に百二十曲りという阪《（ママ）》を辛うじて下りて、五時立山温泉に着いた」と。現在、立山温泉（昭和五四年解体）も無ければ、「百二十曲り」も廃道となり無きこと。「松尾峠の即景の一句」として詠んでいる。

温泉《ゆ》に下る百合逆咲きの峠かな

これをどんなふうに感じられるであろう。ここにいう「百合逆咲き」にみられる「逆落しの嶮峻」なありさま。いやはやなんとも怖くあるようでないか。そうしてそのゆくさき「温泉」が待つ期待のほどをよくつたえる……。

くわえていま一つみることに。この立山行から七年後、大正四（一九一五）年夏のこと。碧梧桐は、北アルプスの針ノ木峠（二五三六㍍）から槍ヶ岳（三一八〇㍍）まで踏破（史上二登目）して『日本アルプス縦断記』（大鐙閣　一九一七）を著し、「北アルプス句稿」六〇句を草している（参照・拙著『風を踏む　小説『日本アルプス縦断記』』アーツアンドクラフツ　二〇一二）。うちの一句にある、いや文句なし、これが名吟である、

立山は手届く爪殺ぎの雪

立山が手の届くほどに近々と目に迫ること、山肌に爪でがりがりと掻いたような雪渓が光っている。ほんとなんたる気宇壮大ではあることか。

このことでは碧梧桐の登山をめぐって。さきの日本アルプス縦断を企画同行した、ジャーナリスト長谷川如是《にょぜ》閑《かん》の回想にある。これがよく碧梧桐の面目をつたえる。

「碧の独断的突進はその俳論に於けるやうなもので、一歩踏み出した以上は、間違つても中々あとへ引かない。案内者さへ始めて通る、道も切開きもない所を通るに、がむしやらに進むのだから乱暴だ。危険だからよせといふと、何うせ案内者も始めてなら、俺等も案内者も同じことだなどといふ」（「山

の碧梧桐」「俳句研究」一九三七・三）

まさに碧梧桐、俳句でも、登山でも、突進者なりだ。

*

つぎにいま一人あげることにする。立山へ「登臨」をみた意外な人物。そのうちにひめる一途さをみられよ。

川田順（一八八二～一九六六）。東京生まれ。歌人・国文学者・実業家。数多くの歌集があり、古典和歌の研究書も多く著す。晩年の弟子・鈴鹿俊子（のち、夫人）との「老いらくの恋」でジャーナリズムを賑わす。

昭和七（一九三二）年、五〇歳。順、長年の住友総本社勤めを辞め、文学一筋で生きる意志を固める。まずはその第一歩として、この夏七月末、一万尺の山上で歌を詠む願を立てて、立山登臨せんとする。これをみるにつけても、そもそも山は心を決し臨むものと、おわかりいただけよう（順、実際は昭和一一年五月、住友の総帥たる総理事就任がほぼ確定していたが、自らの器に非ずとして退職した）。

さてその立山行であるが、ときにあの立山ガイドの草分け的存在・佐伯八郎（註・称名川が流れる標高一〇四〇メートルの登山口、八郎坂は氏の名前から命名）を案内とたのみ、ようやく一歩踏みだしている。行程は、雄山、大汝山《おおなんじやま》へ登り、黒部川を遡り、御山谷、中ノ谷へ出て、刈安峠を越え、五色ヶ原を経て、沙羅《ザラ》峠を越え、湯川谷に沿い、下山と。現在からみてもかなりな難路をやっていることになる。

順、じつになんとその山行を逐一詠む「立山行」五四首（『鷺』創元社　一九四〇）なる大作をものしているのだ。そのうちの一万尺の山上の歌「立山頂上」と詞書する三首をみられよ。

手力雄の神に仕ふる山禰宜の祝詞《のりと》を聴くも石に坐《すわ》りて

立山が後立山《うしろたてやま》に影うつす夕日の時の大きしづかさ
海抜一万尺の山の上なればこの凪は夜々吹くものか考へて居り

なんという床しくも大いなる詠いようだろう。じつをいうと後述するように、そのさき当方も雄山頂上の奥社の「石に坐りて」護符を戴いているのだ。そうしてしばらく大汝山から富士ノ折立《おったて》の下り際この「夕日の時」に立ち会っているのである。さらにまたその夜に「海抜一万尺」なる剣沢でテントを張り猛烈な風に震えっぱなしでいた……。

＊

立山。しかしなんという発心というものではないか。普羅も碧梧桐も順も、ともに表日本人であれば、なおさらのこと一途にその頂上を遥拝しまた登臨したのであろう。

いやここでいま一人あげることにしたい。往古より女人禁制だった立山（註・明治五年、法令上、禁制解禁なるも長く女性の登山記録は無かった）。そうではあるが掟破りよろしく敢然といおうか、しれっとして登臨なされた女人さんがおいでだ。

村井米子（一九〇一～八六）。登山家・随筆家。神奈川県出身。食養研究家・村井弦斎の長女。大正六（一九一七）年、一六歳、富士山に初登頂。その後、全国の山々を踏破。マタギとも交流、著書『マタギ食伝』（春秋社　一九八四）あり。

大正八年夏、この女性登山家の草分けのお転婆娘さん、兄弟や女中を供に、雄山を目指す。「それ女が登るで、山が荒れるぞ」なんぞとさきざき山中、男衆らにいとわれつつ。

「（註・室堂泊の）翌朝は、もう神官の白衣の先導で、室堂泊りのみなさんと一緒にのぼる。三の越辺りから、草鞋も足袋も脱がされ、裸足で雄山のお頂上をした。／立山は、御神体山で、山そのものが御神体ゆえ、一切の汚れを払い、清浄な裸足となって詣でる《ママ》……というわけだった」（「女人禁制の立山」『山愛の記』読売新聞社　一九七六）

米子嬢は、最初期の禁制破り。女性初の槍・穂縦走を敢行も。ところでこの引用につづいて「それほど、千年来の信仰をまもっていた立山の、雄山の直下にトンネルを貫き、バス、ケーブル、地下電車と、観光の山と化した現時点を、何というべきか。少なくとも機械文化が進んで、人間の精神文化は、退化した、と思われる」とあると付記しておこう。

それはさて、ちなみに女性の立山登山の一号というと？　明治二四（一八九一）年八月、お雇い外国人、オランダ人技師ヨハネス・デレーケ（参照・次項）の娘ヤコバ・ヨハンナ・デレーケ、一三歳だ（参照・板倉登喜子・梅野淑子「立山初登頂の女性」『日本女性登山史』大月書店　一九九二）。

「裸足で雄山のお頂上をした」。いやほんとう米子嬢の登臨の神々しさったら……。

＊

春は、ゴールデン・ウィーク、美女平から高原バスの室堂への初開通。夏は、トロリーバス・ロープウエイで黒部ダムの大放水……。などというどうにも観光っぽい恒例のテレビ報道にいつも舌打ちさせられてきた。

それはそう、平成一二（二〇〇〇）年八月、であった。当方、テレビ報道大嫌い避衆登山派であれば、五四歳（高校山岳部時遭難以来、長期禁足、四〇代末山行再開）初挑戦。一日目、立山ケーブルで美女平、高原バスで弥陀ヶ原を縫って室堂へ。いやだけどほんとは前記の登臨者と同様、芦峅寺から歩いて弥陀ヶ原へと登るべきだったのでは！　ときにずっと頭に深田久弥「立山」（『日本百名山』）が浮んでいたのだ。お隣は石川の出の深田は嘆く。

「立山は、私がその頂を一番数多く踏んだ山の一つである」。それがなんとも「お山まいりの立山は消え、登山の対象としての立山も消え、一途に繁華な山上遊園地化に進んでいるふうにみえる」というしだい。このことに関わって、近藤泰年『傷だらけの神々の山　――立山、白山の自然は今』（山と渓谷社一九九六）、これを手にされたし。「山上遊園地化」。ことは立山にとどまらない、すでに白山もあぶないのだ。「美しいものの究極」（深田久弥）なる白山までもそんな！　いやもっと日本中の名山群のどこもが。さきの村井米子女史が国立公園決定（一九六二）後の白山に登り呆然歎息している。

「立派な山ふところのブナ林が、車道工事で伐られてしまった。山腹の花野も、山上の花筵も、すっかり荒れはてていた。／あんなに多かった黒百合が、すこしも見えないし、ハクサンコザクラの群落も消えた」「これでは？　わたくしは悲しくなった」（「高山植物のふるさと白山」『山愛の記』）カップルや家族連れグループら、カメラのシャッターを押しまくり、キャッキャキャッキャ馬鹿笑いしては、ただもうスムーズに運ばれてゆく。

さきは黒部ダムだ。昭和三八（一九六三）年、立山直下の黒部川・御前谷付近に完成。高さ一八六メートル、貯水容量一・五億トン、最大出力二六万キロワット。土建国家ニッポンの大きな金字塔！

これはまたどういう事態ではあるのだろう。こんなコンビニエンスな立山ってあっていいのか。これはとんでもない、壊滅的自然破壊、そのきわみではなくて？　なんで誰も声を上げない。一昔前の映画『黒部の太陽』から、今日のＮＨＫのプロジェクトＸまで。みんながみんなこの大破壊のほどを大賞賛してやまないとは！

ほんとなんたる「山上遊園地化」のひどさったら！　いやどうにも胸糞悪いったらない。ツアー客をふり切り登りはじめる。

初日、三山縦走。雄山―大汝山―富士ノ折立―真砂岳―別山―剣沢キャンプ場（泊）。約六時間の行程。ビギナー・コースだが、ガンガン照りのなかテント持ちだから、これがけっこうシンドイ。日没に近く剣沢着。擂り鉢の底めくそこ、ガリリと尖り聳える剣。そして頭の上のばらまかれた夥しい星。これまたどう形容するのか。ちょっと言葉にならない。しばらく急に風が吹き募りつづけ、寒く凍え、カタカタと歯の根が合わない。もういたしかたなく眠るほかなくなっている。あしたは朝三時起きなのだ。となるとズブロッカである。だけどいくら飲んでもこの睡眠導入剤がいっかな効いてくれない。こうなるといけない。どうにもこうにも眠るもならずよしなしごとが、あれからこれへとはてもなく浮かんできてならぬ。

爆風！　ばたばたとテントをばたつかせる、突風！　かじかみかんがえているのだ。そんなひとしきり怒りやるかたなくも、「山上遊園地化」、まったくひどく嗤《わら》うしかないざまを。いやなんとも徒《あだ》なことではと。

とそのときになんだかへんに痺れをともなうようなぐあい。あれはとふっといつか目にしたうろ覚えの歌が頭の芯のどこかで浮かぼうとしているのだ。でどうにもこうにもちゃんと思いだせはしなかったのだが。

＊

紫陽花の花のひとつら手にとりて越の立山われゆかんとす　　吉本隆明（『初期ノート　増補版』試行出版部　一九八二）

吉本隆明（一九二四～二〇一二）。詩人・思想家。東京生まれ。東京工業大学二年時、青年隆明、昭和二〇年四月下旬頃から約四ヶ月、日本カーバイド魚津工場に徴用動員として派遣されていた。ほどなく死地へおもむく運命である。でそのいつか屈託を深くかかえ仲間と息抜きなかば立山へ遊ぶのである。

「飲み屋さんで飲んだ話のつづきで、折角魚津にきたのだから、立山に一度登らないかという話になった。……。楽に登れるところまで登って、へばったところで泊まろうよというだらしないプランを立てた。せめて弥陀ヶ原の上までと言いながら、称名のところで挫折し、称名ホテルに泊まったというわけだ」（「称名ホテルの一夜」『想い出のホテル』Bunkamura　一九九七）

ここにいうとおり吉本ら一行はすぐにへばって、だらしなくも挫折し停滞してしまったというが。ときに吉本はというと、この宿を営む夫婦の立ち居振る舞いに、いたく心動かされるのだ。

「宿はひっそりとして五十がらみの主人とその奥さんの二人しかいなかった。……。山の中で夫婦二人きりでくらしていればこうなるほかないとおもわれるように、今日ついたばかりの眼にもふたりの間が温かくすっきりと疎通していることがすぐにわかった。……。ああ、この夫婦はいいな、この主人の声はすんでいていい声だ。この奥さんは親しそうでいて粘りっけがなくていい。こういう夫婦もこんな山の中だからこそ在りうるのだな。おれたちはどうせ戦争で駄目だが、こういう夫婦に偶然であったことは、おれにはどんなにこの世の土産になるかもしれない。わたしはしきりにそんなことばかりかんがえていた」（「情況への発言　ひとつの死」「試行」一七号　一九六六・五）

この夫婦との一夜。それはよほどつよく心底に刻印されたのであろう。吉本は、後年、エッセイに書き幾回か講演で話してもいる。なかでもおかしく温かい宿夫婦らしさを彷彿させる印象的な一つをあげておこう（参考⑭）。

吉本は、ついてはこの二人に思いめぐらせつづける、そのことをもって、のちのちその思索を育んだのではないか。あえていまそれを吉本タームでいえばそう。つまり「大衆の原像」として。というここで思い出していただきたい。そのさきに当方が補足したことを。すなわち「……この地の人々にとって、白山そして立山という、これらの霊山の大いなる威をわかられよ。たとえていうならばそれらの稜線ぜんたいが裏日本的、精神形成にあずかる背骨をつちかっているとみられるのだ」と。「山の中で」「こんな山の中だから」。というそこらはこの文脈で解釈されてしかるべきでは。それにくわえて「この世の土産に」とまでつづける。このことについてはなおその含む深い意を繰り返し思いいたされたくある。

常願寺川《じょうがんじがわ》　崩　一高島高《たかしまたかし》

アーネスト・サトウ　幸田文　棟方志功　田中冬二　青木新門

本章は「立山」。しかしなぜこの項で「常願寺川」を材にとることに？　以下、一読していただければ理解されるはずである。だがあらかじめ簡単に申しておけば、ほかでもない、つねならず立山が崩れるからである。

立山の崩壊はというと、もういにしえの昔からきょうまで、喫緊の問題なのである。いわずもがな、そうなったあかつきには河川が氾濫し流域に甚大な被害をもたらすのはあきらか、だからである。富山県には、いうところの七大河川（黒部川、片貝川、早月川、常願寺川、神通川、庄川、小矢部川）がある。そのあらかたが立山を水源とするものだ。なかでもいちばん畏れられてきた、それこそがそう、ほかならぬこの川というのである。

常願寺川。まずその川名からして、上代から洪水が頻発し、「出水なきを常に願う」という流域民の悲願に由来するとか。立山連峰北ノ俣岳（二六六二㍍）と、薬師岳（二九二六㍍）西面の水を集め発する真川《まがわ》と、立山カルデラを流れる湯川が樺平《かんばだいら》付近で合流して、常願寺川と名を変え、立山町、富山市を流れ富山湾へ注ぐ。

これがしかし尋常ではないのだ。三〇〇〇㍍弱の標高差を流れるに、川の延長が僅か五六㌔という。なんと世界屈指の急流河川だそう。明治時代、常願寺川の改修工事に尽力したお雇い外国人、オランダ人の技師ヨハネス・デレーケが驚嘆したと。「これは川ではない。滝である」

日本三大崩れ。そんな有難くない番付がある。これは静岡県静岡市の大谷《おおや》崩れ、長野県小谷村の稗《ひえ》田山《だやま》崩れ、くわえてこの富山県立山町の鳶山《とんびやま》崩れのことをいう。

鳶山崩れを雪崩、渦に巻き、急奔する常願寺川。この暴れ川の氾濫は凄まじく、有史以前の昔から、この地の人々を苦しめてきた。ことに江戸末期は安政五（一八五八）年、二月二五日、惹起した飛越地震（マグニチュード七・一）である。

このときの山体崩壊はおよそ四億立方㍍という大規模な土石流をみたと。でもって被害はというと、富山藩領内の一八村、死者、負傷者、流出家屋の数不明、おそろしく激甚なものだった。おもえばそれは日本開国をいそぐ明治元年のわずか一〇年前というのである。

アーネスト・サトウ（一八四三～一九二九）。幕末・明治の英国外交官・大使。じつにその日本滞在は計二五年間にもおよぶ。著書『一外交官の見た明治維新』（坂田精一訳、岩波文庫）他。植物学者の武田久吉は次男。サトウは、飛越地震から二〇年、明治一一（一八七八）年夏、公使パークスとともに針ノ木峠を越えて立山登山。目の当たりにした惨状をつぶさに書き綴っている。

「（註・七月二十四日の項）あの大震災の際に後の山である鳶岳から落下した巨大な岩塊が散在している。その時鳶岳から崩落した大量の土砂が谷を直撃し、流れを止めてしまったのだ。一ヶ月後、雪解水がその障壁を突き破り、下流の村々は泥水の大洪水にあった」(『日本旅行記』庄田元男訳　東洋文庫)ときになんと直径六・五㍍、重量四〇〇㌧の巨岩が三〇㌔も押し流されたという。ところでサトウらは当夜、立山温泉（参照・前項。現在、消失）に泊まり、翌日、室堂へ登ること、大地獄をへめぐっている。

「深い孔や割れ目から蒸気が噴き出す音はすさまじい。噴出池はどれも最高温度は華氏百九十度〔摂氏八十八度〕から百八十八度であり、硫黄の噴出池では百六十度にとどまる。窪地の片端から流れる細流の中に四十二度〔同六度〕しかない冷泉がぶくぶくと湧いていた。大小全ての孔を数えるのは不可能だろう。小さいのになると直径二インチという孔もある」

　これには驚愕させられる。なんとこのとき温度計ほか機器を携帯して登山しているのだ。ほんとうにその科学的なる真摯な態度には敬服するしかない。われらがお役人とはちがう。

　それはさて災厄はというと、安政五年飛越大地震、それでもって終息をみていない。いまもなおこの日本最大ともいわれる山体崩壊がやまないこと。その後、明治年間に三八回、大正は五回、昭和は五五年までに一二回もの洪水・土砂災害が発生し、人家や農作物に多大な被害をもたらす（参照・深井三郎『とやまの水』北日本新聞社）。現在、むろんやむことなく砂防工事がつづいているのである。

＊

恐怖大崩れの常願寺川。まずもってこの一篇をみることにしよう。当地は滑川産の詩人高島高の詩、表題もズバリ「常願寺川」。いったいこの嘆息はといったらどうだ。

　四月の小雨の中
その片隅から雪解の水を走らせる

いったいこれは川なのか
いったいこれは誰がつくったのか
ひと山をこわして撒きちらしたような小石原ばかりかと思うと
………
この親川全部が
おこり出したらもう手がつけられない
あそこの土堤も松林も畑も家も
あったものじゃない　『詩が光を生むのだ　高島高詩集全集』

高島高（一九一〇～五五）。詩人。中央とはずっとおよそ無縁でやってこられた。おそらくほとんど知る人もおられないのでは。中新川郡滑川町（現、滑川市）生まれ。昭和医専卒業。家業の医家を継ぎ、郷土に腰を据え、黙然と詩作に励む。当地の文化運動の功大。第一詩集『北方の詩』（ボン書店　一九三八）には、北川冬彦、萩原朔太郎が序文を寄せる（参照・伊勢功治『北方の詩人　高島高』思潮社　二〇一二）。

「いったいこれは川なのか」。いやほんとここにいう、常願寺川の暴威の凄絶無類さ、といったらどうだろう。「いったいこれは誰がつくったのか」

＊

ついてはこのことの関わりとなるとどうだろう。いやぜったい忘れようもない。どうしたってこの名をあげなければならない。

幸田文《あや》（一九〇四～九〇）。作家・随筆家。東京都生まれ。昭和五一（一九七六）年、文は、七〇歳を超えての山登りの途に、大谷崩れを見て、つよい衝撃を受ける。以来、老躯をおして全国の大きな崩壊現場を訪ね歩く。前記の三大崩れに、日光男体山の崩れ、北海道有珠山《うすざん》の噴火、鹿児島県桜島の噴火などを探り崩壊記を残した（「婦人の友」一九七六〜七七　一四回連載）。

没後『崩れ』（講談社　一九九一）刊行。これが心身の衰えゆくさまに、山河の崩壊を重ねて淡々と叙述、ひろく話題を呼ぶことになる。

むろん立山は「鳶山崩れ」が舞台である。いやじつに、なんともその凄まじい「おこり出したらもう手がつけられない」までの崩れようったら、どうだろう。

鳶山（二六一六メートル）は、立山火山の浸食カルデラの一ピーク。すぐ北に位置する鷲岳（二六一七メートル）とあわさり北西面はカルデラの断崖になっており、その荒々しいえぐれようは富山平野からも遠望できる。文、「正味五十二キロ」の痩身を、案内者に負われて急傾斜を登りきり、それを目の当たりにして声を飲むのだ。

「憚らずにいうなら、見た一瞬に、これが崩壊というものの本源の姿かな、と動じたほど圧迫感があった」「むろん崩れである以上、そして山である以上、崩壊物は低いほうへ崩れ落ちるという一定の法則はありながら、その崩れぶりが無体というか乱脈というか、なにかこう、土石は得手勝手にめいめい好きな方向へあばれだしたのではなかったか」

立山砂防工事専用軌道。通称、立山砂防軌道、立山砂防トロッコ。文は、トロッコ車に運ばれてゆく。約一八キロの区間に八ヶ所三八段のスイッチバックがあり、一部区間（樺平—水谷）では一八段も連続する。文は、目を見張る。どうだろう、ここらあたりの文の文章は詩とこそいうべき、ではないか。

「……水は屈託なく上機嫌にきらきらと光る。まるで体操のとび箱をはね越えるように、つぎつぎと岩をのりこえている。……」。いったい、何十段を飛びこえれば、気がすむのというの？　と問いかけたいような弾みかたをしている」

　ところで文が乗った「立山砂防トロッコ」の怖さ凄さについて。理解の一助につぎの文献を紹介しておこう。これぞ狂的な乗り鉄に垂涎の読み物だろう。ぜひとも読まれたし。宮脇俊三「立山砂防工事専用軌道」(『夢の山岳鉄道』新潮文庫)。

＊

　先年、当方、機会あって「鳶山崩れ」を間近にした。その崩壊を一望、ほんと「まるで体操のとび箱をはね越えるように」どんどん弾む激流の凄まじさに、「憚らずに」仰天し絶句した。

「無体というか乱脈というか……」。たしかにこんなのが崩壊したらおじゃんだわ。というところでときにふと頭に浮かんできていたのである。じつはこんな、おかしい漫画があった、そのことが。ただそこは、常願寺川、ではないが。

　ほんとそれが滑稽なのったら。暴れ川を呪う、なんてことはおろか嘆いてもしかたなければ、軽く鼻で笑う。そのなんとも剽軽なずっこけ。

　つげ義春「会津の釣り宿」(「カスタムコミック」一九八〇・三)。そこでありえないような川の怪異の話がつづいてそのさいご。ついてはなんともおごそかに釣り宿の主がのたまわれることったら。じつにそのお言葉たるや深淵きわまりない！

「自然というものは　愚かな人智では　はかりしれない　神秘なものです」

　立山は、削れる。降雨で、氷雪で、人為で。立山は、崩れる。

　　立山の北壁削る時雨かな　　志功

棟方志功（一九〇三〜七五）。青森産のあの板画家《ばんが》である。「ワだば、ゴッホになる」志功、昭和二〇（一九四五）年四月、戦時疎開のため東京から西礪波郡《となみ》福光町（現、南砺市）に移住（二六年まで在住）。当地在の前田普羅と親交深める。両人のコラボレート板画句稿『栖霞品《せいかほん》』（一九四八）は絶品とみよう。

ところで福光町には小矢部川が貫流している。もちろんこの川の流れも融雪季ともなると常願寺川に負けず暴れるのである。

「富山県は、立山群峰を背にして、大きい川がたくさんあります。庄川、常願寺川、黒部川、射水川、神通川、小矢部川等々でありますが、あるものは悠々と、あるものは足ばやに、北海の黒いばかりに怒る海へそそいでいるのです。小矢部川もその一ツです。冬の日、はげしい陽が雪に射し入ると、雪はたちまち水に姿を変えるのです」（『板極道』中公文庫）

さすが、「ワだば、ゴッホ」、なりだ。いやほんと「立山の」のこの一句であるが、いうところの板画の刃先さながらにも、ざっくりと奔放よろしい出来ではないか。

立山を削るその急流の凄さ。ここでふたたび文に戻ってみると、あまりなる荒れっぷりを、つぎのような旧い譬えをもっていう。

「木火土金水の五行は、時に相生し、時に相剋するというが、急流の水と石は、そもそもの源頭部から海に流れ入るまでの長い流路を、さぞ複雑に、気むずかしい付合いをしてくるにちがいないと見る」（『崩れ』）

「気むずかしい」、暴れ川、常願寺川。それはたしかにひどい禍《わざわい》をもたらしやまない。しかしながら「禍福は糾える縄のごとし」なることわり。そのいっぽうでまた福もさずけてくれもする。猛烈急流も、下流域では富山市上滝を扇頂とする扇状地を形成し、富山平野を拡げ、富山湾に注ぐ。水が豊かなればば、稔り豊かなると。ここでまた普羅をあげよう。

「破壊の天才常願寺川に至つては、今に至るも巨豪立山の懐に食ひ入り、立山を削り取つて居る」「然し其の為めに苗田の水も稲田の水も年毎に少しの不自由も感ぜず、又私達の井戸も四時清冷な水を高く吹き上げて居るのである」（『渓谷を出づる人の言葉』）

苗田水堰かれて分れ行きにけり　　普羅

これがそっくりわが九頭竜川（別名、崩レ川）の流域に広がる扇状地の郷里の景そのものなのである。川にはアユの群れがそう、水の面が銀の色に、光るようにも遡ってくる。えっけぇのが、ぴんぴんと音を立て跳ねるほどに、もうえっぺぇ。おそらくわたしらの郷とおなじぐあい。まことに早春から初夏にかけて富山平野はほっこりと爽快で心地よいかぎり。しかしやがてくる夏はどうであろう。

＊

立山のかぶさる町や水を打つ　　普羅

いやひどく夏の富山は暑いのったら。フェーン現象の影響で気温は急上昇、打ち水は住民の知恵で日課なのだ。うだること地獄の茹で釜よろしいさま。酷暑の富山、くわえていま一つこの詩をみられたい。

ほしがれひをやくにほひがする
ふるさとのさびしいひるめし時だ

板屋根に
石をのせた家々
ほそぼそと　ほしがれひをやくにほひがする
ふるさとのさびしいひるめし時だ
がらんとしたしろい街道を
山の雪売りが　ひとりあるいてゐる

少年の日郷土越中にて　　田中冬二「ふるさとにて」（『青い夜道』一九二九）

田中冬二（一八九四〜一九八〇）。福島県に生まれる。だけど幼時に父母が相次いで亡くなり、銀行業を営む叔父・安田善助（安田銀行〈現、みづほ銀行〉頭取）に養育される。しかしながら本人は父の郷里下新川郡生地《いくじ》（現、黒部市）を本籍と定めている。冬二、銀行員として働きつつ、叙景詩を多くする。まずこの詩の「山の雪売り」について。こんな冬二の回想がある。

「立山のカンカン、立山のカンカン、と雪売は、板屋根に石をのせた家の並ぶ小さな町を呼びながら歩いた。町はうしろがすぐ浜で漁師の家が多かつた」「山のカンカン雪は氷のやうに固く鋸で挽いた。祖母はカンカン雪をコップに入れて砂糖をかけてくれた。……。／板敷に敷いた花茣蓙の上で足を投げ出して私たち兄弟はたのしく食べた」（「山の雪売」「北方風物」一九四六・一二）

立山の雪、氷室にそれを貯蔵しておく。夏が来ると「立山のカンカン」と売り歩く。立山は、崩れると恐ろしいかぎりだが、涼しげな恵みもまたもたらす。だがことはなにも「立山のカンカン」ばかりではない、われらがほうでは「白山氷《はくさんこおり》がばり〳〵」というのがあった。

「氷々《こおりこおり》、雪の氷と、こも俵《だわら》に包みて売り歩くは雪をかこへるものなり。鋸《のこぎり》にてザク〳〵と切つて寄越す。日盛《ひざかり》に、町を呼びあるくは、女や児《こ》たちの小遣取《こづかいとり》なり。夜店のさかり場にては、屈竟《くつきょう》な若い者が、お祭騒ぎにて売る。……。行燈《あんどう》にも、白山氷《はくさんこおり》がばり〳〵と遣《や》る」(「寸情風土記」『鏡花随筆集』岩波文庫)

＊

北陸道。どこも夏は暑く蒸すも短く過ぎている。やってくる秋もたちまち去ることに。やがて雪の降りしきる長い冬がいすわる。立山、常願寺川、厳寒の雪国。というところで唐突につぎの名前をあげたくある。

青木新門《しんもん》(一九三七〜二〇二二)。本名、幸男《ゆきお》。作家・詩人。下新川郡入善町《にゅうぜんまち》出身。経営する飲食店の倒産を機に、昭和四八(一九七三)年、冠婚葬祭会社に入社、納棺専従社員(納棺夫)となる。平成五(一九九三)年、葬式の現場の体験を活写した『納棺夫日記』を地元出版社の桂書房から出版、ベストセラーとなる。これがのちにかの有名な映画『おくりびと』(滝田洋二郎監督、本木雅弘主演　二〇〇八)の原作とされるにいたる。

まずそこらを手短にみておこう。最初、本木が本作に痛く心動かされ、青木を直接に訪問、映画化の許可を得たとか。だがその後に両者の間に齟齬が生じること。まずなんと舞台が富山ではなく山形に設定されていた。というこの一件のほか諸点で見解の相違があって合意にいたらぬ。そんなこんなで青木作とはちがう作品として映画化したという経緯があったとやら。

さて、それではページを開くとどうだろう。『納棺夫日記』冒頭一行。いやはやなんとも寒そうなのったら。

「今朝、立山に雪が来た。/全身に殺気にも似た冷気が走る。今日から、湯灌《ゆかん》、納棺の仕事を始めることにした」。そうしてそれからどれほどか。「鉛色の空からは、絶え間なくみぞれが落ちてくる。このみぞれに濡れたうら寒いモノクロ風景こそが、この地方特有の貌《かお》なのである。／気象が風土の貌を作ってゆく。山に雪が降っているのでなく、雪が山を作ってゆく」（引用・以下『納棺夫日記 増補（改訂版）』文春文庫）。

なんという、まるでどこか普羅氏の地貌論よろしくある、ではないか。それはしかし、この「雪が山を作ってゆく」とは、どうであろう。いやはやじつになんともこれは、道元の偈頌「雪頌《ゆきのじょ》」に詠む「今冬忽覚雪成山（今冬忽ち覚ゆ、雪、山を成すと）」の一行、からいただいておいでは。新門氏、これからもなかなかの学びの人であるとみられよう。くわえるに氏の仕事柄からくるのかその仏教観が頷けるものだ（参考⑮）。

ところでここでもう少し『納棺夫日記』に戻ってみてみることに。つぎのように仕事の行き来に常願寺川の堤防から立山連山を遠く眺めやるシーン。これがこちらなどにはどことなく、裏日本的、らしくにみえてならないのである。当方、そのさきしばしばおなじ目で九頭竜川を眺めやっていたものである。むろんもちろん背景はちがって白山なのであったが。

「東の空には、冠雪の北アルプスが赤い稜線を描いている。この壮大な光景を見ながら、川に沿って車を走らせていると、フロントガラスの前を赤トンボが飛んでいるのに気づいた。よく見ると、グミの群生する河川敷の向こうから、数千数万の赤トンボが平野に向かって飛んでいる。その三割ぐらいは、交尾したまま飛んでいる。／夏の間、弥陀ヶ原までいっていたトンボたちが一斉に戻ってきたのだ。そして、くすんだ茶褐色から鮮明な赤に変身して、壮大な夕焼けの空を飛んでいる。／……／暗くなった川面に、漁夫の乗る川舟が影絵のように見えた。鮭が溯上《そじょう》しているのだ。鮭もまたこの一瞬に、永遠の生命を信じて、川を上がって行く」

そのいつか川面に鮭の溯上をみている。それからほんとはやく季節はほどなく、「鉛色の空からは、絶え間なくみぞれが落ちてくる」、とたちまち初雪となっているのである。いやなんと温度の下がる速度であろうか。

「絶え間なくみぞれが……」。というこの一節につなげて、さきにあげた冬二のつぎの一篇をかさねてみると、ちょっとは感受されるのでは。いやまったくこの地の寒冷の凄すぎるありさまを。

みぞれのする町
山の町
ゐのししが　さかさまにぶらさがつてゐる
ゐのししのひげが　こほつてゐる
そのひげにこほりついた小さな町
ふるさとの山の町よ
――雪の下に　麻を煮る

「みぞれのする小さな町」（『青い夜道』）

いったいこの「山の町」はどこなのか。生地の近辺の町部か。わからないが先年冬、当方、立山町にあったとき。それこそデジャヴュさながら? この「ゐのしし」を目にしている、そればかりか、あまつさえ喰っているのだ。そうしておまけにその晩餐詩をものしてまでいると（参考⑯）。ときにむろんそんな「麻を煮」などしていなかったが。

しかし冷えるのったら。なんともうどこにも光が漏れないほどまでにも。ほんと暗くあるばかり。そうであるここでもそう、高島の詩片、をもってしまいとしよう。

あの雲の背の上では太陽が輝いているとは誰れも思うまい
太陽が輝いているのだが見えないだけだと誰れも思うまい
ただ雲だけあるのだと思うだろう　　高島高「北海」

第七章　北越

親不知《おやしらず》　沖　一——中野重治《なかのしげはる》
田中冬二　山本和夫　深田久弥　中野鈴子

今日は親知らず・子知らず・犬戻り・駒返しなどいふ北国一の難所を越えて疲れ侍れば、枕引き寄せて寝たるに、一間隔てて面《おもて》の方に、若き女の声、二人ばかりと聞こゆ、年老いたる男の声も交じりて物語するを聞けば、越後の国新潟といふ所の遊女なりし。

一つ家に遊女も寝たり萩と月　　芭蕉『奥の細道』

やっといよいよ親不知までくることに。まずはここでこの地において翁が同宿するのが若き遊女なることに気をとどめられたし。これがここらでは物珍しくない情景であったろうから。

それはさて北陸道をめぐって。さきにその最たる特徴として「ぎりぎりに海と山が蛇行するようにつづく」「山がすぐうしろに迫ってきている」ことを第一に記しておいた（参照・第一章「敦賀」）。

親不知、ここはその極北的地点でこそある。飛驒山脈の北端が断崖をなして日本海へ雪崩れる岩石海岸（山狂いには北アルプスの高峰から海抜〇㍍の親不知までの長縦走路コースの栂海《つがうみ》新道がある）。親不知駅がある歌《うた》集落から、西の市振《いちぶり》地区までが親不知、東の勝山《かつやま》地区までが子不知。その間約一五㌔の海岸を併せて、親不知子不知とも呼ばれる。断崖は三〇〇～四〇〇㍍の高さ。むろん旧北陸街道の最凶的難所だった。

尾山篤二郎（一八八九～一九六三）。金沢市生まれ。歌人・国文学者。この人の歌にある。

親は子知らず子は親知らぬ北国の有磯《ありそ》にとまる汽車はさびしも　「親不知」（『草籠』）

親不知を過《よ》ぎる、汽車は寂しい。当方幼少時のころは、うら哀しい、蒸気機関車であった。ぼうっと、煙を吐く、ぼうっと。車窓から暗い海が間近に迫り覗いた。それからのちにこの地を詠む田中冬二の詩を知ることになった。冬二、ゆえんあって沿線の小駅のある生地を本籍とするのだと。

北陸線の
能生《のう》　梶屋敷《かぢやしき》　糸魚川《いといがは》　青海《おをみ》　親不知《おやしらず》　市振《いちぶり》　泊《とまり》　入善《にふぜん》
みんな何といふさびしい名であらう　「北陸にて」（『晩春の日に』）

青海といふ駅
しらしらと夜明のうすあかりの中に
日本海は荒れてゐる　「日本海」（『海の見える石段』）

冬二詩にしばしば名がでてくる親不知。親子が互いに顧みる暇もなく断崖の波打ちぎわの波間を走り切る。それが名称の由来だとか。名勝の風波《かざなみ》と浄土《じょうど》の間一・五キロは最大難所で、海食洞の大ふところ・小ふところ、大穴・小穴の避難所、両側の波よけ観音、波よけ不動がある。

＊

ここでさきに現在もよく歌われる合唱曲「親しらず子しらず」をみてみよう。これがじつは作詞作曲ともに裏日本人になるものだ。作詞・山本和夫（参照・第一章「小浜」）。作曲・岩河三郎（一九二三～二〇一三）、富山市生まれ。

荒磯《ありそ》の岩かげに
苔むした地蔵が
かすむ沖をじっと見つめている
子を呼ぶ母の
叫びが聞こえぬか
母を呼ぶ子の
すすり泣きが聞こえぬか

旅に病む父親のもとへと
心を急がせた母と子に
北溟《ほくめい》の怒濤が
グワッと爪を立て

次々に二つの悲しき命を
うばい去ったという

いやどうしてこんな救いのないような合唱曲をよりによって歌わせるのであろうか。このことに関わって浮かんでくる。わたしらのような山ガキらも、爺や婆から「親しらず子しらず」の話を聞かされた、ほんとうに耳タコもよろしいまで。それがもう哀しくも辛いことったら。どのように説明したら理解がゆくだろう。いまにして思い返せばそれは、真宗の教えに則る、親子の在り方を、それとなく子に諭すおはなし。そのような訓育めいた法話のたぐいだか。それはどことなし報恩講《ほうおんこう》的なものにきこえた（註・報恩講は、浄土真宗の開祖親鸞の祥月命日の前後に、救主阿弥陀如来並びに宗祖親鸞に対する報恩謝徳のために営まれる法要）。これがわたしらガキまで招じ入れ町内会ごとお寺さんや、はたまた持ち回りで個人宅にて行われたものであった。

さらにのちにその恐怖を倍加するあんばい。小学校国語教科書の森鷗外「山椒大夫」。あのおぞましい人買いの口舌がくわわるのだ。

「陸を行けば、じき隣の越中の国に入る界《さかい》にさえ、親不知子不知《おやしらずこしらず》の難所がある。削り立てたような巖石の裾《すそ》には荒浪《あらなみ》が打ち寄せる。旅人は横穴にはいって、波の引くのを待っていて、狭い巖石の下の道を走り抜ける。そのときは親は子を顧みることが出来ず、子も親を顧みることが出来ない。」（『日本の文学3　森鷗外（二）』中央公論社）

ついてはここでまた前田普羅におでましねがおう。そのさき普羅の言葉を引用している（参照・第五章「口能登」）。そこではこんなふうに地貌論的におよんでおいでだ。

「越後、越中の間にある親不知の嶮岨は、江戸と加賀との大衆的文化関係を断り放した」（「序」『能登蒼し』）

ことはなにも「大衆的文化関係」のみではない。「親不知の嶮岨」は、いっぽうで逆にこの地での真宗の伝搬に大きく寄与したろうが。しかしながら「断り放し」ということでは、それがなんとも明治になりなおひどく鉄道敷設にはじまり学校開設ほかいろいろ、なにからなにまで「断り放」されっぱなし。もうとんでもなく多く遅れさせられることに……。

＊

それはさて恐ろしかった！　富山県と接する地点、新潟県糸魚川市大字歌字平、北陸本線の親不知駅。きっとそうだ、ここに降り立てば旅の誰もみな、わかるだろう。

「親不知の絶壁の裂け目に「歌」と云ふ六七戸の部落がある。汽車がトンネルから此の裂け目に出て五六秒すると又次のトンネルに突き入る。此の五六秒の間に北側の汽車の窓から下に此の寂しい六七戸が見えるのだ」「北陸道は此の部落を東西いづれへ上つても、直ぐ海抜二百メートルの絶壁を這つて居る」（前田普羅『渓谷を出づる人の言葉』）

「親不知の絶壁の裂け目……」。東京帝大生の沢木欣一（参照・第五章「口能登」）、おそらく夏季休暇の帰省か上京の車窓越しだろう、「親不知　八句」（『雪白』）として詠む。いやこの絶壁の眺望はどうだ。

雪崩止《なだれどめ》向日葵ことごとく海に向く
いなびかり真昼断崖砂ひかり

歌などと優雅で寂しげな名前のこの村。いつかこちらもここに降り立ってすぐに踵を返したことがある。しかしなんとも暗く哀しい村であるのったら！　じつはここはそう、有名な水上勉『越後つついし親不知』の舞台、となっているのだ

「海はちりめんじわのあかね色、空は橙いろに金糸をはしらせた来迎の絵屏風。美しい親不知の海にいま身をはてて死ぬるより生きようとおしんは思うた」

というところぐらいをとどめて。感涙物っぽいといいおうか催涙劇らしくあるような水上節。みなさんにあたっていただこう。またもやここで冬二をみられたくある。

太平洋の沿岸は　朦夜であるのに
日本海岸は　未だ吹雪が流れてゐる

「春」（『海の見える石段』）

＊

「表」は「朧夜」であるのに！　「裏」は「吹雪」なのだとは！

親不知、ここまでみてきたが本命となると、まずこの一篇をおいてないのでは。中野重治「しらなみ」（引用・以下『中野重治詩集』ナウカ社　一九三五）。

こゝにあるのは荒れはてた細ながい磯だ
うねりは遥かな沖なかにわいて
よりあひながら寄せて来る
そしてこゝの渚に
さびしい声をあげ

秋の姿でたふれかゝる
そのひゞきは奥ぶかく
せまつた山の根にかなしく反響する
がんじような汽車さへもためらひ勝ちに
しぶきは窓がらすに霧のやうにもまつはつて来る
あゝ　越後のくに　親しらず市振《いちふり》の海岸
ひるがへる白浪のひまに
旅の心はひえびえとしめりをおびて来るのだ

中野重治（一九〇二〜七九）。越前は坂井郡高椋村《たかぼこ》一本田《いっぽんでん》（現、丸岡町）に、自作農兼小地主の次男に生まれる。大正八（一九一九）年、長兄病死。跡取りとしての自覚をもたされる。同年、福井中学卒業、旧制四高入学。在学中より短歌、詩、小説などの習作を発表。一三年、東京帝国大学入学。一五年、堀辰雄らと「驢馬」創刊。昭和三（一九二八）年、全日本無産者芸術連盟（略称ナップ）結成、機関誌「戦旗」創刊に参画。プロレタリア文学運動の代表的詩人・評論家として政治と文学のあり方をめぐって論陣を張るなど精力的に活躍する。

東京帝大生・中野、前述の沢木と同様、帰郷時と、上京時と、列車は北陸本線・福井↕（直江津乗換）↕信越本線・東京を利用だ。貧乏学生であれば鈍行列車であろう。いやたまには特急だったとしてもかなりな時間がかかった。

ガッタンと列車が親不知駅に停車せんとする。しばらく汽笛が響き通過してゆく。戻るときも、去るときも。そのたびごときまってだったろう。胸のうちは、それこそ打ちよせ「たふれかゝる」浪のごとく、騒ぎつづけ。そんなふうであったのではないか？

なんでそんなって。中野、ここにきてなにごとにつけ郷里の父との葛藤を抱えつづけていたのだ。

どうしようもなく。でまったくあれこれと煩悶やむことのないしだい。ずっとひとり睨むようにもして、「がんじような汽車」にたえず「霧のやうにもまつはつて来る」しぶきの「窓がらす」、それをじっと眺めやっていたろう。

「荒れはてた細ながい磯」を、「ひるがへる白浪」を。

＊

昭和七（一九三二）年四月、中野、治安維持法違反容疑で逮捕される。約二年間の勾留後、九年五月、転向を条件に出所。そしてその夏を故郷一本田で過ごしている。

自伝的作品「村の家」（「経済往来」一九三五・五）。ここではこの夏の生家での父と子の対立が描かれることに。どうもこうも噛み合いそうにない、頑迷固陋な自作農兼小地主の父孫蔵と、帰省養生中の獄中転向した息子勉次の、つぎのような遣り取りをみられよ。ふたりの間に酒盃が置かれてある。


孫蔵は咳払いして飲んだ。勉次も機械的になめた。

「いつたいどうしるつもりか。」孫蔵はしばらくして続けた、「つまりじや、これから何をしるんか。」

「…………」

「おとつつあんは、そういう文筆なんぞは捨てるべきじやと思うんじや。」（略）

「…………」

孫蔵はまた飲んだ。

「よう考えない。わが身を生かそうと思うたら筆を捨てるこつちや。」（略）

「どうしるかい。」

勉次は決められなかつた。（略）。「よくわかりますが、やはり書いて行きたいと思います。」

「そうかい……」

孫蔵は言葉に詰つたと見えるほどの侮蔑の調子でいつた。


というところで思い出されたくある。このあたりの会話はなんというか、そのさきにみた鮎川信夫の父子関係（参照・第三章「石徹白」）とおなじよう、まったくの齟齬ぶりはどうだ。なにをいっても心が通じそうにない。それはむろんのこと在所に残る農業従事者の父と、いっぽうは首都へ出た農本主義者の父とのちがいはあるが。あえていってしまえばいずれどちらとも、裏日本的、でしかありえないのはあきらかであろう。

＊

「しらなみ」。いやしかしどういう、なんとも胸にしいんと染み入るような調べではと、とられないだろうか。このことの関わりで、つぎの名をあげよう。深田久弥、中野の中学と大学の後輩だ。まずこんな深田の回想をみられよ。

「十九歳の時、始めてここを通って東京に出て以来、私は何十回ここを往復したことか。私と同じ中学を出た中野重治君の若い頃の詩に「しらなみ」がある」。としてさきの詩の一節を引いてつづける。

「私はいつもここを汽車で過ぎるだけで、いつも中野君の詩を口ずさみ、裏日本という言葉の感じがこれほど切実に表現されている風景はないだろうと、思い返すのが常であった」（「親不知、子不知」『世界教養全集別巻1』平凡社）

「裏日本という言葉の感じ」。いわれるまでもなく頷くばかりである。わたしら年離れた戦後裏日本人末裔とて実感している。よくおぼえていて忘れてはいないのだ。ところで深田はというと、そのいつか陽春のころだ。おもいがあって親不知の駅を降りると、ひとりぶらりと海岸沿いに歩き回るのだ。「本当に誰もこんな何にもない海べなどへやってくるものはないのだ。何にもないけれど私にはすべてがあるような気がする」と。そしてつぎの中野の詩「浪」の一節を引いていうのだ。「親知らず子知らずは、本当に波だけのあるところだ」

人も犬もゐなくて浪だけがある
浪は白浪でたえまなく崩れてゐる
浪は走つて来てだまつて崩れてゐる
浪は再び走ってきてだまつて崩れてゐる
人も犬もゐない
浪の崩れるところには不断に風がおこる
風は磯の香をふくんでしぶきに濡れてゐる
浪は朝からくづれてゐる
夕方になってもまだ崩れてゐる

「崩れてゐる」……、「崩れてゐる」……。とくにどこと名はないのだが。どこでもない、親不知、でしかない。ここでちょっと止まってみたい。「崩れてゐる」……、「崩れてゐる」……。

おまえは歌うな
おまえは赤ままの花やとんぼの羽根を歌うな

中野、「歌」なる作で断固と訴えた。「すべての風情《ふぜい》を擯斥《ひんせき》せよ」と。だけどこれらの作の物寂しさといったらどうだ。文学前衛の剛直さもまるでなさげ、いやなんとも心優しく「風情」をそそるふう、抒情詩人の典型みたいではないか。はたしてこれは故郷の海ゆえのことだからなのか。

＊

ここでこんな一篇をくわえておく、正月帰省したろう息子重治らしきが、ひとりひっそり独白するぐあいの。つぎの詩「夜が静かなので」である。

何ごとも意にまかせず空《むな》しく六十になる父のかなしみが
髭《ひげ》なぞは白くなつて鼾《いびき》をかいて眠つている
大きな不幸でも来るようでしよつちゆう心配でならぬ母のかなしみが
晩にはいつた風呂のせいで頬のとがりにあわれな赤みをさして
口をあいて眠つている
その母に抱かれるようにして
その母とさつき泣き泣きいさかいをした
すこし正直すぎる出もどりの姉むすめのかなしみが眠つている
みんな炬燵にはいつて眠つている
むこうではまだ稚《おさな》いかなしみが二つ

…………

おなじ夜着《よぎ》のなかでもう寝入つてしまつた
そしてこのうからやからを担《かつ》いで行かねばならぬ息子のかなしみが
どうやら火鉢を撫でながらまだ眼をあいている

「父のかなしみが……鼾をかいて」、「母のかなしみが……口をあいて」、以下「眠っている」と順につづける、リフレイン、裏日本的、リフレイン。「そしてこのうからやからを担いで行かねばならぬ」。などというあたりいかにも、跡取りとしての自覚、よろしくあるのではないか。というところでここから、「すこし正直すぎる出もどりの姉むすめ」、についておよぶことにしたい。

中野鈴子（一九〇六〜五八）。重治の四つ下の妹。旧家の体面でしいられた結婚にあらがって二度の離婚。昭和四（一九二九）年、兄をたよって上京。翌々年、日本プロレタリア作家同盟に加入した。鈴子にこんな詩「花もわたしを知らない」（『花もわたしを知らない』創造社　一九五五）がある。

父は大きな掌《て》ではりとばしののしった
父は言った
この嫁入りは絶対にやめられないと

とりまいている村のしきたり
厚い大きな父の手

わたしは死なねばならなかった
わたしはおきあがって土蔵を出た
………
わたしは死ななければならない
誰もわたしを知らない
花も知らないと思いながら

いやはやちょっと目を覆いたいようなありさま。こんな「父」がいて、ほんとう、裏日本的、なること、こんな「姉むすめ」がいた。それがここらでは当たり前のことだったのだ（参照・佐多稲子「沖の火」「展望」一九四九・一二）。

しかしなんでどうしてと首を傾げてしまいたくなる。重治兄は難しいことをいうばかりで、このあまりな「父」を「はりとばし」組みふせしてでも、妹鈴子を助けられなかったものか。そんなおかしくないかと唾が溜まってきてならない。などとどうにも舌足らずにしか述べられない。難しいのだぞの、くぐもりがちで、どういうか政治前衛、中野重治らしからず、はっきりしない、心のありようが。うまくちゃんと要領いいように纏《まと》められない。

「崩れてゐる」……、「崩れてゐる」……。なんてただもうそんな頭の芯もぼっと繰り返されるばかりなありさま。「眠つている」……、「眠つている」……。

＊

そこらはわからない。よくわからないが、どういおうか、中野重治が表日本人ならぬ正真正銘の裏日本人、なろうあかし、どうしようもない。いやどうしようも。

しかるにそこらのことをどのように説明したら理解がゆきわたるようになるのだろう。こんな詩がある、「挿木をする」、これを引きたい。そしてどうにも当方ごときにはお手上げよろしければ読者にゆだねよう。

今日は三月二十一日
ほのかにこな雪がちらついて
あたたかな春の彼岸《ひがん》の中日です
おいで妹たち
僕らは挿木をしよう
お祖父《じい》さんやそのまたお祖父さんたちがやつたように
今日はほとけの日で挿木の日だ
雪は僕らの髪の毛にかかろう
そして挿木はみずみずと根をさそう

春の彼岸、春分、木々は芽吹き、春の気配が、野山に満ちる。ひらひらと蝶は舞い、ぴいぴいと鳥は囀《さえず》る。生命が躍動する季節の節目。このとき寺では彼岸会《ひがんえ》の法要が行われ、生物を育てゆたかな稔《みのり》をもたらす太陽を祀り、祖先に感謝して加護を願う。家々では牡丹餅《ぼたもち》をつくり、赤飯をたいて、親戚やご近所にくばる。

「今日は三月二十一日」。重治少年はある特別行事をする。その朝、重治兄《あん》ちゃんは「おいで妹たち」と、鈴子をはじめ三人の妹たちを庭へさそう。みんなで「挿木をしよう」と、それは何の木だろう、切った細枝を三人に渡す。そうしてお手本よろしく地面に挿してみせる。こうしておけば、しぜんに根が生えるでのう、ふしぎやろうのうと。きらきらと目を輝かす妹たちに兄らしく説き聞かせながら。

ずっとそのまたずっと昔から「お祖父さんやそのまたお祖父さんたち」も同じようにしてきたんやのう。なんでやってか？　そりゃ「今日はほとけの日で挿木の日だ」からや。どうやら農家の中野家においては春の彼岸に挿し木をするのは祖先伝来の儀式らしい。わたしらの大野においても農部の大家などでこの風習はみられた。だけどよほど中野の家は篤実だったのやら。

「こな雪がちらついて／あたたかな」陽がこぼれる。庭先で幼い子らが、そんなふうに笑い興じながら挿し木をしている。「挿木をする」。ちゃんと庭土に根付くように。重治は、跡取り。おもうにその心の根もここの土地にそれは深く張っていたはず。

それがしかしどうだろう。重治でなく、なんとも跡を取ったのは、鈴子という。それはどうしてだって。こういうことである、兄様には中央で重要な任務あり、というようなしだい。であればあとは下の者らで宜しく計らいたまえという。いまここで仔細にはしないが、ここらの困窮した土地において、よくみられる相続のしかただ。世に出た兄様は下の者らに余剰の銭を送る。いうならば逆張り的とみられる一統の継ぎようだと。ここらもまた、裏日本的、といえようか。

昭和一一年、鈴子、結核療養のため帰郷、父母を助けて農業に就く。以来、父の死、戦後の農地解放、震災で家屋倒壊、母の死、などなど数々の不幸のなか、女手一つで馴れぬ野良仕事に励む。さらに文学誌「ゆきのした」を創刊し、一農婦の立場から純朴一徹な詩作をつづける。

二一年、四〇歳。鈴子、詩「年とった娘のうた」に書く。

わたしは田を打つ　打つ

力いっぱい鍬を振りあげる
さかさに草むしり
それを泥に埋めて手のひらで撫でる
おしゃれ女が目のふちを撫でるようにていねいに
…………
あわれな娘　年とった娘
わたしは生きかえろう
土地は生きかえろう

穀倉地帯の広大な坂井平野。丸岡町一本田はうっそうたる庭木をめぐらした約三〇〇坪の中野家屋敷（いまはもう面影とてないが）。困難を乗り越えてつましく土と生きた鈴子。三三年一月、永眠。享年五二。いま生家跡に「ここに生まれ／ここに育つ」と刻まれた重治碑と、重治が建てた「花もわたしを知らない」と刻まれた鈴子碑が立つ（参照・『詩人中野鈴子の生涯』稲木信夫　光和堂　一九九七）。

親不知、子不知……。帰郷、戻るとき。上京、去るとき。中野重治、胸中悶々……。

出雲崎《いずもざき》　寂　一良寛《りょうかん》
坂口安吾　井月　水上勉

【良寛《りょうかん》】江戸後期の禅僧・歌人。号は大愚。越後の人。諸国を行脚の後、帰郷して国上山《くがみやま》の五合庵などに住し、村童を友とする脱俗生活を送る。書・漢詩・和歌にすぐれた。弟子貞心尼編の歌集「蓮《はちす》の露」などがある。（一七五八〜一八三一）（『広辞苑』第六版）

北越は雪の本場だ。鈴木牧之『北越雪譜』（一八三七。岩波文庫）、みなさんこの本を読まれただろうか、ここはドッカンと雪が降るところなのだ。ついてはつぎの小説の一節をみられたい。坂口安吾（一九〇六〜五五）。地元、新潟市生まれ。安吾、馴染みの旧東頸城《ひがしくびき》郡松之山村（現、十日町市松之山）を舞台にした短編「黒谷村」、そこに降る雪の凄いこと！　こんなふうに悪しざまにも書くほどである。

「一年の半《なかば》は雪に鎖され、残りの半《なかば》さへ太陽を見ることはさして屢《しばしば》でないこの村落では、気候のしみが人間の感情にもはつきり滲み出て来るのだつた」「一年の大部分は陰惨な雲に塗りつぶされて、太陽の光を仰ぐといふことは一年にただ一回の季節であつた。瞬時《ときのま》にその夏も亦暮れる」（「青い馬」第三号岩波書店　一九三一・七）

いやほんと、こんなにまでも歯軋りせんばかりの苛立ちようったら、よくわかる。その昔、新潟への途次、当方、冬の汽車旅で二度、とんでも雪で車中に足止めを喰っている。一度目は、学生時代、柏崎で。二度目は、三十余年前、弥彦で。

そのときどき車窓いっぱいうず高い雪を目に偲ばれたのは良寛のことである。ときにいつか読んだ沼空の「良寛をおもふ日など」と詞書きする一首を想いだしつつ。良寛、こんなにもひどい雪のなかで独りずっと暮らされていたのだと……。

年たけて還り来し　わがふる里は、冬長くして、山もま白き　『倭をぐな』

宝暦八（一七五八）年一〇月、良寛、名は栄蔵、出雲崎の神社の祠職も務める名主・橘屋の長男に生まれる。長子であれば跡を継ぐために名主見習いをしたが、村人の争いを調停し、盗人の処刑に立ち会う役職に耐えず。二年目の一八歳、突如出家して子供の頃より勉学を積んだ曹洞宗光照寺にて修行を始める。いかな両親の説得も聞かず頑なに勤行に邁進するのみ。かくしてさらに深い境地を求めやまぬこと。安永八（一七七九）年、二二歳、備中玉島（現、岡山県倉敷市）円通寺の国仙和尚に出会い得度。師に従い円通寺へ赴く。僧名、良寛を戴く。

寛政二（一七九〇）年、良寛、三四歳、国仙から印可を賜り、「良《りょう》や愚《ぐ》のごとく道《みち》うた寛《ひろ》し」、と認《したた》める偈文《げぶん》を授かる。翌年、諸国巡りに立つ。父以南《いなん》（寛政七年、京都桂川にて投身自殺？　享年六〇）の訃報を受けても帰らず。放浪の旅をつづけた果て、寛政八年、三九歳、帰郷。しかし出雲崎の生家には草鞋を脱がず三里北にある郷本《ごうもと》（現、長岡市寺泊）の空庵に入る。なぜどうして、そこらの事情は一八歳の突然の出家と同様で不明なるまま、とされている。そして郷本の空庵に住んで半年後、国上山中腹の国上寺《こくじょうじ》境内五合庵へ移る。こののちおよそ一二年ばかり仮住いするにいたる。

ところであれはいつのことか。とある冬にここを訪ねたが、ひどく底冷えして、とても寂しげな処だった。ぶるぶるふるえやまなかった。

良寛、五九歳、五合庵での階段の昇り降りが辛くなり、国上山山麓の乙子《おとご》神社草庵に移り、そこに六九歳まで住むよし。だけどそこも、またいやなんとも寒そうでしぜん首がすくむみたいな、ようすだった。

当方山のほうは、奥越大野産、雪国育ちである。それだけになおその旅のあと、老いた良寛さんの暮らしが、つよく偲ばれてならなかった。それからどれほどか、つれづれに良寛さんの老いと寒さの歌などを墨書したりして、いたようなことがある（もっとも漢詩もしばし試みたが、とても難しくてお手上げだった）。でどうしてかその束を捨てられなかった。さきに家探しをしていて物置の段ボール箱から発見なったなどという経緯がある。

良寛論考は汗牛充棟。こちらごときの出る幕はありえない。ここにその反故マイ・リョウカン・アンソロジー抄録することに。それをもって責を果たすとしよう。

良寛の和歌についてそう、こちらみたいな初心に格好の鑑賞の手引きとなる、最良の入門選がこれだろう。斎藤茂吉「良寛和歌集私鈔」（『斎藤茂吉全集　第九巻』岩波書店　一九七三）。

「良寛の歌は総じて平淡単純であるから、左程にも思はない鑑賞者が多いと思ふが、その境地といひ調子といひ、なかなか手に入つたものである。流俗の歌の気取とはしやぎの域を脱して渋味と底光と落著がある」

ではここから茂吉のいうところの、「渋味と底光と落著」、それをたたえる和歌をみてゆこう（引用・以下『校註　良寛全歌集／詩集／句集』谷川敏朗　春秋社　二〇〇七）。

＊

飯乞《いひ》ふと里にも出《い》でずこの頃は時雨の雨の間なくし降れば

一一月、初時雨の候ともなると、冷たい吹き振りに庵に閉じ込められる日が長くなる。いよいよ寒い冬の始まりである。なんという、長時雨で村里へ「飯乞ふ（托鉢）」に出るもならず空腹をかこち鬱然と雨脚を眺めやる、ばかりとは。かくして日はむなしく暮れてゆく。庭の柿の木に一つ熟れ残る木《き》守柿《もりがき》、もうあしたにも雪が降りだしはじめ、たちまち越すに堪えない長い冬がきている。

吾が宿は竹の柱に菰すだれ強ひて食しませ一杯《ひとつき》の酒
雪あられ槇《まき》の板屋に降る音を聞きてすすめむ一杯の酒
山かげの草の庵はいと寒し柴を焚きつつ夜を明かしてむ
埋み火に足さしくべて伏せれども今度の寒さ腹に通りぬ

五合庵、柱は竹、戸は菰、屋根は板葺き、八畳ほどの筵敷。雪霰が板屋根に降る音を聞きながら、君と熱いのを酌み交わそう。良寛、すこぶる酒好きである。だけど囲炉裏に「柴を焚」き暖を取ろうにも、ときにはその「一杯」も切れたりして、さぞかし寒かったろう。いやほんとまったく「寒さ腹に通りぬ」の冷えようはといったら！　それがどうだろう。

飯乞ふと里にも出《い》でずなりにけり昨日《きのふ》も今日《けふ》も雪の降れれば
今よりはつぎて白雪積もるらし道踏み分けて誰《たれ》か訪《と》ふべき

ここにきて激しい連日の降雪で托鉢にも出られない。これからまだまだ降りやまずどんどん積もるのだろう。険しい道を踏み分けて誰がこの庵を訪ねてくれようか。ほんと誰でもいい、すぐにも来てくれ。

み山辺のけさの白雪踏み分けて草のいほりを訪ひし君はも

山辺に積もった今朝の白雪を踏み分けて、わざわざ訪ねてくれたのはやはりお主だったか。これは麓に住む庄屋で造り酒屋の歌友・阿部定珍《さだよし》なろうか。定珍は、良寛より二十以上年下だが、しばしば庵を訪ね良寛と歌を詠み交わした。むろんそのときには瓢《ひさご》をぶら下げておいでなすった。

ひさかたの雪踏み分けて来ませ君柴のいほりにひと夜語らむ

「ひさかたの」は雪の枕詞。雪を踏み分けておいでなさい。庵で一晩語り明かしましょうや。相手は鈴木文台《ぶんだい》（一七九六〜一八七〇）。儒者。江戸で亀田鵬斎に学ぶ。郷里の越後粟生津《あおうづ》に私塾長善館を開いた。文台、さきに一度五合庵を訪れたが、主は留守であったらしい。良寛とはだいぶ年下で、良寛の弟子の遍澄と仲良かった。いつも人待ちの良寛さんだ。

いづくより夜の夢路をたどり来しみ山はいまだ雪の深きに

どこから夜の夢の路を歩いてここまでやって来たのか。山々はまだ雪が深いというのに。歌の添え書きに「由之を夢に見てさめて」とある。由之《よしゆき》は、すぐ下の弟で、とても仲が良く、和歌の宗匠でもあった。兄弟でよく歌論しあったそう。お墓も隆泉寺（長岡市島崎）は良寛の隣に並んで建つ。

あわ雪の中に顕《た》ちたる三千大千《みちおほち》世界またその中にあわ雪ぞ降る

「三千大千世界」とは、須弥山《しゅみせん》を中心とした世界を一世界として、その千倍が小千世界であり、その千倍が中千世界、中千世界が千個集まったものを大千世界といい、これらを総称していう。歌意、深淵なろうが仔細、不明？　しんしんと降りつぐあわ雪、そのうちに宇宙が現出している。あわ雪がすべてを覆いつくす、ということはひるがえって、宇宙のすべては同じような現象に覆われ一つに繋がっている、と。いうならばこれは終日終夜雪に閉じ込められ独りする禅問答風詠と解したらおかしいか。

というここで一拍おくことにして。さきに道元さんが開いた大仏寺山の「足下には、福井の商人、近隣の農民、そのさきはるかに、三国雄島の漁師や海女らや、湊の船乗りや娼妓らが、のぞまれたのでは」と書いたが（第二章「永平寺」）。良寛の籠る五合庵からもこの地で生きる庶民の姿が窺えただろう。このことに関わって、さきの坂口安吾がその最晩年、飛び出した故郷に帰って書いた紀行「富山の薬と越後の毒消し」が素晴らしい。そこでは陽気な山麓の越後女の嬌声が活写されている。「毒消し部落は角田山の海寄りであるが、角田と弥彦をとりまく平野側には蟻のはいでる隙もなく新潟芸者の産地がギッシリたてこんでいるのである。その代表的なのが岩室《イワムロ》と地蔵堂だ。そして芸者の産地にかこまれた山の手に良寛さまの住んでた部落もあるのである。新潟古町のミヤゲ物屋へ行くと、良寛さまの書いた木の額の模型が売られている。／天上／大風／という文句である。このあたり、たしかに地上は風静かである。天上は大騒動に相違ない」（「中央公論」一九五五・三）

良寛、山の庵からしばしば下界をながめやり心に留めたことだろう。道元さんのお言葉をそれと。「坐禅の中において、衆生を忘れず、衆生を捨てず、ないし、蜫虫にまでも、常に慈念を給して」（『宝慶記』）

＊

文政九（一八二六）年、六九歳。一一月、冬を前に島崎村（現、長岡市）の百姓総代・木村元右衛門の招きで移住した。庭の二間四方の薪小屋、そこに畳を敷き住むことに。翌年春、いつかある尼が訪ねてくる。

貞心尼。寛政一〇（一七九八）年、長岡藩士の娘として生まれる。一七歳、小出の医師関長温に嫁ぐも、子供を授からず、二二歳で離婚。翌年、柏崎の閻王寺《えんおうじ》で剃髪、尼の修行を始める。文政一〇（一八二七）年、三〇歳の春、良寛の住む島崎に近い長岡は福島《ふくじま》の閻魔堂に移り住む。その年の四月半ば、貞心尼は、手毬を持って木村家庵室の良寛を訪ねる。良寛は、しかし旅中で不在につき、つぎの歌を木村家に托すのだ。

これぞこの仏道に遊びつつつくや尽きせぬ御法《みのり》なるらむ　　貞心尼
つきてみよ一二三四五六七八九《ひふみよいむなやここ》の十《とを》とをさめてまた始まるを　　良寛

六月、良寛、貞心尼からの手毬と歌を受け取って返している。この歌の「つきてみよ」には手毬をついてはという囁きに、私について（弟子になって）みてはという誘いが込められていようか。それから秋になって、貞心尼は初めて良寛に逢えた。その折の唱和が良い。

君にかくあい見ることの嬉しさもまだ覚めやらぬ夢かとぞ思ふ　貞心尼
夢の世にかつまどろみて夢をまた語るも夢もそれがまにまに　良寛

かくして初めて出逢った日から、貞心尼は良寛の弟子となり、直接の訪問や、手紙の交換で、お互いの心をかよわせ、心温まる親交をかさねる。しかしながら歳には逆らえないものか。文政一三・天保元（一八三〇）年、良寛、七三歳。夏頃から下痢の症状に苦しむ。以後、病状ははかばかしくなく、冬になる頃には庵に籠もって、人とも会わない。

ぬば玉の夜はすがらにくそまり明かしあからひく昼は厠に走りあへなくに

暗夜には夜通し下痢をして明かし、日中とて厠に走っても、間に合わなくなってと。もうこんなひどい事態になっている。貞心尼は、ときにつぎの歌を認めた手紙を出している。

そのままになほ耐へしのべいまさらにしばしの夢をいとふなよ君　貞心尼

ところが秋口になって、良寛の病状が重篤という知らせが届く。貞心尼が急いで訪ねると、病人はさほど苦しんでいる様子もなく、貞心尼の訪問を嬉しく思いつぎの二つの歌を詠んでいる。

いついつと待ちにし人は来たりけり今は相見て何か思はむ
武蔵野の草葉の露のながらへてながらへ果つる身にしあらねば

人の命は草葉の露のようにはかなく、いつまでも永らえられる身ではないことわり。この冬に「草庵雪夜作」を詠む。これはあきらかに遺偈《ゆいげ》としたものだろう。

回首七十有余年　人間是非飽看破
往来跡幽深夜雪　一炷線香古匆下
首を回らせば七十有余年、人間の是非飽くまで看破す。
往来の跡幽かなり深夜の雪、一炷の線香古窓の下。
〔大意〕七十有余年の人生をふり返ってみると、人間の是や非も、すべて見つくした。辿ってきた道も深夜の雪に埋もれてしまいそうだ。一本の線香が古窓にいままさに燃えつきようとしている。

年末、危篤。一二月二五日、弟の由之が見舞いに行った折、つぎのような歌の体《てい》をなさない雑体歌もどきが床の上に書かれていた。雪であるこの、降りはどうだ。

おく山の菅《すが》の根しのぎふる雪のふる雪の降るとはすれど積むとはなしにその雪のその雪の

貞心尼は、昼夜、一睡もせずに看病、日に日に衰弱してゆく良寛の姿を詠む。そしてもはやその刻が来ようとしている。

生き死にの境離れて住む身にもさらぬ別れのあるぞ悲しき　　貞心尼

生死《しょうじ》の迷いの世界から離れて仏に仕える身にも、避けることができない死別のあることが、たまらなく悲しい。最期、この貞心尼の歌に、良寛はつぎの句を返して息を引き取ったという。

うらを見せおもてを見せて散るもみぢ

天保二（一八三一）年、七四歳。一月六日、貞心尼や由之や木村家の主が見守る中、坐したまま入寂した。八日、葬儀。大雪にもかかわらず三百人近い会葬者があったと。ついでながら形見として幾枚か書写した辞世をここに再録しておきたい。これこそたしかな良寛の遺志とみられること。そのあたりの経緯はさきに祖述しておいた（参照・第二章「永平寺」）。

形見とて何残すらむ春は花夏ほととぎす秋はもみぢ葉

＊

良寛、一八歳で出奔、三九歳で帰郷。以来、三十余年にわたり、ふるさと人に温かく迎えられて、大往生している。ここでどうしても想起されるのは、良寛さん没して七年後に生まれた、よくわからない御仁のことである。

井上井月《せいげつ》（文政五・一八二二～明治二〇・一八八七）。俳諧師。本名、井上克三（克蔵）。別号に柳の家井月、他。「北越漁人」とも号した。出自については諸説あるが、ほとんど不詳なるまま。「本名が井上克三であり、越後長岡藩出身である」ことを、高遠藩家老・岡村菊叟に告げているが、長岡藩の文書が現存していないため確定は不能。ある調査に下級武士で刀磨師《とぎし》との一説あり（参照・『俳人井月

幕末維新　風狂に死す』北村皆雄　岩波現代全書　二〇一五）。

井月、安政五（一八五八）年頃、三〇代後半、伊那谷に突然姿を現す。それまでの行状はまったく不明であるが、巷説によると天保一〇（一八三九）年には江戸へ出ているという。以来、約三〇年の間、死去するまで上伊那を中心に放浪生活を送った。井月、一所不住の数奇な生涯を終えた俳諧師。はじめてこの人物を世に明らかにした本を出した人士がおいでだ。

下島勲（俳号・空谷）。伊那谷出身の医師。この人が少時に井月を見知っていた繋がりで井月作品を収集、大正一〇（一九二一）年、『井月の句集』を自費出版。下島が芥川龍之介の主治医であった縁から、跋文を芥川が執筆した。井月は芭蕉の「幻住庵記」（約一、三〇〇字）を暗記しており、ある紺屋の店先で、酒を飲みながら唐紙四枚に手本もなく書き上げたとか。その筆跡を見た芥川は評した。「入神と称するをも妨げない」と。

つぎにこの下島本から新しい井月像を描きだした鬼才がおいでだ。その再発見いや、また功績大なり。

つげ義春（一九三七〜）。漫画家。それは「蒸発」（「ｃｏｍｉｃばく　11」一九八六・一二）、シリーズ〈無能の人〉第六作である。当方、じつはさきにこの快作を俎上にして井月をめぐり私的な寸感をのべておいた（参照・拙著『つげ義春「無能の人」考』作品社　二〇二二）（参考⑰）。

＊

良寛と、おそらく真逆であろう、井月と。ともに越後人である。だけども時代、出自、性向などなど……。もろもろ大きく違《たが》える両人を並べて置くぐあい。あたらよしなしごとを費やすまでもあるまい。そうするだけである感じをえられるのでは。そのようにここまで綴ってきたしだいだが。くわえてここにいま一つあげておきたい。

水上勉「寺泊」（筑摩書房　一九七七）。この項のしまいに、この作はどうか。やはり雪なのだ。「よこしなぎの雪が寺泊の海岸へ降りかかる。海はよごれた灰いろで、高波は砂丘の砂をけずるせいか、褐色の長い布を吹きあげるみたいに空に高まる」。本作は冒頭、作者が、寺泊の海岸通りで、大雪のためタクシーでの通行ままならず、運転手がチェーンを探しに行って一人取り残される。そこから始まるのだ。

旅の目的は、作家が、地元の高校教師で良寛研究者A氏の『良寛書簡集』に感心し、来意を述べ、裏話を伺うためだ。さて、おおまかにこの短編は三つの小話からなっている。まずは、良寛の無心話。つぎに、作家の障害を持つ娘。さいご、突然の男女の登場。

良寛は、孤独を愛し、清貧を貫き、子供と手毬や、かくれんぼをして暮らした天真の人とされてきた。だけども真実はどうか。書簡の大半は、借金、米、味噌、薪などの無心の礼状だった。それは「伝説の聖人を、一挙に地へ降ろした感があり、実像を推察させるに少なからず力があった」と。

あたりまえだが坊さんも霞を食って生きてゆけない。しかし「耕しもせず、法も説きもせず、檀家《だんか》廻りもせず、ただ、乞食のようにほろつき歩いた坊さまを聖人だとした越後は」というと、ときにそれはひどい飢饉つづきだったのだ。

つづいて作者の次女をめぐり。A氏の奥さんが、娘さんへと手作りの手毬を渡してくれた、それを機に障害者の娘の話へ移る。彼女は生れつきの脊椎破裂症で重症の部類に入る障害児だ。その娘へ妻が、自分の骨を移植して、障害の軽減をみる。

作者は、いつも妻一人に介護をまかせて、信州に仕事場を持ち、ときどき東京に帰って娘と妻に顔を合わせるだけで、すぐ山へ帰る。このことでは「いまのところ、ぼくはこの生き方しか知らない」というほかない。「人の子とかくれんぼしたり、手毬つきした良寛に文句をいえるどころか、自分の子にさえぼくは手毬をついてやったことはないのである」

＊

しまいに男女について。作者は、ふいと踏み入れた港の一角の小路のさきに湯気が立ち昇るのを目にする。雪が舞う漁業組合のトタン屋根のわびしい即売場のそこで、がつがつと戸板一枚の露天で立ったままカニを貪り食う男女十数人。ズワイガニ？「橙《だいだい》いろに艶光《つやびか》りした」ズワイガニ！ととときに作者の目前を横切りついと、病身らしい男を背負った女が茹で釜を目指して走っていく。女は四〇すぎか、男は五〇近いか。どうやら足か腰の骨を折ったのやら。丸太に腰を下ろしている。作者の視線はこの男女に釘付けになる。

「ぼくは、この夫婦が――と勝手に判断してみていたのだ。町の衆とちょっとはずれて、ふたりだけのひそかな和気《わき》をそこにみせているのを感じた。女は色白だがいやに鼻が高い。とおのいすぎた造作《ぞうさく》も気になった。カニの拇指《おやゆび》の爪をかむと、足を巧妙に割った。そして、男の喰ったあとの甲羅へ、身《み》をためてはわたしてゆく。もちろん、女もしゃがんでいて、かなり肉づきのいい股《また》をひらき、膝《ひざ》の上で器用に肉をつついているのだ」

食べ終わる。「そんならゆくべか」。女は、それじゃと男を背負って雪の中を走り去っていく。背中の男は、「だらりとよごれた素足をだして」、「手は女の肩へ万歳をしたようにひろげていた」。作者は、いうまでもなくそう、この男と女に最晩年の良寛と貞心尼の姿を重ねて、みているのだろうが。

いったいこの女の正体は何なのであるか？　あるいは安吾がいう、「この岩室から半玉ででた娘の中で美しいのが新潟へよばれて一流の芸者になり、その中からまた新橋の一流がでるという」（前出「富山の薬と越後の毒消し」）、そんな手合いであるか。さらにまた作者をして思わず「幸福な奴《ヤツ》だな」とも呟かせる男はというと？　良寛と、井月と。そうしてこの異風な男女のありようと……。

どんなものだろう。あえてこれらをふくめてひろく、源裏日本人的《ウル》、そんなふうにいうとしたら。おかしいだろうか。それはさてこの短編はつぎの描写をもって終幕とあいなるのだ。

「雪はこの時刻からまたよこしなぎの風にのって吹きあれだした。……。海ねこの啼き声が高くきこえた」

参考資料

第一章

①民話作家・水上勉

「おんどろどん」

「生まれて間もなく……わが耳にきこえたこの世の最初の音は、「おんどろどん」という得体しれぬものであった」「遠くで太鼓がなるような、それでいて、どこやらに、地面の底から這いつたわってくるような恐ろしい音」

　水上勉、幼い日に夜な夜な聴いた。鼓膜に終生こびりつきはなれぬ、暗く荒れる日本海の空の下、在所は若狭のしじまのざわめき。

「私の生家は、村でも乞《こ》食谷《じきだん》と人がよんだ谷の上にあった」「そこはけこあんという埋葬地に近く、家のうらにすぐ谷が暗い口をあけていて、奥は昼でも暗かった」

「おんどろどん」、その谷の奥から届いて来る怪しい「おんどろどん」。やまない音に怖れ泣き母の乳房に縋りついた。そのときをもって後年の民話作家・水上勉の誕生をみていいだろう。

「釈迦浜」

　現在は海水浴で人気の高浜町は和田の釈迦浜。その周りには荒波が打ちつける厳しい断崖がつづく。あたりの海の深いところは、それは大きな穴になっていて、なんと欣求《ごんぐ》浄土《じょうど》の地とされる「長野の善光寺の戒壇下まで通じとる」という。またそこらの浜の岩はというと、みるところ激しい風雪波《は》濤《とう》に削られて、どことなく仏の顔をうかがわせる。羅漢、観音、釈迦牟尼仏……。「おんどろどん」の音はそこからもとどろく。

「私の生れた岡田部落は釈迦浜の裏側にあったから、じつは、生家の藁《わら》屋根をゆるがせる荒波の音は、外海の波が、釈迦浜を洗う音だったのである」「その音は、善光寺へ詣る道からきこえてくる人ごえのような気がした」

「たそ彼れの妖怪たち」

「たそ彼れ」は、誰そ彼。一般には「黄昏」という漢字をあてる。柳田國男「かはたれ時」の一節にある。

「黄昏を雀色時《すずめいろどき》といふことは、誰が言ひ始めたか知らぬが、日本人で無ければこしらへられぬ新語であった」『柳田國男集　幽冥談　文豪怪談傑作選』（ちくま文庫）。雀の羽根の色を言葉で表そう際におぼえる曖昧な感じの夕方。「タソガレは『誰そ彼』であり、カハタレは『彼は誰』であった」と。これは「もとは化け物に対する警戒の意を含んでいた」もので、人の顔も判別し難い時分をいう。このときをまって妖怪たちが跳梁《ちょうりょう》するとされている。

川遊びで「があたろ（河童）」に尻を喰われて溺死した長蔵の話。川だけでない、村のどこにも、いっぱい妖怪たちがいた。「けつね塚には狐が、馬の背には子ォとり婆が、くろかの奥には子ォとり爺ィが、……」。そのうち勉坊や兄がなんと、赤目の爺ィに「来い来い、と手招き」されたとか。洞窟から大鍋で子を煮る煙が上がるとか。けつね塚の狐に坊主にされるトラゾウとか……。
「妖怪どもは、ごく身近かな人の顔をして、声をかけるような気がした。それが、わが在所の黄昏であった」「田舎の民話をきいたり、したりしていると、私は田舎の土で眠っている人びとの中へ入りこんでいく自分を意識する」

勉坊はというと、そんなふうに夕に「妖怪たち」に囲まれふるえ、寝入ったのである。

拙稿「解説」（水上勉『若狭がたりⅡ　わが「民俗」撰抄』　アーツアンドクラフツ　二〇二一）

第二章

②**「虹」**

「その時ふと見ると、丁度三国の方角に当つて虹が立つてゐるのが目にとまつた。
「虹が立つてゐる。」
と私は其方を指した。

……………

其時愛子は独り言のやうに言つた。
「あの虹の橋を渡つて鎌倉へ行くことにしませう。
今度虹がたつた時に……」

……………

「渡つてゐらつしやい。杖でもついて」
「えゝ杖をついて……」

③**哥川句抄**

涼風や足音なしに蚊屋の裾
人ごとの浮世にすねて火桶かな
目ざましに琴しらべけり春の雨
あしたには鳥の初音に春の雨
西東みなみにきたか糸桜
つよからぬ人のかがみや虞美人草
人の気も動かぬ昼や蟬の声
やせたがる女ごころや更衣《ころもがえ》

虫干しや恋しきふみのたもとより
浦島やあけてくやしき夏氷
爪紅《つまべに》のしづくに咲くや秋海棠《しゅうかいどう》

第三章

④「オサジィ《ママ》」

石徹白《いとしろ》そこは、幼い日のわたしにはこの世の果て、夢幻境だった。生家は酒屋。いつも人の出入りが多かった。なかでもその近在の男衆が目立ったようだ。うちにオサジィという剛毅なテッポウウチがいた。このジィが酔っ払って囲炉裏端（これが、わが生家は町屋だが、あった）でする話が愉しかった。十八番は熊狩り話。

> 熊は冬は木のウロや穴の中にもぐっているが、春あたたかになると、出て来る。穴の中にいることがわかると入口に蓋をしておいて火をたき煙を中へ吹きこむ。すると熊はいたたまれなくなって出て来る。そこを鉄砲でうったり手槍で仕止めたりする。
>
> 宮本常一『越前石徹白民俗誌』

オサジィはこの聞き書きそのままに身ぶり手ぶりよろしくする。あるときなど仕留めそんじた手負いのやつと決闘になったとか。オサジィは村一番のつわもの。煙でいぶしても出てこないと穴のなかへ入っていって、鉄砲の台座で、眠っている熊をしたたか殴りつけて外へおびきだすと。わたしら兄弟はみんな目をかがやかせて、てんでに話をせがみ熱燗をつけたりする。

> このように元服すると男は若者頭にたのんで若者仲間に入れてもらう。その時あたらしくはいる者を若者宿に集めて、餅二つと酒一献を出してお祝いといって新入者に年上のものがふるまった。……若者宿では泊まることが多く、ヨバイとて女の所へ忍んでゆくこともあった。

酔わせれば面白おかしい話がきける。ちゃんと落ちるところに落ちている。ヨバイ？　じつはそれを知ったのもその口からであった。このときばかりはオサジィも煙にまくようにしたが、マセガキにはそれがナニに及ぶことなのかおぼろげにわかった。オサジィの口ぶりがよみがえる。坊らよ、なぁよう聞いとけや、坊らよ。

『子供の領分―遊山譜』（アーツアンドクラフツ　二〇一三）

⑤「**里芋**」

それはわが心の根に関わろうこと
だからここで芋について語っておきたい
なんにもない郷里は大野の名産はサトイモ
これこそは産土の味であって大の好物とっておき
わけても母の在所は上庄の村のそれだ

千メートル級の山々に囲まれた
まずこの扇状地の水の滋味豊かさだろう
つぎには良質な火山灰土系の土壌があがる
それに夏も朝夕の温度差九度以上の寒暖の厳しさ
とこれ以上ない環境下にて収穫される

そいつをコロ煮にしていただく
ホクホクした食感が持続して煮崩れしなく
絹のようにまろやかで身がコリッとしまった
なんともいえぬ甘み歯応え粘り喉越しのよろしさ
うめぇーのうめぇーないのったら

『子供の領分―遊山譜』

⑥「**産小屋**」

かれこれもう二十余年前になります。そのいつか所用で敦賀半島白木村に出向いたのです。このときその名に笑ったものです。もんじゅは菩薩なろうに新炉だと。

そのころ建設途上であった高速増殖炉。半島突端の海浜になだれる蠑螺《さざえ》ヶ岳の山肌をごっそりと切開した工事現場。ほんとうにその巨大さには仰天させられました。ですがときにこちらの関心はというとそれと別個のところにありました。原発施設などではなく、じつはわが国でいつとう最近までずっと使われていた、産小屋跡だったのです。なんともこの二つが隣り合ってあるとは。まずもってこの景に思いを深くしたのです。それから用も無いのにしばしば村に通いました。そのうちにすこしずつ皺深い婆っちゃんらから産小屋でのお産とその約束事などいろいろと面白い話をきかせていただいた。そんなちゃんと落とし話もまぜたりして。みんなどの方もそろって、なんというか潮に洗われたようなそれは良い顔をしておられ、ほのぼのと穏やかでした。

それからずいぶん時がたちました。たぶんいまもあの婆っちゃんらは健やかでおられよう。あるいはもうこの世におられない。満月にもんじゅドームと産小屋と。

『子供の領分―遊山譜』

第四章

⑦「**千里馬**」

越前の飯降山《いぶりやま》、これは東どなりの荒島山《あらしまやま》と背くらべをして、馬のくつの半分だけ低いことがわかったそうであります。それゆえにこの山でも、石を持ってのぼる者には、一つだけは願いごとがかなうといって、毎年五月五日の山のぼりの日には、かならず石を持って行くことになっております。
(郷土研究一編。福井県大野郡大野町)「山の背くらべ」柳田國男

…………

五月五日はこどもの日
わたしら奥越大野の有終中学校においては
じつはこの日の学校は休みなどでなく
ちょっと特別な行事があった

盆地の西方の一峰は飯降山
そのさき先祖らが木曽の御嶽山にあやかり
神宿る聖なる峰の意味を込めて呼ぶ
御岳山へと登拝するのだ

その際にみんなは石ころ
それもそんなできるだけえっけぇやつを
リュックの底の方にしのばせて
汗だくになり辿ってゆく

…………

そいで三年生のとき四貫余りある
そいつに喘ぎ登るも涙を呑まされた
口惜しくもあっぺこ(なかまはずれ)良枝《ヨッペエ》
金山良枝のあの石臼大のやつに
『奥越奥話』(アーツアンドクラフツ　二〇一一)

⑧「**富士山麓の朝**」

「サンショウクイのヒリヒリン、アカハラのキャララン　チリー、コルリの複雑な替え歌……ツツドリのポポ　ポポポポ、サンコウチョウのキーヴィー　ホイホイ、ヒガラのツピチンツピチン、ビンズイのチチロチチロツイツイツイ、カワラヒワのヴィー、ヨタカのキョキョキョキョキョキョの連打、メジロやセンダイムシクイのつつましいさえずり、キビタキの調子に乗ったオーシーツクツク……シジュウガラのツペツペ、マミジロのチョロインチー、アオジのツーピツチチーチョというテンポのゆるい美声、ホオジロの一筆啓上《いっぴつけいじょう》」

⑨「**我を忘れ**」

ゆっくりと小台地めくそこで大休止

毎度のズブロッカを一口ぐびりなんて
御前峰のほうではなくて反対側
登り来たった路を辿ること

みはるかす足下はるかずっと
とっくにその昔に逝ってこのかた
おぼろげにする誰や彼の霊らしきものが
はるかぼっと棚引いていそうな

稜線からまた稜線へとただ
もうひたすら何を眺めるともなく
ひとり尾根を下りまた渓谷を登るように
あっちこっち目を遊ばせするのだ

『遊山』（思潮社　二〇〇二）

第五章

⑩釋迢空「硫気ふく島」

たゝかひのたゞ中にして、
我がために書きし　消息
あはれ　たゞ一ひらのふみ―
かずならぬ身と　な思ほし―
如何ならむ時をも堪へて
生きつゝもいませ　とぞ祈る―

きさらぎのはつかの空の　月ふかし。まだ生きて
　子はたゝかふらむか
洋《ワタ》なかの島にたつ子を　ま愛《ガナ》しみ、我は撫でたり。
　大きかしらを
たゝかひの島に向ふと　ひそかなる思ひをもりて、
　親子ねむりぬ
物音のあまりしづかになりぬるに、夜ふけゝるか
　と　時を惜しみぬ
かたくなに　子を愛《メ》で痴《シ》れて、みどり子の如くす
　るなり。歩兵士官を
大君の伴の荒夫の髄《スネ》こぶら　つかみ摩《ナ》でつゝ　涕
ながれぬ　『倭をぐな』（中央公論社　一九五五）

⑪折口春洋硫黄島詠

沙浜に　沙を盛りたる墓ありて、〇〇〇〇の空近
　く照る
幕舎近〇〇〇の残骸ありて、このきびしさの、
　夜々を身にしむ
まざ〳〵と　地上に壊《ク》えし〇〇〇のおびたゞしき
　に、心うたれつ
朝つひに命たえたる兵一人　木陰に据ゑて、日中
　をさびしき
ぬかづけば　さびしかりけり。たこのかげ、莚の
　下に　亡骸を据う

島の上に照る日きびしき　日ごろなり。夏すでに
過ぐと思ふ
未完成作（釈迢空『島の消息』中公文庫より）

⑫⑬「敗戦の日の海」

⑫「水にあおむけになると、空がいつもとおなじように晴れているのが不思議であった。そして、ときどき現実にかえると、「あっ」とか「うっ」とかいう無声の声といっしょに、羞恥のようなものが走って仕方がなかった。八月十五日以後の数日は、挫折感のなかの平常心のようなものであった。……。無表情、無感情で、まさに生きながら死んだものは、こういう具合でなければならない典型的な貌をしていた。何かの拍子に笑いがかえってくると、ひどくはずかしい気がした。わたしがリアリスティックに現実を認識するとは、どういうことかを、まなんだ最大の事件は、敗戦である」
（「戦争と世代」『模写と鏡』春秋社　一九六四）

⑬「わたしは敗戦の日、動員先で、生きているのはおかしい、明日からどうしようと思い悩み始めて、魚津港の海へ出て浮びながら、青い空を眺め、じぶんが生きた心地もなく悩み苦しんでいるのに今日も昨日とおなじように空が晴れているのが、不思議でならなかったのを記憶している。わたしにとってはその場面の自然の変らなさは、救済ではなく不都合に思えた。あれから半世紀ほどの年月を、このとき感じた自然への思いを解こうとして遠く戦後を旅してきたように思える。これが格好のいい書き方をしたときの、わたしの「なぜ書くか」のモチーフだった。その大部分はわたし自身の力で、じぶんなりに、解いてきた」
（「本多秋五さんの死」『追悼私記　完全版』講談社文芸文庫）

第六章

⑭「吉本隆明×ねずみホテル」

「大学二年生の時、他に遊ぶ場所もないので友人と登った立山で、麓から少し上がったところにある称名ホテルに偶然泊まったんです。ホテルっていうのは名前だけで、実際は山小屋。風景はごく普通ですが、宿をやっているご夫婦が印象深かった」「それ（ねずみ）が、本当に人馴れしていて、僕らの膝の上に乗ってくるんですよ。びっくりしたんですけど、奥さんが、「引っ込んでなさい」と言うと、奥に引っ込む。でもすぐにまた出てくる。夫婦がいつもは追い払っていない《ママ》ことがすぐわかった。それがまさに、柳田国男の「鼠の浄土」

の世界で、感動したんです。これは日本にしかない風俗だと思います。忘れがたい経験です」（「各界著名人が選んだ私だけの「世界遺産」　吉本隆明×ねずみホテル」「週刊文春」二〇〇八・八・七）

⑮「**『納棺夫日記』を著して**」

「釈迦によってインドで生まれた仏教が、中国、朝鮮を経て、日本に伝播し、この北陸の風土が仏教思想の世界的北限になっているのが不思議である。親鸞は越後で、道元は越前で、日蓮は佐渡で、その各々の思想を深化させたのは、この北陸の風土であった。／そんな風土に生まれ、そこに育ち、そこに風光を見る者にとって、日本の、北陸の、香や色が、風にまとわりついてもしかたがない」

⑯「**猪**」

雪が暗く窓を打つ
犬が吠えるその目が光る
クサリに頭を逆さに吊された
鋭い大牙を剝く大猪

天井から下がった電球
幾本かの血のこびり付いた出刃
ストーブで薪が爆ぜつづく
毛皮の袋と骨殻の缶
やつの腹から抜き出した
ぶるぶると震える腸のかたまり
爺が手際よく刃先を入れ
刺身にして皿鉢に

うんめぇのとみんなは
コップの焼酎をあおって
醬油をつけて口中へぺろり
うめくうんめぇのと

『子供の領分―遊山譜』

第七章

⑰「**「蒸発」**　かすみ　かすみ」

「忽然と伊那谷に　現われた」井月、羽織袴をまとい、腰に木刀をさし痩せて長身、浪人風だったと。ところがじつは「浪人じみた凄味も　実際の素顔は禿頭　無髯　眉も薄く　切れ長のトロリとしたヤブニラミの　きわめて間のぬけた印象であったという」からおかしい。

元来、伊那谷は好学の風があり、風流風雅を嗜む人士の多い土地であった。そこに現れた書が上手く俳諧の道に通じた井月。「田舎者からみれば超インテリであったところから　先生先生と歓迎された」。以下、「先生　花で一句」、「先生　栗で一句」。「先生　今日は霧が濃いですな」と、求められて詠んだという句。

降るとまで人には見せて花曇り
落栗の座を定めるや窪溜り
何処やらに鶴の声きくかすみかな

井月、「それにしても超インテリが　山間のヘキ地ともいえる伊那谷あたりに　何故やって来たのだろう」。そしてそれから「そのまま居つくこと三十年に及んだ」のはどうしてか？　伊那には俳諧が興隆していた。でごくしぜんに足の向くまま吸い寄せられるようにも、ふらりとこの谷間《たにあい》にきていた。

今は世に拾う人なき落栗のくちはてよとや雨のふるらん

井月、またよく和歌も手練れだった。枝を離れ落ちる栗の一粒。「伊那谷を　落栗の窪溜りと定めたか……」。伊那には谷のあちこちにある俳諧の座がある。発句の手ほどきをしたり、連句の席をもったり、詩文を揮毫する見返りとして、酒食や宿、いくばくかの金銭などの接待を受けつつ、「狭い谷底を　あっちにウロ〳〵　こっちにウロ〳〵　一所不住の風来坊」よろしく放浪しながら生活している。

井月には「千両　千両」なる冗句がある。これは感謝の意を伝えたいときに使う口癖だった。酒を頂戴すれば相好を崩して「千両　千両」。井月は酒好き。酒の佳句が多い。たとえば新酒が出来たことを知らせる酒屋の「帘《さかばやし》（杉玉）」を詠んだ句はどうだ。

油断なく残暑見舞や帘
朝寒の馬を待たせた帘

なんとも新酒を寿ぐ句だけでその数は一九の多くもある（参照・『井月句集』岩波文庫）。井月、だけど年重ねるにつれ酒品悪いのったら、すぐに泥酔すること寝小便をたれると。

「そのうちに　シラミはたかり　ヒゼンを病み」「次第にうとまれ　もてあまされる　ようになった」。そんなので犬には吠えられるわ。悪童どもの標的になる。「わ〜い　乞食　井月」。「シラミ井月」と、はやされ石を投げられる。「ガツン」。

その一つが後頭に当たる。血が筋を引き流れる。「しかし　ついぞ怒りを　見せたことない　という」。ぼろぼろの継だらけの着物もだらしなく杖一本よろよろと脚をひきずる。衰えさらばえた姿。「すっかり　厄介者あつかいされるようになった井月は　善光寺詣に連れ出され　捨てられた」。卒塔婆らしきが乱立するなか膝を組んで途方にくれる井月。「オーイ」、井月の連れを呼ぶ声が山の端に反響する。その声に「モーウ」と応える牛さん。これはむろん牛にひかれて善光寺参りのパロディ。「善光寺は長岡に近い　そこから郷里へ帰るだろう　との謀いだったが」

しかしどうだ。井月は「シラミのように　くらいついて　伊那谷から　離れようとしない」。この「シラミ」の直喩は卓抜というものでは。峠の茶屋に薦被り姿。「おっ　井月！」と、茶屋の主。「はい　お土産の句」と、井月。

秋経るや葉に捨てられて梅もどき

梅もどきは、多くの枝を出す樹姿や葉の形が梅に似る樹名だが、梅の仲間ではなく、モチノキ科の落葉樹。赤い果実と樹姿に趣あり。落葉の後もしばし果実が残るしだい。「葉に捨てられて」とは、井月の精一杯の皮肉。なんとも良く効いている。善光寺詣に連れ出され路傍に捨て置かれた厄介者井月。でこんな句も詠んでいる。

初雁や二た立ち三たち越の空

なんともなんと「国に帰ると云ってかえらざること三度」というのである。いやほんとまさに「シラミのように」なありようではないか。かくして時は過ぎている。

「天地のひっくり返る　明治維新　文明開化もどこ吹く風」。瀑布を前に岩に坐る井月。「もそもそ」。「プチン」。「シラミが一匹　シラミが二匹シラミが三匹」。「ふっ　ふふふふ」。「千両　千両」と、御満悦な井月。

「井月の　ささやかな望みは　小さな草庵を　結ぶことだったが」「それも　かなえられ　なかった」。物乞いの井月。「晩年に至ると　親しくしていた俳諧の友も　軒先で酒食を与え　戸を閉じてしまう　仕打ち……」。家主に頭を下げる井月。「お土産　です」、「みやげ？」「なんだ　ただの葉っぱじゃ　ないか」。「バカに　するな」。手の葉っぱを投げ捨てる主。

ぼろぼろの薄着一枚きりのさま。なんともいただいた綿入れ羽織は乞食にくれてやったという。「井月　……　……」。いまさっき手の葉っぱを投げ捨てた主が目を剝くそのさき。寒風に吹きさらされ何処へともなく去る井月。「ザザー」。猛烈な大嵐。「カアー　カアー」。荒れ空に鴉が騒ぐ。「明治十九年　師走」「井月は　枯田の中に　糞まみれとなって死んだ」

それがつぎのページではどうだ。「いやまだかすかに　息が残っていた」。村人は、井月を戸板に乗せてあちこちたらい回しにした。「そして井月と最も縁故の深かった　俳友宅へかつぎこまれた」。その宅とは井月の弟子、美篶《みすず》村（現、伊那市）の塩原梅関（本名、折治）。井月、じつは梅関の取り計らいにより塩原家に入籍、塩原清助と名乗っている。

井月、「そこの納屋で　口もきけぬ　悲惨な状態のままで」、「翌明治二十年　三月十日に死んだ（六十六歳）」。その死ぬ間際、俳友たちは無理矢理に筆を握らせ辞世の句を書かせた。「さあ　辞世の」、「あ　あ　あ」。「さあ」。こんなにまでして辞世（註・前出句「何処やらに鶴の声……」）をものさせるというのは何事であるのだろう。「うーん　……　何処やらに」。「鶴の声　きく　……」。

そのようにあって最終頁いっぱいどうだろう。五里霧中。ただもうかすみが伊那谷にたちこめひろがるのだ。「かすみ」。「かすみ」

『つげ義春「無能の人」考』（作品社　二〇二一）

アジア諸国図

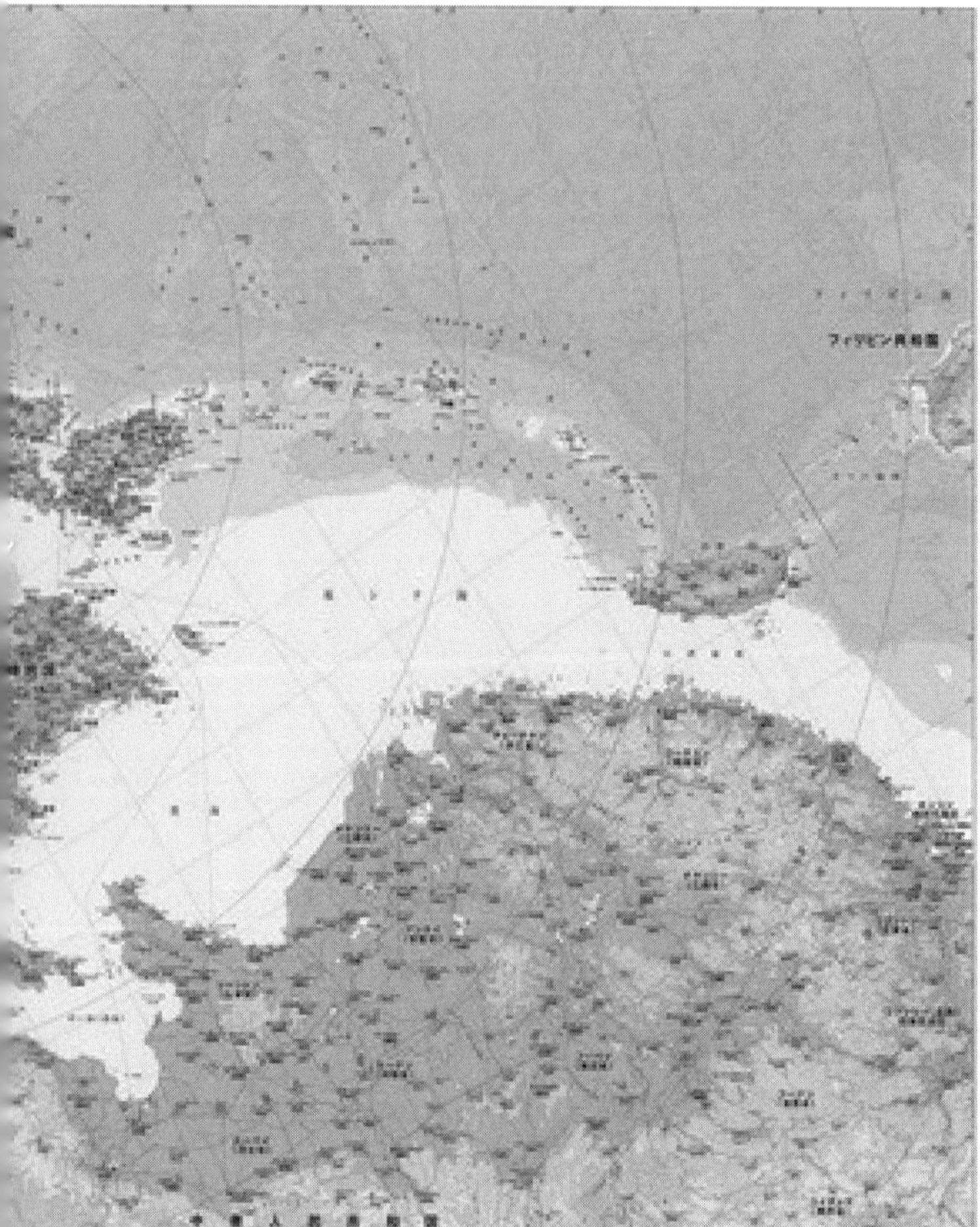

この地図は富山県が作成した地図を転載したものである。

環日本海・東

あとがき

『裏日本的』。ようやくのこと、ここまでこぎつけた。じつをいうとこれを書き継ぎながらひそかに胸の内にしていいたことがある。

『雪国の暮らし』（ほるぷ出版〈ほるぷノンフィクション絵本〉一九七六）。小学生向けの写真文集。ずっと昔の当方の著である。

舞台は、白山山麓の僻村（現、福井県勝山市平泉寺町）大矢谷《おおやたに》地区にあった平泉寺小学校冬期分校。そこに昭和四九（一九七四）年一一月から翌年四月にかけ、十数度、あるいはもっと足を運んだのではないか。

教室は、集落の集会場隅の一室。先生は、帰山政子さん。生徒は、一年生から三年生までの七名。当時還暦すぎだったがんばり政子先生はもうおられないが。いまごろあの七人の洟たれどももも還暦を越えたかそこら。いやそりゃほんとうにのう、みんな一端の裏日本的の頑固もんに、なっておいでやろうかのう。

ついてはここに筆を擱くにあたってひとつだけ。もしかなうならあの子らにこの本をちょっと読んでほしいよなと。おぼえずつぎの景が浮かんでならないのだった。

野も山も、すっかり緑になりました。きょうは四月八日、待ちに待った始業式《しぎょうしき》。うれしい。飛《と》びあがりたいほどうれしい。でも、ちょっぴり悲《かな》しい。きょうで、あのなつかしい教室ともやさしい先生ともお別《わか》れをして、七人の雪の子たちは、峠《とうげ》の下の本校《ほんこう》に通《かよ》うのです。

……………

うららかな春の空の下、七人の声だけが大きく大きくひびいてきます。

正津勉

謝辞

＊本書も、長年、敬愛する作品社・高木有氏の尽力の賜である。記して深謝したい。

二〇二三年四月

著者略歴
正津 勉（しょうづ・べん）
一九四五年、福井県生まれ
同志社大学文学部卒業。詩人・文筆家。
詩集：『惨事』（国文社）、『正津勉詩集』（思潮社）、
『奥越奥話』（アーツグランドクラフツ）ほか。
小説：『笑いかわせみ』『河童芋銭』（河出書房新社）。
評伝：『山水の飄客　前田普羅』（アーツアンドクラフツ）、
『忘れられた俳人　河東碧梧桐』（平凡社新書）、
『乞食路通』『つげ義春』（作品社）ほか。

裏《うら》日《に》本《ほん》的《てき》
くらい・つらい・おもい・みたい

二〇二三年五月一五日第一刷印刷
二〇二三年五月二〇日第一刷発行

著者　正津　勉
装幀　小川惟久
発行者　青木誠也
発行所　株式会社　作品社

〒一〇二-〇〇七二
東京都千代田区飯田橋二ノ七ノ四
電話　（〇三）三二六二-九七五三
FAX　（〇三）三二六二-九七五七
https://www.sakuhinsha.com
振替　〇〇一六〇-三-二七一八三

印刷・製本　シナノ印刷㈱
本文組版　㈲マーリンクレイン
落・乱丁本はお取り替え致します
定価はカバーに表示してあります

ISBN978-4-86182-979-6 C0095